——文学院书系——

桂林散叶

（华中师范大学卷）

杨晓帆　主编

江苏凤凰文艺出版社
JIANGSU PHOENIX LITERATURE AND ART PUBLISHING

中国语言文学

一流学科建设文库

目录

第一辑　大家小说

国学精魂与现代语学

邢福义

谢谢各位出席今天这个讲演会。我对国学没有什么研究。从1956年留校任教起，50年来我的主攻方向始终是现代汉语语言学，特别是现代汉语语法学。研究问题过程中，自然会涉及其他方面的学问，诸如，逻辑学、文化学以及国学的某些论说，不过，都只是接触到了一点点皮毛。我现在讲“国学精魂与现代语学”，不是要对“国学”本身进行深入地阐发，而是想站在现代语学的基点上，观察国学精魂对中国现代语学发展的价值。学问是相通的。我相信，中国现代语学可以如此，中国其他现代学问大概也可以如此。

一、国学的定格和涌流

站在现代语学的时间位置上审视，国学既是静态的，又是动态的。

我们应该知道，国学已经定格在了中国历史的框架之上。这是国学“静态”的一面。

所谓“国学”，指的是我国传统的学术文化，涵盖哲学、史学、文学、考古学、中医学、语言学等方面的学问。《辞海》中指出：“国学犹言国故，指本国固有的学术文化。”国故属于历史，是“固有”事物，因此常有“整理国故”的说法。就语言学而言，属于国学范围的，主要有文字学、训诂学和音韵学。文字学，是研究汉字的性质、结构、演变和使用等的学问；训诂学，是研究古书字句的解释的学问；音韵学，也叫声韵学，是研究汉语语音结构和语音演变等的学问。

我国古代，距今已有两千多年前的西周，学校有“国学”和“乡学”两种，国学建在国都里。上学就读的子弟，八岁进小学，学习时间为七年；十五岁入大学，当时称为“太学”，学习时间为九年。学生们在大学阶段，要通过读书学会关于修身齐家治国平天下的道理和本领，因此，在小学阶段，就必须学习各种基础课程。学生入小学，从识字开始，最基本的课程便是文字学。古人分析汉字，归纳出“指事、象形、形声、会意、转注、假借”六种条例，叫作“六书”。小学里，要教“六书”。由于文字学跟小学存在这种联系，便很自然地形成一种借代用法，“小学”被用来代指文字学。查《汉书》，可以看到有关记述。后来，到了隋唐，“小学”范围有所扩大，把训诂学和音韵学也包括了进来。这也很自然。因为，文字学不仅研究文字的形体结构，而且要研究字义和字音，这就关联到了训诂学和音韵学。这样，从隋唐到清代，作为国学范畴中的传统语言学，

“小学”之所指便包括了文字学、训诂学和音韵学等内容。那么，中国的现代语言学，是什么时候开始的呢？

1898年，清代光绪二十四年，马建忠的《马氏文通》出版。这是中国第一部系统的语法学著作，从基本倾向上看，是套用国外语法学体系，根据汉语情况略加增减修补，建构了汉语语法学体系。这部著作的出版，成了中国现代语言学的开端。百余年来，特别是近二十余年来，中国的语言学经过多次分分合合，范围已经大大拓展，形成了四大分支。其一，汉语汉字研究，一般统称为汉语言文字学；其二，语言理论与语言应用研究，一般统称为语言学及应用语言学；其三，少数民族语言研究，通常简称为民族语言研究；其四，外国语言研究，其研究对象是属于外国的种种语言，即外语。四大分支内部，又分别包含不同层级的学科，如果算到现代汉语语法学这一级，研究领域便有数十个之多。国学意义上的文字、训诂、音韵等，都已为第一分支所包含，成了汉语汉字研究的部分内容。这就是说，作为传统语言学的“小学”，已经退出中国现代语言学结构系统，成了一个历史概念。

然而，我们更应该知道，国学精魂一直涌流在中国文化承传的长河之中。这是国学“动态”的一面。

国学精魂何在？由于知识背景的不同，工作需求的不同，各人会有不同的理解和诠释。我个人以为，学风、学理和学术成果，是国学精魂的三大组成部分。国学有反映民族性格特征的朴实学风，我们一般理解为“朴学精神”；国学有反映民族认知结晶的深刻学理，蕴藏量大，开掘空间广阔；国学有多方面重要的学术成果，为世人了解中国的社会、历史、文化传统奉献了宝贵的论断。这三者共同显示了中华学术文化的“根”，体现着中华学术文化的“源”，绵延着中华学术文化的“流”。

在实际工作中，搞现代研究的人，不可能断离与国学研究的联系，这正是国学动态性影响的实据。我说个小故事。前几年到某地开会，会后十来个朋友一起上当地出名的一个饺子馆。各种各样的饺子，一样样地上。最后一道饺子，每个只有豌豆那么大，放到火锅里，让顾客们自己捞。很有礼貌的服务员小姐，站在桌子旁边，甜美地“做广告”：“捞到一个，一帆风顺；捞到两个，好事成双；捞到三个，三阳开泰；捞到四个，四季常青；捞到五个，五谷丰登；捞到六个，六六大顺；捞到七个，七星照耀；捞到八个，八仙过海；捞到九个，天长地久；捞到十个，十全十美。”说到这里，她停顿了下来。有悬念了！火锅里滚动着的那么小那么轻的饺子，哪能轻易捞到？别说捞到十个九个，即使捞到三个两个，也极困难。这时，大家很自然地特别关心一个问题：要是一个也捞不到，怎么办？看到大家都急了，服务员小姐才笑吟吟地说：“要是一个也没捞到呢？好呀，无忧无虑！”老实说，这道饺子并不怎么好吃，然而，却让大家像玩游戏一样，吃得兴高采烈，笑逐颜开。服务员小姐的话，我这里记录得不太准确，不过，即使记错了两三句，也能表明一个事实：

通过巧妙的语言运用，为这道“吉祥饺”加彩增色，反映了饺子馆经营者的机灵。这是纯语言问题吗？不，这里负载着许多中华传统文化的信息。这只是现代汉语的问题吗？不，要解释好这里的语句，需要古代汉语的知识，需要国学的知识。

二、朴学精神的传承

“朴学”一词，最早见于《汉书·儒林传第五十八》中汉武帝和倪宽的对话。《现代汉语词典》中解释道：“朴学，朴实的学问。后来特指清代的考据学。”且不管其特指义，朴学精神表现为质朴、实在、讲实据、求实证，是国学中最具生命力的一种学风。如何传承朴学精神？我分两个大方面来讲。

第一个大方面，按朴学精神的要求，充分占有材料，据实思辨，不应疏而漏之。

比如数词“三”，别看就这么一个简单的字，从不同的角度去研究，可以做出这样那样的文章。仅以“定数和约数”“统数和序数”两个问题来说。

首先，应该知道“三”既可表示定数，又可表示约数。定数指确定的数，比如，二加一等于三、四减一等于三的“三”；约数指不确定的数，又叫概数。表示约数的“三”，许多时候跟“多”相联系，我们一口气可以说出“三思而行、三令五申、推三阻四、一波三折、举一反三、三人成虎、三人行必有我师”等例子。清代学者汪中写了一篇《释三九》，他说：“一奇、二偶，一二不可以为数；故三者，数之成也。”这一点，反映了汉民族的心理形态。但是，从现代汉语看，约数“三”是否都跟“多”相联系呢？不一定。有时反而表示“少”。比如，“三句话不离本行”。同是“三X两Y”“三心两意”表多，“三言两语”却表少；“三番两次”表多，“三拳两脚”却表少；“每天三碗两碗地吃肥肉”表示多，“每天只能赚到三块两块钱”却表少。显然，规约“三”的多与少，还有别的因素。这就是：跟“三”发生联系的事物，以及人们对事物的主观认知。只有认识这一点，对“三”的了解才能深化一步。

其次，应该知道“三”或者表示统数，或者表示序数。统数是表示数量多少的数，包括定数和约数；序数是表示次序先后的数。到底是表示统数还是表示序数，有时要结合特定的句域管控才能判定。比如，《三国演义》第五十六回“曹操大宴铜雀台　孔明三气周公瑾”，其中的“三”是序数；第三十七回“司马徽再荐名士　刘玄德三顾草庐”，其中的“三”却是统数。知道这一点很重要。有的时候，解释某些词语，如前面提到的“三羊开泰”，需要懂得统数和序数之间的转变关系。“三羊”怎么“开泰”？反过来说，“开泰”怎么会跟“三羊”联系起来？原来，“羊”由“阳”演变而来。《易》中泰卦，下为三阳，表示阴消阳长，冬去春来。“三羊开泰”，本来是“三阳开泰”。利用同音关系，把“阳”变换为“羊”，可以增强言辞的语用价值。年历上、贺年片上、工艺品上，三羊组画，比“三阳”更具体，更形象，更有动感，因而更具感染力。怎么理解泰卦中的“三阳”呢？按古人对事物发展变化的认识，由于农历每年冬至那一日之后白天渐长，古人便认为冬至日标志着“一阳生”，而农历十二月是“二阳生”，新年正月便是“三阳生”。等于说，一过冬至，第一次阳气生发；进入农历十二月，第二次阳气生发；一到新年正月，第三次阳气生发，于是万事顺遂，安泰吉祥。可知，“三羊”（三只羊子）里的统数“三”，原本是“三阳”（第一、二、三次阳气相继生发）里的序数“三”。只有不仅知道从“阳”到“羊”的同音借用关系，而且知道连带而引发的从序数“三”到统数“三”的转化关系，才能透彻地理解“三羊开泰”。

吕叔湘先生（1904—1998）写过这样的诗句：“文章写就供人读，何事苦营八阵图？洗尽铅华呈本色，梳妆莫问入时无。”[①]写诗时，吕先生已经将近九十岁高龄。这位中国语学巨擘，他所希望的，正是承传一种“朴学”的学风。我想，这是一种“言传身教”吧？！

第二个大方面，面对新的理论方法和科技手段，以朴学精神反复验证，不应大而化之。

比如，表示递进关系的“不但”和“不仅”，二者的区别在哪里？

近年来，我们研究中心开展了一项名为“汉语句法机制信息处

---

① 《未晚斋语文漫谈》，语文出版社 1992 年版。

理复句工程”的研究。课题组成员，既有汉语言文字学的教授和博士研究生，又有中文信息处理专业的教授和博士硕士研究生。研究过程中，大家不断提出问题，寻求答案。比方说，关于“不但”和“不仅”，二者的区别跟文体有没有关系？前些日子，我们做了一次小实验。检索语料库中的《人民日报》语料，共两千六百五十六万多字，得到的数据是：“不仅”出现了五千四百一十次，“不但”出现了九百一十六次；检索当代小说语料（包括老舍、姚雪垠、王蒙、王朔等数十名作家的小说），共一千五百八十七万多字，得到的数据是：“不仅”六百九十四次，“不但”九百六十六次。

于是，我们提出一个假设：可能非文学作品多用“不仅”，而文学作品中，“不但”多于“不仅”。为了证明这一点，我们又检索社科与科技类语料，共九十二万多字，得到的数据是：“不仅”，二百八十六次；“不但”，三十四次。其中共五部著作，具体数据为：王登峰等《大学生心理卫生与咨询》（十五万多字），“不仅”九十七次，“不但”六次；方富熹、方格《儿童的心理世界——论儿童的心理发展与教育》（二十七万多字），“不仅”七十九次，“不但”十六次；曾鹏飞的《技术贸易实务》（二十多万字），“不仅”二十七次，“不但”九次；马忠普等的《企业环境管理》（十四万多字），“不仅”六十一次，“不但”三次；郑人杰的《实用软件工程》（十四万多字），“不仅”二十二次，“不但”零次。到此，我们的假设似乎得到了证实。

然而，分别检索毛泽东同志和邓小平同志的著作，得到的数据是：《毛泽东选集》（一至四卷），“不但”三百五十次，“不仅”三十三次；《邓小平文选》（一至三卷），“不但”九十三次，“不仅”一百四十三次。可见，在非文学作品里，不一定“不仅”多于“不但”。再分别检索四部长篇小说，得到的数据是：老舍的《四世同堂》“不但”四十九次，“不仅”三十三次；周而复的《上海的早晨》“不但”一百三十八次，“不仅”十五次；杜鹏程的《保卫延安》“不但”十一次，“不仅”二十二次；杨沫的《青春之歌》“不但”十四次，“不仅”二十三次。可见，在文学作品里，不一定“不但”多于“不仅”。这就是说，结论不可信，假设不成功。关于“不但”和“不仅”的区别，目前我们并没有摆脱认识的模糊状态，还需要从别的角度去做更多的努力。由此我们懂得了一个道理：语料库不管多大，都不可能穷尽语言事实；即使语料库大到基本穷尽语言事实了，也可能会在求证的角度、程序和方法上出娄子。

研究问题，离不开假设和求证。“假设—求证”，可以而且应该是灵活的，要看是什么对象、什么时候、什么场合、什么环境。从过程到结果，既要重视和善于运用现代理论方法和科技手段，又有必要切实贯彻朴学精神。关键在于，结果是不是得到真理性的结论。我想起个“搞”字。“搞”字常常出现在人们的言语中：“这件事嘛，我已经搞定了。”“最近生意好，每天可以搞到五六百块钱。”“搞”字已登大雅之堂，多次见于邓小平同志的著作：“把经济搞上去！”“搞”字还可以用来描摹相互间的行为活动：“这两人，你搞我，我搞你，太没度量了！”但是，景阳冈上武松和老虎，老虎一扑武松一闪，老虎一掀武松一躲，老虎尾巴一剪武松又一闪，老虎翻身又一扑，武松又一跳。你能说老虎一搞武松一搞，老虎又一搞武松又一搞，老虎再一搞武松再一搞吗？别看只是一个“搞”字，研究起来可不简单。“搞”来自哪个方言？根在哪个地方？什么时候进入共同语？在现代汉语的动词系统中，“搞”什么时候可以跟哪些动词替换？语用价值如何？回答诸如此类的问题，可以用这样那样的理论和方法，但是，绝对不能摆“八阵图”。崇尚质朴，据实求证，“洗尽铅华呈本色”的文章，才是好文章。

三、“辞达而已”的启示

子曰：“辞达而已矣。”（《论语》卷八·卫灵公第十五）朱熹《论语集注》：“辞，取达意而止，不以富丽为工。”《孔子大词典》：“孔子认为辞的作用在于言事，因此辞不贵多，亦不贵少，皆取达意为上。”（上海辞书出版社 1993 年版）我以为，从蕴含量之丰富来看，“辞达而已”应是反映语言应用发展规律的一条深刻学理、一个基本原则。如何认识这一学理和原则？也分两个大方面来讲。

第一大方面，人们的语言运用，无处不体现“辞达而已”的原则。举些例子，略说三点。

首先，精准贴切地表达，是“辞达”。《红楼梦》第三十四回，写贾宝玉挨了他父亲的一顿好打，躺在床上不能动，薛宝钗跑到怡红院去看他，叹道：“早听人一句话，也不至有今日！别说老太太、太太心疼，就是我们看着，心里也——”刚说了半句，又忙咽住，不觉眼圈微红，双腮带赤，低头不语了。这里的“我们”是谁？就她自己。她是一个人，为什么要用一个复数形式？少女心态，不好意思嘛！“我们”二字，够精准的。曹禺《雷雨》中，“劝药”那场戏里，周萍和周冲在父亲的命令下，劝繁漪喝药。周萍说的是：“听父亲的话吧，父亲的脾气你是知道的。”周冲说的是：“您喝吧，为我喝一点儿吧，要不然，父亲的气是不会消的。”周冲用了第二人称代词的敬称形式，在那个家庭背景下，符合母子关系；而周萍则“低声”用了第二人称代词的一般形式，不自觉地流露出了他与繁漪二人之间关系的暧昧。作者选用“你”和“您”，达意传情，可圈可点。

其次，夸张铺排的表达，也是一种“辞达”。李白《将进酒》：“君不见黄河之水天上来，奔流到海不复回。”气势磅礴，感情奔放！假若你去当家庭教师，你当然必须告诉人家的孩子，黄河发源于青海巴颜喀拉山北麓卡日曲。然而，你不能据此而否定李白的诗句，说老李缺乏地理知识，“黄河之水”不是“天上来”的！杜甫《古柏行》：“霜皮溜雨四十围，黛色参天二千尺。”宋代沈括按这个直径和长度计算了一下，然后说：“无乃太细长乎？”如果这么做，李白《秋浦歌》中的“白发三千丈，缘愁似个长”，岂不也要问：“无乃太长乎？”

最后，模糊概略的表达，也是一种“辞达”。《中篇小说选刊》2006年第2期有一篇《打火机》，写一位女士野外游玩，喝了一大瓶水，想要小解，可是没有厕所。怎么办？“看看四周，天苍苍，野茫茫，风吹草低不见牛羊，好在也不见人，余真一猫腰钻进了草丛，回归大自然。”这么写，不仅“就地小便”的意思清楚了，而且显得特别有风趣！语言不是数目字，说话不是做算术。在语言表述系统中，“都”不一定真的“都”，“只”不一定是真的“只”；“最”不一定是真的“最”，“没”不一定是真的“没”。比方说，冯德英《苦菜花》里有这么一句：“人都走光了，只剩下两个挑柴的。”难道挑柴的不是人？有一首歌，开头一句就是：“世上只有妈妈好。”难道爸爸不好？钱锺书《围城》里有这么一句：“苏小姐脸红，骂她：你这人最坏！”难道真的是她最坏？电视剧《都市放牛》中，南瓜买了一件小礼物送给喜妹，喜妹赌气说她想要金的银的，南瓜可怜巴巴地解释：“喜妹，你知道我没钱！”这里的“没钱”就是钱少、钱不够的意思，喜妹一听就懂了。要是南瓜说：“喜妹，你知道我钱少！”这是不是很别扭？“秃头”就是没头发，也是个模糊概念。不要以为凡是“秃头”就一定一根头发也没有。远看看不见，近看只有一根，能说不是秃头吗？恐怕还是秃头！

第二大方面，语言的变化发展，无时不受“辞达而已”原则的规约。

也举些例子，略说三点。

首先，适应社会发展使用新词新义，是为了“辞达”。“下海”一词，《现代汉语词典》1983年修改本里还只列出三个义项：（1）到海中去；（2）（渔民）到海上（捕鱼）；（3）指业余戏剧演员成为职业演员。1996年的《现代汉语词典》修订本增加了一个新的义项：（4）指放弃原来的工作而经营商业。现在，假若哪份报纸哪本杂志上有一篇文章题为“下海”，多数读者想到的肯定是经商做生意。近几年，出现了“对外汉语”这个词语，指的是对外汉语教学。如果死抠字眼，显然不通。汉语教学，可以分对内和对外；汉语，怎么可以分对内和对外？然而，一个缩略了的词语，其含义只要大家都懂了，也就“辞达”了，它也就具有生命力了。要不然，只从字眼上去抠，“少数民族”这个词语在配搭上又怎么解释？近来，媒体上流行“粉丝”一词，来自英语的“fans”，有“狂热的迷恋者、狂热的崇拜者”之类意思。这个词，公文里、教科书上不宜使用，但在特殊场合，却有其特殊的作用。2006年5月17日的《楚天都市报》上，有一篇短文《粉丝沙龙》，说的是真人真事。作者说，他妻子内退回家，十分苦恼，他鼓励妻开个粉丝小吃店，儿子大声叫好，挂出了一个“粉丝沙龙”的店牌。没两天，突然进来十多个男孩女孩，出高价钱包店，说“铁杆粉丝”在“粉丝沙龙”搞聚会，够味儿！从此，生意出奇地火爆。作者叹道：此“粉丝”非彼“粉丝”，没想到此“粉丝”引来那么多的彼“粉丝”，让妻乐得合不拢嘴！

其次，适应表达需要选用句法结构，也是为了“辞达”。句子可以变换结构。两次春节联欢晚会上，冯巩出场总是对观众说：“我想死你们了！”到了2005年的春节联欢晚会，节目主持人要求他不能重复这个句子，他顺口而出：“你们让我想死了！”同一个意思，还有一种说法。琼瑶小说《哑妻》中，这么描写雪儿见到爸爸的情形：雪儿望着父亲，然后垂下头去，找了一根树枝，在地上写：“你是我爸爸？”柳静言点点头，雪儿又看了他好一会儿，然后写：“爸爸，你想死我们了！”母女俩年年月月想着的是“你”，现在面对着的正是“你”，因此，最迫切的是要把“你”先说出来，然后再接上“想死我们了”。句子还可以变换长度。“五四”以后，出现一种新兴句法，语法学家称之为“成分共用法”。比如，在国民党时代，土地是地主的，农民不愿意也不可能用自己的力量去改良土地。（毛泽东《我们的经济政策》）这里用“不愿意也不可能”，句子显得凝练。但是，并非什么时候都是成分共用才好。“我们的目标一定要达到！我们的目标一定能够达到！”如果成分共用，说成“我们的目标一定要也一定能够达到”，反而没有那么气势磅礴，掷地有声了。

最后，根据表述要求变动同音字来组造语句，也是为了“辞达”。常言：“舍不得孩子套不住狼。”为了套狼，宁可牺牲孩子，这合理吗？可怜天下父母心啊！《语文建设》上发表过一篇《因声起意与流俗词源》的文章，作者指出：这里的“孩子”可能是“鞋子”的讹读。因为，在一些方言区中，“鞋子”就读成“hái zi”。这条俗语应为：

“舍不得鞋子套不住狼。”在一次国际会议上，我特别提到了这一点。讨论时，有位新加坡学者提问：“量小非君子，无毒不丈夫”中的“毒”，有没有可能是由“度”演化而来的？我认为很有可能。“量小非君子”和“无度不丈夫”，互文见义，也可以说成“量小非丈夫，无度不君子”。是否如此，尚待求证，但无论如何，肯定都是能够引发思考的好假设。那么，如果假设得到证实，是否导致对“舍不得孩子套不住狼”和“无毒不丈夫”的否定和舍弃呢？不是。这类夸张性说法，经历了语言运用的时间考验，在历史发展中已经定型，所表达的意思已经十分清楚。以“舍不得孩子套不住狼”来说，是否合乎人情的理据已经淡化，不再成为需要深究的话题，人们已然接受了凸显出来的意思，这就是：必须做出重大的牺牲，否则就无法取胜。

理论越精辟，话语越简短。两千多年前，孔老夫子就已为我们提出了有关语言的一条纲领性的原则。上面只是举几个例子，说明“辞达而已”涉及了语用、修辞、词汇、语法等诸多方面，其中既有共时平面的问题，也有历时平面的问题。辞达而已，一语破的。这一原则，可以用来建构语用学和修辞学，也可以用来解释词汇的发展和语法格式的演变。中国传统文化的宝库中，像“辞达而已”这样的精辟论断，应不在少。

应该顺带指出：“辞达而已”是否意味着，在语言的运用中只要满足了“辞达”的要求，就可以不遵守语法规则了呢？不是。“辞达”与“遵守语法规则”，是从不同角度提出来的命题。“辞达”，指社会交往中人们的言辞能够达意传情，满足具体场合的交际需要；“符合语法规则”，指人们的言辞符合大家所认同的语法结构规律，不影响相互间的交际。满足交际需要的“辞达”，是语言运用永远不变的原则；言辞的语法结构，却会随着社会的进步而有所发展和丰富。人类的原始语言，肯定是很简单的，不可能先由谁——神仙或上帝——制定出一套语法规则，然后让人们去遵守。人们在不断地运用语言的过程中不断地发展语言。在人们不会用碗盛饭、不会用筷子扒饭的时候，不可能有“吃大碗”“吃筷子”的说法；后来人们用大碗吃饭，用筷子吃饭，慢慢才演变出了“吃大碗”“吃筷子”的说法，于是才形成一条新的动宾配搭的规则。

四、中国语学的特色探求

中国语言研究，应该旗帜鲜明：面向世界，面向时代需求；根在中国，根在民族土壤。我们重视学习和借鉴国外理论方法。在这一点上，要承认自己的落后，要看到自己同别人之间的差距，要测定和把握研究工作的先进走向。作为汉语研究工作者，我们又应该重视“研究植根于汉语泥土，理论生发于汉语事实”。讨论国学，不是要回归到国故，而是为了弘扬国学的精魂。把学习别人长处和创建自己特色结合起来，处理好“向”和“根”的关系，才有可能真正出现与国际接轨的局面。

我们应该旗帜鲜明地提倡形成语言学的中国学派，提倡探求和凸显中国语学的特色。

古为今用、外为中用，这无疑是正确的选择。国故意义上的国学，无力因而不能直接促进国家文化的大发展；纯引进意义上的今学，也总避免不了水土不服的缺憾。无可怀疑，跟文字、训诂、音韵等相比较，无论广度还是深度，中国现代语学的面貌都是全新的。但是，在国际学术交往中，却显露了明显的弱点，比如，原创性学说缺乏、创新性理论不多、学术风格不明朗，因而处于弱势地位，根本无法跟别人平等对话。说千道万，中国语学要得到进一步长足发展，最重要的是提倡形成“语言学的中国学派”。2004 年，《汉语学报》发表了《以学派意识看汉语研究》的文章，作者指出：学派是学术研究领域走向成熟、发达和繁荣的标志，所谓学术的繁荣，就是学派、流派之间的竞争的果实。伟大的思想，只能在学派的争鸣与摩擦中产生。汉语研究中学派的形势不明朗，这是一个事实。没有学派，就没有该学科的国际地位；没有国际地位，则从根本上取消了我们国际交流的话语权。这篇文章发表以后，产生了相当大的反响。

要形成语言学的中国学派，就必须强调语言研究的“自主创新”。什么叫“创新”？“创新”本身就是一种独创性的行为或成果，本来就是“自主”的！可是，如果这么咬文嚼字，绝对是十足的书呆子气。正如国学是相对西学侵逼而提出的概念一样，“自主”创新针对的是“他主”创新。提出“自主创新”，是在高屋建瓴，是在主张弘扬民族智慧，是在强调国家兴盛之“大我”。许多人喜欢读金庸小说，我是其中一个。王重阳和林朝英原是一对天造地设的佳偶，却没有结合，这是因为二人武功既高，自负益甚，一直至死，争竞之心始终不消。林朝英创出了克制全真武功的《玉女心经》，而王重阳不甘服输，又将九阴真经刻在墓中。只是他自思《玉女心经》为林朝英自创，自己却依傍前人的遗书，相较之下，实逊一筹。王重阳很清醒，做出了“自创”高于“依傍”别人的判断。

只要形成了语言学的中国学派，自然而然就会出现中国特色的语言学。科学无国界，这话绝对正确。不过，要看怎么理解“科学”和“无国界”。就“科学”而言，从跟国家民族的社会性人文性的关系看，有两大类。一类是纯科技性的，如数学、化学、物理学等；一类是同社会性、人文性有所结合的，如美学、史学、经济学等。二者之间，不应做简单类比。“中国特色数学”“中国特色化学”“中国特色物理学”的确不能说，然而，是否可以用此来证明“中国特色美学”“中国特色史学”“中国特色政治经济学”也不能说呢？好像不可以。且别说人文社会科学，即使是属于工科的建筑学，由于跟社会因素、人文因素有很深的渊源，也完全可以提“中国特色建筑学”。至于“无国界”，是否就等于说任何门类的学科都没有国家特色或民族特色呢？是否也可以理解为科学属于全人类，科学成果为全人类所共享呢？语言学是一门具有社会性和人文性的学科，提“中国特色”是无可指摘的。在国家提倡振兴民族文化之时，强调“中国特色”，更有导向性的作用。

当然，中国语学要形成和凸显自己的特色，绝非易事，需要做长期而艰苦的探求工作。1996 年 6 月 10 日，季羡林先生为“中国现代语言学丛书”作序，其中指出：下一个世纪的前二十年，甚至在更长的时间内，都是我们探求的时期。我们必然能够找到“中国的特色”。只要先擒这个“王”，我们语言学的前途，正未可限量。[①]1999 年 6 月 29 日，季先生为他所主编的“20 世纪现代汉语语法八大家”作序，又接着上面的话题写道：但是，问题的关键在于，怎样探求？向哪个方向探求？我不揣庸陋，想补充两点。第一点，要从思维模式东西方不同的高度来把握汉语的特点；第二点，按照陈寅恪先生的意见，要在对汉语和与汉语同一语系的诸语言对比研究的基础上，来抽绎出汉语的真正的特点。能做到这两步，对汉语语法的根本特点才能搔到痒处。[②]季先生不仅精通英语、德语等现代外国语言，而且熟谙梵文、巴利文、吐火罗文等外国古代语文，视野广阔。他的意见，自然也是“探求”性的，但起码可以引起我们的重视和思考。

不过，话还得说转来，学术上有不同意见，这是正常现象。认为汉语有自己的特点、中国语言学可以形成自己的特色也好，认为不要提汉语特点、中国特色语言学的提法不科学也好，都各有所据。不仅如此，我还相信，在这两种见解的导引下，都有可能出现高质量的研究成果。

---

① 邢福义：《汉语语法学》，东北师范大学出版社 1997 年版。

② 《吕叔湘选集》，东北师范大学出版社 2002 年版。

结束语

最后，我讲几句话，作为结束语。

第一，一个国家有没有自己的学术特点，意味着一个国家有没有自己的强劲文化；一个没有自己强劲文化的国家，意味着国际交流中发言权完全掌握在他人手里，自己只能俯首帖耳地驯服于他人的指指点点。目前，中国对外文化交流的严重入超，提醒我们，需要大声疾呼振兴自己的文化。

第二，中国有灿烂的文化，这不是历史教科书上僵硬了的几个汉字，也不是仅供观赏的历史化石，而是可以滚动起来的一江长长活水。以现代意识为前导，弘扬国学优良学风、深刻学理和有用成果，让国学精魂与现代意识结合起来，有利于实现民族文化的振兴，有利于助产中国特色的学问。

第三，中国学术，包括中国现代语学，应该也可以对世界学术做出贡献。《光明日报》2006 年 3 月 23 日发表的《中国语言研究的民族性与世界性》一文，文中几句话说得特别好：世界性与民族性是事物的一体两面，表面对立，实则统一。有鲜明的民族性，才有真正的世界性。没有各民族深入挖掘，慷慨奉献本民族的优质元素，就无法打造出内涵丰富、形式多样、色彩斑斓的世界性。

第四，学术的繁荣，表现为“百花齐放”。容忍“百花齐放”，是一种学术度量。百花中，任何色样的花，都是一个品种，都应受到尊重。学术上的不同意见，不要过早肯定或否定。有的意见，看似互不相容，实则有可能殊途同归，将来会形成互补。对于一个学者来说，既要善于学习别人，又要善于塑造自己。

请让我再次提到金庸的作品。金庸笔下，有个老顽童。他爱“拜师”，只要看到别人有新招，即使对方是十七八岁的小青年、小女孩，他都要“我拜你为师”；但是，他又爱“自创”，潜心于自己琢磨，“双手互搏”、“空明拳”呀，创造出了许多令人意想不到的招式。此公武功开始中等偏上，后来奇高。结果呢，在“东邪、西狂、南僧、北侠、中顽童”的新“评估”中，占据中心位置，成了五绝之首的“中顽童”。这个文学形象，也许能够启发我们思考点儿什么。王充《论衡·实知篇》：“不学不成，不问不知。”张载《经学理窟·学大原下篇》：“学贵心悟，守旧无功。”我想，多多咀嚼这类格言，对我们的继承创新会大有好处。我的发言就到这里，谢谢各位！

原载《光明日报》2006年8月8日，略有增补

◇　作者简介　◇

邢福义，1935年5月生，海南省乐东县人。华中师范大

学文科资深教授，博士生导师，湖北省首届“荆楚社科名家”。曾当选第八、九、十届全国政协委员，长期担任国家哲学社会科学研究规划语言学科组副组长、教育部社会科学委员会委员、华中师范大学学术委员会主任、教育部百所人文社科重点研究基地之一华中师范大学语言与语言教育研究中心主任、现任《汉语学报》主编。

从王蒙一篇小说引起的争论说起

——在美国夏威夷大学的讲演

王庆生

这次我应邀来夏威夷大学和杨伯翰大学（夏威夷校区）访问，感到非常高兴。我虽是第一次踏上美丽的夏威夷土地，但夏威夷的名字、夏威夷大学、杨伯翰大学东亚中国文化研究中心的声誉早已印在我的脑海里。1990 年，我校邢福义教授来到这里讲学；1991 年，夏威夷大学李英哲教授访问我校，使我校与夏威夷两校之间的关系日益密切。可以说，位于长江之滨的华中师范大学与位于大西洋夏威夷大学和杨伯翰大学已经在文化的交流上有了一个新的开端。

我是从事中国现当代文学研究的。从 20 世纪 50 年代后期开始，主要致力于当代中国文学教学与研究，我这里说的中国当代文学是从 1949 年起直到现在的中国文学。1992 年 10 月 16—19 日，我们与中国社会科学院文学研究所在我校举办了中国当代文学国际学术研讨会，参加这次学术会议的有中国、美国、瑞士、法国、德国、日本、马来西亚、新加坡等国的代表 90 多人，会议的中心议题是“当代中国的发展与中国当代文学的变革”，大家围绕这个议题畅所欲言，发表了许多有价值的意见，这里我不想一一介绍，只想从一个方面谈谈当代中国文学的现状和发展趋势。

这些年来，中国改革的步子比较大，经济发展比较快，年增长速度为 8% 左右，今年增长 10% 左右。随着经济的改革开放，文学是否也在改革开放呢？这是人们关注的一个问题。对于这个问题，我不想抽象地说，只想从作家王蒙的一篇小说引起的争论说起。

王蒙是中国当代的一位著名作家，曾任文化部部长，现为中国作家协会副主席。他在 1989 年出版的《中国作家》杂志上发表了一篇短篇小说《坚硬的稀粥》，这篇小说 14000 字，作者用第一人称写法，写了一个四世同堂的中上水平家庭，在改革新潮中进行膳食革新的故事。这个家正式成员有爷爷（八十四岁）、奶奶（八十四岁）、父亲（六十四岁）、母亲（六十一岁）、叔叔（五十七岁）、婶婶（四十岁），“我”的堂妹、妹夫、“我”那个儿子，还有一个非家庭成员徐姐（五十九岁），徐姐在这个家做家务已经四十年。多年来，这个家生活得很平稳、很团结，全家几十年来都是早上稀饭咸菜、中午炸酱面、晚上米饭，这种生活能够吃饱穿暖，大家满意，“家里有一切该有的东西”。后来随着改革开放，这个家庭围绕着每天应当吃什么引起了一场风波。

这篇小说发表后，在海内外引起了争论。有肯定的，也有否定的。1991 年 7 月，天津《小说月报》在第四届（1989—1990）百花奖评选中，《坚硬的稀粥》获百花奖。同年9月14日，《文艺报》刊登了一封署名慎平的“读者来信”，对获奖提出不同意见，认为这篇小说是对中国社会主义改革的影射；10月，《上海文汇读书周报》刊出本刊记者专电，说王蒙10月9日已就此事向北京市中级人民法院递呈民事起诉状，说慎平侵害了他的名誉权；月底，北京市中级人民法院发出裁定书，认为《文艺报》发表慎平的文章属正常的文艺批评，对王蒙的起诉不予受理，如不服，可以上诉到高级法院。

这篇小说的争论在海内外也产生了影响。日本报刊，如《每日新闻》《东京新闻》《文学界》《读卖新闻》等发表了有关的报道和文章。1992年1月25日，《文艺报》发表了王长贵的长文《评小说〈坚硬的稀粥〉》，批评了这篇小说。归纳起来，争论意见主要是：

1. 认为这篇小说基本上是好的，作者是通过幽默讽刺的笔调，对食洋不化、全盘西化的观点给以善意的批评。

2. 认为这是表现一个家庭“家政改革”由兴起到失败的“一篇讽刺性、政论性的小说”，它所虚构、所批判、所讽刺的“改革”是用来“缩影过往的一个时期的现实改革”的，说明这一时期的改革无非是一场闹剧加悲剧。

我个人基本上同意第一种意见，这篇小说主要是对改革中的全盘西化的一种讽喻、批评。王蒙1991年12月在《话说这碗粥》一文中说到创作这篇小说的构思过程：“1986年8月，我和文化部一位女同志出差拉萨，这位同志每天早餐只吃稀粥、馒头、咸菜，拒绝西式、藏式食品，西藏自治区文化局的一位局长（藏族）对此曾开玩笑说：‘汉族同志身体素质差，就是稀粥、咸菜造成的，我一定要设法消灭稀粥、咸菜。’他们这句玩笑话引起了我的思索：从营养学的观点看，稀粥、咸菜确实并不理想，但予以消灭，却是不可能也不必要的。正确的态度应是随着生活的提高和眼界的开阔而逐渐予以补充和提高，而这又与我一贯的提倡建设、提倡渐近，反对偏激、反对清谈的思想相一致，这就是小说《坚硬的稀粥》的题材和主题的由来。”他还说，这是一篇讽刺人民内部缺点的小说，主要是对食洋不化、全盘西化、追逐时髦的儿子的批评。小说中的爷爷是一个宽厚、慈祥、开明、从善如流的人物，小说风格是轻松的幽默与讽刺，小说用了一些政治名词，是喜剧艺术的修辞手段。小说结尾写到一位英国朋友（爸爸20世纪40年代的老友来华）在他家住了一个星期，开头专门为他请了一位西餐厨师为他做面包、蛋糕、吐司、牛排，英国朋友要求不吃西餐，说：“把你们的古老传统和独特魅力的饭给我一点儿吃吧，求求你们了，行不行？”后来给他吃稀饭和咸菜，他吃了后称赞：“多么朴素，多么温柔，多么舒服，多么文雅，只有古老的东方才有这样神秘的膳食。”这个结尾也说明了这篇小说的主题。

饮食，是一种文化，各个民族都有自己的不同饮食，也有自己的传统饮食文化，可以互补，但不能照搬，强求一致。从对王蒙小说的争论中，可以看到中国文学界的气氛，政策也不像过去。中国有个方针叫作“百花齐放，百家争鸣”，这个方针是1956年提出的，内容是：在文艺领域里，各种题材、各种思潮、各种流派的作品可以齐放，各种不同的学术观点、文艺观点可以自由争鸣。这个方针开始虽然执行过，但一直没有真正实行。有的作家写了作品因不合时宜受到批判，如20世纪50年代，路翎写了一篇小说《洼地上的战役》，高缨写了一部电影《达吉和她的父亲》就受到非议，作品被禁止，作家受到批判。现在情况不同了，一篇作品发表后，可以赞同，可以反对，自由争论，这是中国文艺界的一个很大变化，也是作家创作环境的一个很大变化，是时代的进步。

从中国文学发展的变化来看，1976年粉碎“四人帮”后，中国发生了历史性转折，给文学的发展造成一种生气勃勃的人文环境和开放性的文化心态，文学从封闭的状态下解放出来，反思历史，面向世界。无论是艺术观念、思维方式，还是价值观念、艺术手段、审美特征等方面，都发生了很大的变化，这种变化主要体现在以下几个方面：

1. 文学从“大一统”的格局，朝向多样化发展。过去是千人一面，千部一腔，现在是丰富多彩，不拘一格。过去强调文学的政治教育功能，题材单一，人物模式化，像工厂生产的标准件一样，如知识分子、技术员老是作为批判对象，处于作品的对立面，现在不同了，文学从“政治—伦理”层面扩展到社会、历史、哲学、文化、生命本原等不同层面上。如高晓声的《陈奂生进城》《陈奂生出国》，表现了青年农民对现代文明的追求；张承志的《黑骏马》《北方的河》写内蒙古的草原生活；阿城的《棋王》，表现了对传统文化的认同；陆文夫的《美食家》，写了一个资本家对食文化的精心研究等。

2. 文学从“谈人色变”的禁区，朝向“文学是人学”发展。人是文学的主体，文学要表现人、人的生活、人的命运、人的权利，这一点在新时期创作中表现十分明显。过去文学见物不见人，特别是人的爱情、道德领域难以深入揭示，现在写人的内心世界，爱情生活，写人的心灵历程，写人的复杂感情生活，等等。如张贤亮的《男人的一半是女人》，就是写人的思想感情的历程，写性压抑下的精神状态。张艺谋编导的《菊豆》《大红灯笼高高挂》《秋菊打官司》写的就是人的复杂感情，《菊豆》在国际电影节获奖，受到人们的重视和欢迎。

3. 文学由单一走向复合，由内聚性开放转向外向性发展。就创作方法而言，过去中国文学强调现实主义传统（写实），这一点现在仍然坚持，但与此同时，浪漫主义、现代主义、魔幻现实主义、荒诞主义、意识流、黑色幽默等创作方法和表现手法也为作家借鉴、吸收。比如意识流，中国作家吸收了它的长处（如自由联想、幻觉与视觉混合、内心独白、放射性的网状结构等），但又有革新，比如，伍尔夫（Virginia Woolf，1882—1941），的第一篇意识流小说《墙上的斑点》写一个妇女看到墙上的一个斑点引起的种种联想，她想到人生无常，想到莎士比亚，想到法庭上的诉讼程序，最后又回到那个斑点本身，那个斑点不过是一只趴在墙上的蜗牛，它本身并没有太大的意义。中国女作家谌容的中篇小说《人到中年》，写一个中年眼科医生陆文婷的生活与命运，写她生病在昏迷时所“看到”的一双双飞掠而过的各种各样的眼睛，眼睛里流动着她一生经历的种种事情，有她当医生的情景，也有她丈夫的眼睛，她丈夫给她朗诵诗歌的声音，这一串串的意识组合，表现了一种寓意。王蒙的《蝴蝶》、茹志鹃的《剪辑错了的故事》、王小鹰的《净秋》等，都运用了意识流，这给作家的创作带来了新的变化，增强了作品的表现力和艺术感染力。

上面三个方面，只是粗略地介绍了中国当代文学的一些变化，远远不能概括当今中国文学的发展状况。下面我想说说当代中国文学近期发展的一些趋向。

我想说的一个问题是文学的互补问题，即中国本土文学与西方文学的互补、纯文学与俗文学的互补，大陆文学与港、台、澳地区以及海外华文文学的互补。

1. 关于中国文化与外来文化的交流与互补，一直是中国文学在开放中碰到的一个重要问题。从中国历史情况看，中外文化交流有一个冲突、选择、融合的过程。如佛教从印度引入中国，开始人们激烈排斥反对，后来逐步接受、融合，现在佛教在中国就有很大影响。当今外来文化、西方文学大量进入中国，也自然会有一种选择问题。我的看法是，任何民族都有自己的传统——文化传统、文学传统，脱离本民族的传统全盘照搬别人的东西，显然是行不通的，但拒绝、排斥外来文化更是愚昧的。我们要立足于本民族的传统，多方吸收借鉴外来文化为我所用，合适的就吸取，不合适的就不用。

2. 纯文学与俗文学互补问题。这几年通俗文学发展很快，大陆的通俗文学作品、期刊畅销，如专门刊登通俗文学的期刊《今古传奇》，最畅销时一期销一百多万册，现在也保持在三四十万册，而纯文学的作品销路不好，有的纯文学期刊一期只能印两三千份，长期亏本。另外，中国香港、台湾地区的武侠小说、言情小说在大陆拥有大批读者，梁羽生、金庸、琼瑶、三毛等作家的作品，中国台湾、中国香港的电影、电视剧，如《今夜星辰》《欢颜》等在大陆畅销，这些都给纯文学提出了挑战。在近期召开的俗文学与纯文学学术讨论会上，有的专家就提出，纯文学与俗文学要在交流竞争中相互吸收、融合。对俗文学来说，要提高品位，做到通俗而不庸俗。俗中有雅，雅中有俗。纯文学提高艺术质量，增强艺术感染力。

3. 大陆（内地）文学与中国台湾、中国香港、中国澳门，以及海外华文文学的交流整合问题。这几年来，大陆对港台地区和海外华文文学的作品交流研究，日益增多强化，如成立研究学会，出版了有关刊物。不少高校开设了这方面的课程，中国台湾、中国香港方面也是如此。从中华文化体系来看，台、港及海外华文文学都是当代中国文学的重要组成部分，四十多年来，虽然各自都在不同的社会背景和文化背景下发展，但同属中华文化传统这个母体，同根、同族、同一传统，血浓于水的关系使两岸和海外华人之间有相同的文字，相通的情感，相近的文学主张，相似的文学探索，因此，今后大陆、台、港、澳地区以及海外华文文学的双向交流及其对未来中国文学发展的影响将引起更多人的关注。

限于时间关系，我不能再讲了，但希望在座的诸位能够对中国文学产生兴趣。如果有志研究中国文学，特别是当代中国文学，欢迎到中国来，我校已接纳了这方面的本科学生和研究生。

耽误了诸位的时间，谢谢！

◇　作者简介　◇

王庆生，1934 年生。华中师范大学文学院教授、博士生导师。曾任华中师范大学校长、中国新文学学会会长。著名文学史家。著述有《与时代偕行的当代中国文学——王庆生自选集》等，主编《中国当代文学》（修订本、上下两册）、《中国当代文学作品选》（修订本、四卷）等。

一鳞半爪说学缘

王先霈

文学院的领导让老年教职工各自回顾人生历程，写成文章，编一本集子。我一直未能遵命，觉得，我这个人的前半辈子有多少好写的呢？经不住负责这件事的李守初、刘兴策两位老师一再敦促，那么，我就说说我对昔日师长和同事的记忆吧。

华中师范学院中文系建系初期的教师队伍，是在20世纪50年代初全国院系调整中，由若干所大学中文系教师组合而成。老师们的学术经历、学术背景彼此相异，各有所长。到我进入本科一年级的1956年，改制前的华中大学和老师们早先各自从教及就读的其他若干大学，都被叫作“旧大学”，学术传统已经不被提及，我们对于本系教师的学缘结构也几乎一无所知。不过，老师们在讲课中还是自然而然地表现出不同的学术风格，给同学们留下印象，并且从中受到潜移默化的多种影响。可惜，我们一年级的末尾，就遇上“反右”，二三年级又是“大跃进”“反右倾”，老师们的学术个性难以表现和发挥，年轻懵懂如我这样的，没有能够自觉地、系统地在比较中学习各位老师的精髓。如今，半个世纪过去，我从当年一个普通的学生和青年助教的见闻所及，以及从一个特定角度能够回忆起的，只能是一鳞半爪的淡淡微痕。

我的中学母校是九江市第二中学，它的前身是同文中学和儒励中学，两者都是基督教教会学校，同文是男中，儒励是女中，和华中大学属于同一个大系统（都与美国的耶鲁大学长期维持着联系），历年毕业生很多被举荐到华中大学深造，老师中也有不少华中大学毕业生。当我准备到华师来报到的时候，语文老师李步青先生特地为我写了一封信，叫我持此信面谒他的老师钱基博教授。他给我介绍钱基博的学术成就和人格力量，说钱老不只是精通国故之学，而且思想开通，注重吸收西方学术成果，注重学术对救国图强的功用。抗战期间他在湖南蓝田国立师范学院国文系开设“《孙子》讲读”课程，出版《孙子章句训义》，联系克劳塞维茨的名著《战争论》和欧洲战例讲解；又与他人合作出版《德国兵家克劳山维兹兵法精义》，在国学家中显示出独特个性。当时中文系在桂子山，而钱老住华中村，相隔颇远，我又怯于拜见这样的大师，那封信放在箱子里，直到钱老病逝始终没有拿出来。只是，我知道了学校里有一些大学问家。

2006 年年底，我在北京参加全国作家代表会，其间，香港特区作家联合会潘耀明会长请吃饭，席上坐在我旁边的是邵燕祥先生，他问：“你是华中师范大学的，熟悉高庆赐先生吗？”我说：“我读一年级他就给我们讲现代汉语课，最受学生欢迎。你认识高老师？”他说：“那也是我的恩师。”原来，邵燕祥在北京汇文中学读书，高先生是他的国文老师，师生情笃，以后几十年保持联系，直到高老师20世纪70年代末去世。高老师是燕京大学国文系毕业，先后在北京大学、燕京大学、西北大学和华中大学任教。他既熟悉现代西方语言学理论，又熟悉中国古代声韵之学。现代汉语基础课语音部分的内容，照说是比较浅显的，他讲来却极富韵味。引用儿歌、民谣、绕口令、古诗词，讲得生动活泼，他的分析和讲述既易懂而又有很高的学术含量。后来，他给下面的年级讲古代汉语，也是很受欢迎的。1969年，已近耳顺之年的高老师，和我们一起参加维修扩建王家墩飞机场的繁重劳动，白天睡在附近的地质学校走廊地面上，晚上出工推百余斤的水泥车上高坡，对他身体伤害很大，回校便尿血，从此身体一蹶不振。高老师学术思想开通，乐于吸收新知识。记得20世纪60年代初，他手上没有《毛泽东选集》第四卷，听陶军教务长哲学课上讲到毛泽东同志提倡“弹钢琴”的工作方法，叫我给他找到出处，准备作为讲修辞的材料。高老师那时陷于不利处境，他询问时的客气使我很不安，而能为自己敬佩的老师服务，又使我欣喜。他特别善于表达，讲课干净利落，没有闲碎言语，普通话纯正，音色浑厚（高先生的京剧唱得很不错），教态庄重、沉着而亲切。他的教学风范是我终身仰慕，想要模仿而不可得的。近年，我无意中得知，高老师还是新批评派的开创者理查兹在中国的最早介绍者和评论者，他在燕京大学的毕业论文就是以理查兹为研究对象。他的论文题目是《吕嘉慈的文学批评》，共五章，由郭绍虞和周学章两位先生评阅。

给我们讲授古代汉语课程的邵子风老师则是另一种风格。邵老师个子小，身材精干，说话轻言细语，态度和蔼。在那1958年“厚今薄古”的一派浮躁气氛中，在礼堂里给三百人上大课，给这些古代文化素养很差的学生讲什么“守温三十六字母”“见、溪、群、疑”“帮、滂、并、明”，也真难为他老人家。学生们把古汉语课叫作“苦汉语”，责任能够归之于老师吗？多年之后，我读杨树达先生《积微翁回忆录》（上海古籍出版社1986年版），里面几次提到邵老师。如1935年4月7日，“阅邵子风所撰《晓匣旧读考》。谓古无浅喉音，皆读牙音见、溪；多从异文及声类证明。”1936年1月22日，“邵子风赠所著《甲骨书录解题》。”《甲骨书录解题》由商务印书馆1935年出版，是同类书中较早的一本，现在很难见到，已经近乎文物了，网上竞拍开价一本千元。此外，何泽翰老师是杨树达先生的入门弟子，《积微翁回忆录》也提到他。在那个年月很难施展才学，后来调到湖南师范学院去了。

杨潜斋先生的专长在文字和声韵，曾在中央大学、南开大学讲授相关课程，但他教我们的是《语言学概论》，从他那里我第一次接触到索绪尔的一些观点。他的讲义比他课堂上讲的更加严谨，其中不少是他从很新的外文资料里得来的，而那以后很长时间，他介绍过的西方学者的名字都很少在大学课堂上、学术刊物上被提及了。

我入学时系主任是陈宣先生，他是左联成员，从中原大学过来的，是解放军文化部部长陈亚丁的哥哥。陈先生去世后由方步瀛老师接任系主任，方先生20世纪30年代前期在中央大学毕业，他是古典文学教授，最先却以训诂学研究名世。1942年发表《连文析义》，我刚进校读书时，看到过他在学报上关于联绵词研究的论文。他不只是打通了古代文学各个阶段，还打通了古代文学和古汉语两个学科；60年代初，他给青年教师讲授《文心雕龙》，则体现出他颇深的文学理论素养。系里师生都知道方先生善于背诵，每天见他从华中村居所到昙华林教工食堂来买饭菜，一路上喃喃自语地背书。讲课时也是大段背诵古典作品，一口余干话，连我这个江西人也听不太明白。田蕙兰老师模仿方先生吟唱“山有木兮木有枝，心悦君兮君不知”，很是传神，不熟悉的人会以为是在说外语。但那抑扬有致的声调，比之于现代普通话的念读，更能让听者走入原作的意境，让我们恍惚间听到两千多年前南方少女唱的《红莓花儿开》。方先生绝非食古不化，他很关心文艺现状。1965年暑假前，我从北京回来，他以系主任和老前辈之尊，到我的寝室，具体了解当时批判“写中间人物论”的情况，使我十分意外，更增加了我对他的敬意。他曾担任《长江文艺》的编委，2009年湖北省作家协会编选六十年文集，在理论卷里收录了方先生的《〈牡丹亭〉杜丽娘的形象》。当年的编辑刘岱同志回忆说，文章出于老先生之手，却充满时代青春气息。

比如，“精神生活如此丰富的杜丽娘，寻求爱情自由和反对封建压抑的苦闷，既不能在游园中得到排除，反更从花鸟上增添了新的感触和怅惘。这种心理上无穷的、此继彼续的矛盾变化，便促使她再进一步对现实生活的不满和新的要求的产生”。“封建压抑的苦闷”，今人谓之“性压抑”；“心理上无穷的变化”，即是弗洛伊德所说的“力比多”——方先生那时只能委婉曲折地说出。这些正是《牡丹亭》的精华所在，是明代新思潮在文学上的最好体现。此文如今读起来，依然生气流溢。

石声淮老师也是以他的博闻强记，使历届学生惊叹而敬佩。其实，未必老一辈的教师人人都是天生异禀，后来的学人个个都在生理上退化了。老一辈他们首先是肯下苦功去背，更重要的是多有“理解之同情”，在深刻理解的基础上背诵。1986 年，我和石老师一同到黄石，分别为湖北师范学院学生做古代文学和文艺学讲座。晚间两人在宾馆休息聊天，他说，年轻的时候向华中大学英籍女教师借阅原文本哈代的《还乡》，个把星期看完了去还书。女教师说：“这样精粹的文字，你这么快就看完了？”把石老师批评了一顿，让他拿回去重新读过。的确，《还乡》对英格兰乡村自然风光的描写，是英国散文的精品，需要一字一句品读。可以想见，石老师读中国古代文学作品，更是沉潜往复，浸润其中。今人缺少的正是这样的一种专心致志，石老师给我讲这一段往事，是对后生小子的教诲。大家都知道石老师是钱基博先生的东床，师母钱钟霞一辈子相夫教子，家务之余研究联语，颇多心得。1970年在凄风苦雨的大冶北炼山，石老师躺在地铺上给我说师母收集的对联，如某地武则天祠前有集句联："六宫粉黛无颜色，万国衣冠拜冕旒。"他轻声念诵，我凝神听着，在那肃杀的环境中得到片刻的放松。到了20世纪80年代，石老师听我说在讲"文学语言独立的形式美"，便告诉我一些"无情对"，联语对偶工切精巧，而意义毫不相干，比如，"木已千年休纵斧，果然一点不相干""宫门桃李争荣日，法国荷兰比利时"。这类例子，我用到课堂上，很为听课人所喜欢。石老师懂音乐，嗓音醇厚。某年，日本有吟诗舞剑团到访武汉，要找人切磋汉诗吟诵，接待部门到处寻觅，最后请石老师出场，客人大为折服。

担任外国文学教研室主任的胡雪先生，据说懂五国语言，在大学教过英语，最擅长的应该是日语，因为他毕业于早稻田大学。看他一派绅士风度，却曾进过黄埔军校，抗战时期做过国民政府军事委员会政治部第三厅对日宣传核心小组文艺写作组组长。他很早就翻译了夏目漱石的《我是猫》，人民文学出版社1958年版本署"胡雪、由其译"，近些年却颠倒过来改成"尤炳圻、胡雪译"，不知是何缘故。2005年8月，我接待日本翻译家代表团，团长是早稻田大学名誉教授、著名中国文学翻译家岸阳子，我向她介绍夏目漱石《我是猫》的中译者是我的老师胡雪先生，她当下向她的团员们叫一声："吾輩は猫である！"很是兴奋，这也算他们到武汉的一个收获吧。我的同年级学长陶才碧大姐最近对我回忆起：胡雪老师在"红专大辩论”中，出乎大家意料之外从容地走上讲台舌战群儒，那镇定自若大异于平时温文尔雅的坚毅形象，和他“一锄头挖不出莎士比亚”的名言一起，深深印在了学生们的心中，至今我们聚会还常常忆起。和陶大姐同一个小班的刘汉明学长彼时加以发挥，说是“一锄头也挖不出古汉语”。可见，老师对学生的影响，不仅限于授业，还有对于科学、对于真理的态度，那也许更为重要。

至于说到后来一辈的教师，大部分是本校本系毕业留校的，似乎颇有“近亲繁殖”的嫌疑。不过，系里很早就有意识地一茬茬地派出青年教师到外校进修，这在本系的学科建设上起到很大的作用，使本系能够不停地追踪国内先进的水平，广纳诸家之长，形成自己的特色。当时决策者的胆识，真可钦佩！我所知道的，例如，孙子威老师 1954—1957 年在北京师范大学黄药眠先生处进修三年，当时北师大举办文艺理论研究班，朱光潜、蔡仪等名家都到那个班讲课，孙老师也都聆听过；王忠祥老师 1954—1956 年到北京师范大学进研部，攻读世界文学专业，指导他的是穆木天教授；周乐群老师 1956—1958 年，在北京师范大学中文系苏联文学进修班学习，导师是苏联鼎鼎大名的文艺理论专家季莫费耶夫的学生柯尔尊教授，班主任是著名外国文学专家彭慧教授；贺兴安老师 1959—1963 年，在中国科学院文学研究所和中国人民大学中文系合办的文学研究班学习，这是人民大学历届研究生班中实力最强、影响最大的一个；丁成泉老师到四川大学进修；祝顺有、闭克朝老师到北师大进修，导师是俞敏先生；刘兴策老师 1957 年到中国科学院语言研究所语音研究班学习，由丁声树、李荣等先生授业……好多老师都曾脱产长期到外校进修。到了 20 世纪 60 年代，萛自佳、李思维等老师脱产到武汉大学等校进修；朱宗尧老师到华东师范大学，师从施蛰存先生。我在施先生的《闲寂日记》（文汇出版社 2002 年版）里看到，“为朱宗尧选定必须精读之杜甫诗凡五十八首”“朱宗尧来质疑，谈杜甫诗”等若干条记载。朱老师后来在唐诗研究上的成绩，和那个时期的深研苦读分不开。附带说，《闲寂日记》还记载了朱伯石老师，朱伯石老师和万立丰、欧阳德威等老师，是 20 世纪 50 年代中期从中学优秀教师中选调的，他们都有很深的学术积累。施先生在厦门大学教过朱伯石老师，《日记》中说他“今年（1963）亦四十四，无复少年时期神情矣”。现在，施蛰存先生和朱伯石老师以及万老师、欧阳老师，都早已作古，思之能不慨然！

华中师范学院中文系也一直接受进修教师，并举办过进修班。在这里长期进修过的湖南的羊春秋、山西的顾植、武汉的李悔吾等多位老师，是其中的佼佼者，后来成为所在学校、所在地区的领军人物。派教师外出进修和接收外校进修教师，一直延续到 20 世纪 80 年代，彭立勋、周伟民、梁异华、徐纪明、胡亚敏、吴满珍、柳申林等老师，都曾外出进修，后来改叫访问学者，因为研究生培养制度的普遍实行，逐渐衰微。

前面提到的那些研究班、进修班，不但都请到多位国内一流学者授课，而且各个班里成员来自全国，其中既多青年助教，也有学有所成的讲师、副教授乃至个别教授，有在高校中文系和地方文联、作协担任负责工作的带头人。这些不同年龄、不同学历的人在一起学习，思想接触碰撞，思路格外开阔活跃。我也曾经在中国人民大学文学进修班学习，讲课的有何其芳、冯至、肖前等杰出学者，邵荃麟、陈荒煤、张光年、林默涵、冯牧、侯金镜、李希凡等文学批评家，赵树理、周立波、梁斌、袁水拍等作家，戈宝权、袁可嘉等翻译家，以及音乐家马可、民间文艺研究家贾霁等。同学中华东师范大学的黄世瑜入学前就参加了以群先生《文学基本原理》的编撰，周立波的儿子周健民本身也是作家，同寝室的史如北是一位有丰富的文艺工作实践经验的年轻的老革命，和他们类似的同学还有不少。和这些大哥大姐朝夕相处，他们的示范、激励作用是任何老师也无法替代的。当时没有学位制度，进修的人倒也少有其他功利考虑，只是想着多读几本书，多向平时难得亲近的大学者以及辅导老师和同学学到治学方法。进修的人带回来多种多样的学术作风、研究思路，和在校内辛勤工作的老师们一起，为我们系20世纪80年代的崛起，奠定了坚实的基础。

所以，细细想来，当年我们系的学缘结构实际上一点儿也不差。如今，制度和环境有了巨大的变化，当年的经验是不是仍然多少有些可取之处呢?

往事如烟，慢慢淡散去矣，60岁以下的同人对此已少有了解，以上不过是白头宫女的絮叨罢了。

2011年6月23日匆草于桂子山北区

2011年11月28日略作订补

◇ 作者简介 ◇

王先霈，1939年生于江西省九江市。华中师范大学文学院教授、文艺学博士生导师。曾任湖北省作家协会主席、湖北省出版工作者协会副主席、中国出版工作者协会理事。主要研究方向为文学批评学、中国古代文论。著有《文学心理学概论》《圆形批评论》《佛语哲思》《问学日记》等。主编《文学批评术语词典》《文艺学系列教材》等。

学苑耕耘苦与乐

刘守华

我 1957 年 7 月从母校华中师范学院中文系本科毕业后留校，投身于民间文学专业，已达半个世纪。将个人兴趣、教书职业和社会责任三者融为一体，在这一园地上经历风风雨雨，不息耕耘，饱尝为学的苦与乐。现在就围绕这苦与乐来谈谈自己的人生感悟。

我出生于江汉平原的一个乡村教师家庭，当地丰富的民间文艺深深吸引着我，从小就喜欢听人讲故事、说善书，看皮影戏、花鼓戏等。1950 年进入沔阳师范学校读书，假期下乡采录洪湖革命歌谣，写成短文《洪湖渔民的歌声》刊登在《湖北日报》1952 年国庆征文专栏里。1956 年在华师中文系读大三时，全国涌动向科学进军的热潮，我选定新兴的民间文艺学科作为自己的主攻方向，并写成《慎重地对待民间故事的整理编写工作》这篇评论文章，以初生牛犊不怕虎的勇气投寄北京《民间文学》杂志，意想不到的是，竟被该刊作为重要文章发表出来，并在学界引起一场关于怎样搜集整理民间文学的热烈讨论。随后我就被吸引到这个方兴未艾的学科中来，对研究民间文艺，特别是民间故事的兴趣也就越来越浓厚了。

中国民间文艺学是在“五四”新文化运动的推动下兴起的现代人文学科，历史短暂、基础薄弱、门庭冷落是它的不足；可是在社会发展滞后、农业文明十分厚重的中国大地上，却拥有丰富而优美的民间口头文学以及其他多姿多彩的民间艺术，可以说“遍地都是宝，单等有缘人”。随后我于 1958 年加入中国民间文艺研究会，1960 年参加中国第三次全国文代会，并在中文系走上了民间文学课程讲坛；到 20 世纪 80 年代国家跨入科学文化春天，我在民间文艺学的旅途上，也就逐步由个人兴趣驱使前进到有目标的探索，对于学问上发现之乐才有了真正的体会。

1979 年受改革开放大潮的激励，我试用比较文学方法研究故事，写成《一组民间童话的比较研究》，投寄北京《民间文学》杂志，编辑部开始对这篇新潮之作能否刊出疑虑不定，后经中国社科院文学所的专家审定，才于 1979 年第 9 期作为重头文章发表，随后又经刚创刊的《新华文摘》将此文和钟敬文先生的《为孟姜女冤案平反》一道转载。其实比较研究法早在“五四”时期胡适等人就在歌谣、故事研究中尝试过，我不过是在新时期大胆恢复它的运用罢了。因此文打开了故事研究的新局面，便受到学界的热烈肯定。在学界的鼓励下，我如痴如醉地将日本民间故事、印度《五卷书》和阿拉伯《一千零一夜》等均纳入跨国跨民族的比较研究视野之内，几年之内发表了 20 多篇文章，并于 1995 年编撰成《比较故事学》一书，作为教育部的人文社科课题问世。2006 年出版的一部关于中国比较文学研究的学术史专论指出："新时期在比较故事方面投入最多、成果最多、影响也最大的，当推刘守华教授。"我曾经说过，我做学问，就是把民间故事作为一口储量丰厚的油井，几十年紧紧抓住它，不停地从各个侧面向其深处开掘，不断地以新的发现奉献于人。问世的几本书，从《中国民间童话概说》到《比较故事学》，从《中国民间故事史》到《中国民间故事类型研究》，从《道教与中国民间文学》到即将问世的《佛经故事与中国民间故事演变》，就是这样一步跨过一道坎走过来的。

做学问的真谛就是发现、创造。一位先贤说得好："真理无穷尽，须自有新发现，补已往哲人所不逮，是乃古人所望于后生也。"[①] 学问不论大或小，只要有所发现就是对社会的奉献，也就会给自己带来快乐。有人说我是在小学科里做大学问，仔细一想也不无道理。

执着于自己所喜爱的某一学科，抓着某一社会文化事项，在前人成果基础上探幽解惑有所发现，常会进入"自得其乐"的境界。这种自得其乐有时只能孤芳自赏；如果它在适宜环境中发挥出明显的社会效益，受到人们的关注，为学之乐为更多人所体味享受，那就进入更美妙的人生境界了。我钟爱的民间文学，实际上多年均属

---

① 《熊十力论学书札》，第 164 页。

人们不屑一顾的冷门，直到 2005 年中国按照联合国教科文组织制定的《保护人类非物质文化遗产国际公约》的要求，由政府主导实施非物质文化遗产保护的宏伟工程，并将民间文艺作为重要非遗项目列入地方和国家名录，于是传承民间文艺的草根人士、研究民间文艺的专家学者也随之身价倍增。以湖北地区进入国家名录和省级名录的约三十项民间长诗短歌和民间故事传说为例，经刘守华师生研究评说而受到社会关注的就达到一半左右。这些项目不仅作为地方文化名片熠熠闪光，还具有可增加经济收入的旅游开发价值。在此情况下，相关学人和地方民众得以共享创造与发现的喜悦，自己的欣慰之感就更难以言表了。

湖北长阳山村的一位老太婆孙家香，平常很会讲故事，却不为人看重，在我们专业师生慧眼的关注下，成为一位全国知名的土家族女故事家，政府作为“山宝”予以保护；武当山的一个村落吕家河众多村民会唱民歌而扬名乡里，我们帮助当地文化人进行开发，成为“汉族民歌第一村”进入国家非遗保护名录，同时也吸引了全国游客，因而完全改变了当地人的命运。这些事例既是研究者为学之乐油然而生，也带来了对社会的有益奉献而使人生闪光。

民间口头文学所积累的现成书面资料较少，“书斋学者”很难有所作为；研究民间文学必须走向田野，直接接触活态民间文学；而活态民间文学蕴藏最丰富的地方，又多是发展滞后的穷乡僻壤，这就要求民俗学家、民间文艺学家在吃苦耐劳方面付出更多。我在几十年中特别是在兼任湖北省民间文艺家协会正副主席的二十年间，在湖北的许多偏远角落留下过足迹。曾七上武当山考察道教文化，又参与穿越神农架的多学科科学考察，在履历惊险中完成电视直播节目。

特别是 2002 年 11 月应邀参加湘西南山区的瑶族“盘王节”和考察“女书”，在山间小道上遭遇车祸，越野巴士上乘坐的四人全受重伤。我伤势最重，几根肋骨断裂，额头裂口，当即休克昏迷，经及时抢救才得以苏醒。所幸不久顺利康复，此后仍不改初衷，被聘为湖北省非遗保护工程专家委员会的主要成员，四方奔走考察更为频繁。“不入虎穴，焉得虎子”，既然选择了这门学科，就得按它的要求付出特别代价。

此外，由于本学科的基础较为薄弱，即使使用书面文献做研究，在搜求资料上往往也须付出更艰辛的劳动。我在撰写《中国民间故事史》时，因课题设计是以中国历代笔记小说和佛藏、道藏三大系列古籍为材料基础，按照从母题、类型入手和古今融会贯通的格局来建构民间故事史，对古代故事资料的搜寻也就艰苦备尝，格外吃力了。为寻求明代的一部故事书《憨子杂俎》，找到国内的各个图书馆查询都毫无线索，后来目光转向海外，才联系上一位友人将它复印寄来。正因为花费了七八年的艰苦努力，篇幅达七十万字的《中国民间故事史》于 1999 年在湖北教育出版社问世后，便获得学界好评，被钟敬文先生认定为“具有重要开创意义”的中国第一本故事史专著，初版十年后于2011年由商务印书馆择优再版，成为我用几十年心血浇灌的学术代表作。

民间文艺学专业还有一个特点，那就是它经常处于边缘地位，其研究对象属于社会下层文化或弱势群体文化，虽然因它和“劳动人民”挂钩在新中国成立后获得一阵青睐，可是在上层精英文化的挤压下，更多时候所遭遇的是冷落漠视，不论在社会上或大学里都是如此。至今它在高校的学科地位仍不大确定，许多高校没有民间文艺学的合法地盘。做学问常常要坐冷板凳；投身于民间文学研究这样的小学科，往往还会遭遇社会与学界的冷漠歧视，那就更需要耐得住寂寞，不为功利所诱惑，从自己的发现与开拓中自寻乐趣。

这里还应该特别提到教学相长和教学之乐。我从事民间文艺学，一直是把高校的民间文学教学和学术研究结合在一起的，我教过中文系本科、中文系函授和湖北电大的民间文学课程，从1987年开始，培养民间文学专业的硕士与博士生。指导研究生和自己直接投身于地方民间文艺开发，在我这里一直是水乳交融地联结在一起。我用研究所得成果做教材，使教学内容更加鲜活而具有前沿性；教学过程中师生互动或师生合作介入地方民间文学事业，促使自己的学术青春长驻；学生走出校门后不少人走向民间文化工作岗位，延续师道师业，为弘扬中华文化尽力，佳讯频传。所有这些，都给自己带来莫大的人生快乐，激励着自己乐而忘倦，在这个园地里耕耘不辍，以至于今。

我在华中师范大学桂子山校园扎根已逾半个世纪，求学、从教、治学，甘苦备尝。做学问本是一件苦差事，在一个处于边缘地位的弱势学科中拼搏，饱历艰辛自不待言。可是只有不停步地艰苦攀登才能享受接近险峰的美景，看来苦乐相生相伴正是学者的人生！

中国民间文艺学的开创者，百岁老人钟敬文先生前些年在我的笔记本上留言：“吾侪肩负千秋业，不愧前人庇后人！”这既是他在学海拼搏的写照，也寄托着对我们这些后辈学人的殷切期望。

◇ 作者简介 ◇

刘守华，1935年生，湖北仙桃人。华中师范大学文学院教授、博士生导师。华中师范大学民间文化研究中心主任，兼任湖北省民间文艺家协会名誉主席、中国故事学会副主席、亚洲民间叙事文学学会理事、湖北省道教学术研究会副会长等职。著有《中国民间故事史》《中国民间故事类型研究》《口头文学与民间文化》《比较故事学》《佛经故事与中国民间故事演变》等，并主编《民间文学教程》《中国民间文艺学年鉴》等。

第二辑　记人忆旧

是真名士自风流

——忆恩师黄曼君先生

胡亚敏

想起黄曼君老师，心情就格外沉重，真不相信他就这样走了，就这样永远离开了我们。在桂子山上，我们再也寻不着他的身影，再也听不到他的歌声，念此不由悲从心来。

在我生命中，黄曼君老师是最关心我呵护我的老师之一。从1974年至今三十多年里，我与黄老师结下了很深的情谊。黄老师于我既是恩师又是慈父，在我成长的道路上曾给予无私的帮助，从上大学到留校任教，一直到如今担任文学院行政工作，每一步都离不开黄老师的扶持。刚进大学，黄老师恰好就带我们这个年级。平日里黄老师憨态可掬，可一上讲台就神采飞扬，我们在黄老师的课堂上感受到的全是浪漫和快乐。在上大学的日子里，黄老师对我帮助很大，经常不厌其烦地修改我那稚嫩的“楼梯诗”，后来又把我们几个学生挑出来参加他的教材编写组，和当时中文系老师一起编写

《十年文学新成就》。正是在黄老师的引导下，我开始悟出学术的魅力和学问的神圣。留校后，我虽然与黄老师不在一个教研室，但师生关系并未阻隔，在我人生的每个节点上，黄老师仍是坚定的支持者。有时碰到不如意处，黄老师就和我一道生气；而当我小有成绩时，黄老师又是那样高兴，由衷赞赏。每每想到这些，一方面深感自己幸运，同时内心又充满感激和敬意。黄老师不仅于我而且对于所有后学都是不遗余力地提携。记得 1994 年年底，为了现当代文学教研室青年老师的职称问题，他居然坐在校长办公室里一直等候，现在回想起来还让人唏嘘不已。近十年来，我因琐事缠身，常为读书时间少感到苦恼，黄老师就传授他当系主任时的经验，早点儿起床读书思考，干其他事时就让大脑休息。有时我流露出对填报表格的厌倦，黄老师就开导我，让我读康德，告诉我在应对这些考核指标时既要有理性的服从又要有理性的变通。

黄老师为人浪漫，不拘小节，他的一些趣闻在我们学校甚至在圈内都传为笑谈。其实，我觉得黄老师身上有很多本真的东西被有些传言遮蔽了。如今，斯人已逝，黄老师的善良、率真乃至出格之举均化为可爱之处浮现在面前。

黄老师一生对美异常敏感，他喜欢美丽的女孩子、美丽的风景，即使在我们看来很平常的东西他也能从中发掘出美来。正因为黄老师有一双发现美的眼睛，因此他比一般人更具包容心，他总能看到他人的优点，特别是对年轻人，他总是往好处看，朝好处说。他的善良也表现在欣赏文学艺术时。记得有次看电影，我们几个学生看后都感觉那部影片一般，黄老师则又开始赞美起来，当时我忍不住奚落了他一句，就您这眼界和水平。黄老师一点儿也不恼，还是说好。

黄老师很有激情，并且童心不泯。他喜欢作诗，特别是晚年，写诗成为他生活中一件重要的事情，几乎到了痴迷的程度。每当我去他家，刚坐下来，他就迫不及待地告诉我，新近又写了一首诗，并且马上进入状态，开始吟诵起来，有时正在吟诵时忽然来了灵感，又赶紧找张纸写下来。每次我们聚餐，黄老师吟诗成为一道重要的程序，他总是很投入地朗诵，得意时还要高歌一曲。黄老师特别钟情春天，他写了不少歌颂春天的诗歌，他希望自己的人生也像春天一样，并对我说他特别喜欢在春天的校园举办讲座。有一年过了“五一”我才请他给学生开讲座，他有点惋惜地说，春天都过了。在黄老师的诗中有一首《老境》很是悲凉，当他念道：“明知道西行的云即将变成落照，却要引吭高歌、赋诗长吟……”我流着泪，改用了一句唐诗赠和他，“莫愁老境无知己，天下无人不识君”。他几次跟我讲，他很喜欢这一句。黄老师爱唱歌，最近几年唱得比较多的是《老鼠爱大米》和《两只蝴蝶》，我们说他是“老夫常发少儿狂”，他欣欣然。黄老师爱热闹，聚会时人越多越高兴，那年我们庆贺他七十大寿，将寿礼送到他家，他让学生们都拿回去，要大家在第二天祝寿会上排队送，他觉得那才气派。

黄老师是个性情中人，有时兴致所致，无所顾忌。记得有一次开学典礼，我请黄老师代表老教师给新生讲话，要求讲十五分钟，哪知他一口气讲了四十五分钟，而且有说有唱，在讲到“他”“她”“它”这三个字的产生和区别时，居然给新生唱起了赵元任谱曲的刘半农诗“叫我如何不想她”，我坐在下面有点无奈，好在学生们听得津津有味。还有一次，省文艺理论家协会开会，我主持会议，轮到黄老师发言，他又延时了，并且还念起诗来，当他念道“牛郎织女穿上了比基尼，跳到银河共洗鸳鸯浴”，我担心下文不妙，马上大声喊“时间到”，黄老师正在兴头上，听罢只好打住。事后他说我曲解了他的意思，他这首诗可以有多种理解，而他的本意是谈生态问题，人类快要失去银河了。

黄老师平时看似散漫，其实是个极认真的人。在学术上，他对新东西有一种本能的敏感，总是热心追踪新的理论、新的思潮，而且特别虚心，碰到不懂的问题，就向大家包括学生请教，有时为了一个词，也要反复斟酌。特别受人敬重的是，黄老师是一个有学术良知的知识分子，在学术评价上他是有底线的，决不拿原则做交易。黄老师的认真还表现在授课上，无论是本科生还是研究生或博士生的课，他从不马虎。有些课程他都讲授过好多遍，但每次上课前还是要温习一遍。虽然他喜欢热闹，但凡遇有课他总要闭门运思，酝酿情绪，学生们都说听他讲课是一种享受。即使是一件小事，黄老师也会很认真地对待。有一次，文学院安排他和我在院联欢晚会上表演京剧《沙家浜》中的沙奶奶和郭建光的对唱，大家不过是想热闹一下，他竟然提前排练了几次，我也只好奉陪。

黄老师的有些可爱之处也让人忍俊不禁。20 世纪 90 年代的一天，黄老师不停地赞扬我，我觉得肯定有事，就请他直说。他这才说出来，他前几年多次申报现代文学的项目都未申请上，这次报了“毛泽东文艺思想与中国文艺实践”，居然被批准为“八五”国家社科基金重点项目，但理论方面并不是他最擅长的，他想来想去，认为我最适合做副主编，和他一起完成这个项目。当时我本来手头有事，但我还是没有犹豫就答应了，我觉得帮助黄老师是我的责任，现在想起来这是我做得特别对的一件事。前几年他曾生病住院，我刚去医院看了他，随后他又打电话让我再去看他，我告诉他我很忙，他仍不罢休，让好几个人给我打电话，我只好又匆匆赶去。到那里后他悄悄地跟我解释说，这次要我来主要不是看他，而是看医生，要我告诉主治医生，他在文学院是一个重要人物。我听了哭笑不得。由于政策的原因，黄老师提出的有些要求也未能满足，现在想来心中还隐隐作痛。有一次，黄老师私下问我，你看有什么办法能够让我不退休。我想了一下，说没办法，先延聘几年再说。又过了几年，黄老师又问我，如果他在《中国社会科学》杂志上发表几篇文章能否搞个资深教授，我回答说这不是我能决定的事情，我想当时黄老师一定很失望。

黄老师对文学院的学科建设倾注了毕生的心血。在他辞世前的两个月，2010 年 8 月 25 日，黄老师抱病参加文学院“十二五”学科建设规划研讨会，在会上做了生命中最后一次发言。尽管当时他身体已经很虚弱，但谈起学科建设来突然有了劲头，嗓门也大了许多，他回忆了20世纪50年代以来我校现当代文学学科建设的经验，并殷殷希望今天的文学院要寻找新的突破点。最后他还做了一个手势，将右手朝前一指，说要搞到前面去！没想到黄老师的这次发言竟成为绝唱，早知如此，我一定会让他多讲点儿，再多讲点儿，让他把满腹的嘱托全部讲出来！

黄老师走了，一个给我们带来欢乐的真人走了，留给我们的只有不尽的思念。

黄老师，愿您在天堂里继续著书，讲课，吟诗，歌唱！

◇ 作者简介 ◇

胡亚敏，1954年生，湖北当阳人，华中师范大学文学院教授、博士生导师。2005—2015年任文学院院长。全国马列文论研究会法人代表兼副会长，中国中外文艺理论学会副会长，中国文艺理论学会副会长，湖北省文艺学学会会长，湖北省比较文学学会会长。主要研究方向为马克思主义文论、比较文学和叙事理论。其专著《叙事学》为国内叙事学代表性著作之一，所译詹姆逊《文化转向》为中国后现代文化研究重要参考书目。

业师与挚友小札三则

王又平

腊羊腿、糖醋鲫鱼及其他
——先霈教授琐记

与先霈老师相识相交有四十余年了，别看我和他同住在一个校园，也常同车外出参加各种讨论会，其实我们是很少就作家创作或文学状况聊点儿什么的。他是位掖得住话的长者，我是个锋芒毕露的狂客，只要我们在同一个会场，只要他的发言在我之后，总免不了要磨圆一下我的言辞的。从早些年在省作协讨论醒龙、应松，到后来在湖北大学讨论方方、一光，他都是如此。时间长了，渐也悟得，他是同作家坐在一条板凳上说话的评论家，我是坐在自我的板凳上说话的看客，屁股决定脑袋，对作家的那番理解、那种体恤、那份关爱，我是学不来的；只是常委屈了我，不免憋闷得慌。一个儒雅，一个张狂，要说其乐融融地交流，自然就不那么便当；何况他还是引领我为文论道的启蒙老师，多少是有些敬畏之心的。

那还是在“文化大革命”后期的华师京山分院，他从江西调到这山旮旯里来给我们这帮工农兵学员上文艺理论课。让人大开眼界的是，先生上课居然从未携带讲稿，一会儿从上衣口袋里摸出一张纸片儿，一会儿从裤兜里掏出一张纸烟盒，慢条斯理、娓娓而谈，其言辞之淡定，其身姿之沉稳，其理路之清晰，其论说之透辟，很快便征服了我们这帮自以为是的工农兵学员或者前知青、前红卫兵，我们也视他为隐士级的传奇人物。记得我曾拿自己写的文章去请教过他，在很谦和地听我侃侃而谈过后，淡淡问道：你的文章最想说的是什么？我又滔滔不绝起来。他依然倚坐在侧洗耳恭听。末了如抚琴弄弦，轻拢慢捻点拨道：好话不需多，能用一句话把你的观点说清楚，你就想清楚了。醍醐灌顶一句话，让我享用到如今。现在我还常用这句话去对付写论文的晚辈后生们，坐收百试不爽之功。

不过比之于同辈上下的哥们儿，我大概又是最能与先生随意交往甚至争执上几句的，那是因为我有拿捏得住他的地方，这就是吃。我与先生“同吃”的深刻程度或许远胜于说文论道。当年我们分住前后栋，日子过得颇清贫，有时口中淡出鸟来，想揩点儿油了，便下我的二楼，登他的六楼打食去了。不是说他比我富有，而是先生常年埋头于读书作文，于烹饪之道、口腹之乐向来是粗放经营的。因此年节时家中备贮的腊味、山货也常因不屑打理竟任之风干变味。

我曾眼睁睁地看到那只觊觎已久的肥墩墩的腊羊腿是如何从油光锃亮渐至于干瘪失色的——就那么挂在阳台上任凭岁月的冲刷。暴殄天物啊！吃也不能白吃，以我的厨艺换一顿美食也属于按劳取酬了。于是便找了一个宽闲日子，拎了几根大葱胡萝卜敲开了六楼的门，两小时后，你自然就知道什么珍馐美味上了桌。别看先生不擅烹饪，吃起来可生猛有加。我在贵州亲眼见他中午吃了花溪烧鹅火锅，晚上又吃花江狗肉，终于半靠在椅上独享“肉醉”的折磨；也听他说过如何在连吃四只碗口大的红莲湖大闸蟹后从此见了虾蟹竟生戒惧之心的。这天，基本上不饮白酒的他，竟也满斟佳酿与我对酌助兴，一锅胡萝卜炖腊羊腿风卷残云般地被我俩吃了泰半，而后先生似记起什么，歉然道，留下些等孩子们回来吃吧。从羊肉上桌到撤席说了不少话，至于聊了什么都付之于飞盏流觞、腊羊白汤，竟是一点儿也不记得了，只知道他对我厨艺的评价是远高于我评论的。某日他曾不吝评说，我做的豆瓣鲫鱼胜过他在高级饭店吃过的许多鱼！此语既出，对我的促进有如先生当年评价醒龙的《村支书》，终于感到屁股坐一条板凳上的好处。自此信心倍增一发而不可收，相继创作出堪与“大别山系列”相媲美的糖醋鲫鱼、葱烤鲫鱼、干煸鲫鱼、清蒸鲫鱼、豆腐鲫鱼汤等系列作品，区别仅在于醒龙终于得了茅奖，我却连根奖毛也没看到。闹得我不时思忖，是否又该请先生吃顿饭了……

夜半虚前席，论道唯有君
——记昌切

昌切学名张洁，与著名女作家同名，据说武大还有几个叫张洁的，于是大概是不甘流俗或不敢入雅，他便常以笔名替代本名了。

要是你知道昌切与樊星同搞现当代文学且在一个教研室，便一定会生出“既生瑜何生亮”的感叹了。两个都是才华横溢且意气相当的人，却性格反差极大，偏偏二人经常同场开会，昌切的一本正经与樊星的插科打诨瞅不准就会同台出演，此时，前者是怒而不发跃如也，后者则佯装无事兀自的暗笑，其庄谐互衬往往成为会上一道亮丽的风景。

昌切是极为认真的人，不论是对自己的言说对象还是对自己的言说本身都是一丝不苟的，正襟危坐、正颜素面和正言陈词是我对他的描述。其实他也笑的，也来点儿小幽默什么的，但不知怎的，一闭眼就是一脸正气肃然、不苟言笑的样子。因此我听他说话，从来是不敢马虎、不敢懈怠、不敢掉以轻心的，因为的确有他思虑已久的高论如电光火石般地击中你，让你醍醐灌顶，茅塞顿开，有痛快淋漓的感觉；当然金玉良言也可能在你一个心有旁骛的瞬间稍纵即逝。我是昌切极好的听众，而昌切又是极好的传道授业者，其诲人之不倦只能用苦口婆心耳提面命来形容。

还是在我蜗居在鸳鸯楼的时候，他时常蹬着破自行车莅临鄙人寒舍，在我那六七个平方米的厅里同我坐而论道。这是什么厅啊，整个堪与陈景润研究哥德巴赫猜想的“研究室”相媲美，可他那个“室”仅他一人，而我这个“厅”可得蜷缩着俩大活人。幸亏昌切个儿虽高，块儿却不大，一个歪歪扭扭也叫作沙发的东西居然还容得下我们两人，只是不促膝也不可能了。就这样，一瓶开水，一盒烟，也能聊到五更天。说是聊，其实是他的独角戏。昌切表述看法其实并不需要看官多嘴，只要你不时颔首、蹙眉，做出若有所思、恍有所悟的表情就行，能够发出点儿啊哦咦唔嗯的应答声就算是对话了。昌切爱下围棋，为了搭上他的话，那阵子中日围棋擂台赛我也没少看，其实是一点儿也不懂，看上半天也就知道个胜负结果。棋没看会，“观棋不语真君子”的三昧是领悟了，把这份修养用来听昌切神聊是再好不过的。那时他寄寓在他老爹家，坐落在广八路口的小八栋干部小区有门禁，过了晚 10 点还是 11 点要锁院门的。昌切是不大在意这个点的，只管兴之所至聊到云山雾罩，只是听我不吱声儿了，才意识到是不是该走了。我曾很关切地问过他：你回去晚了院门落锁了咋办？他满不在乎地回答：翻院门进去，明早再取车子，破车没人要的。我惊愕，谦谦君子为寒门会友竟不惜干出爬墙翻门的勾当，便越发肃然起来。掐指算来，从珞珈山脚到桂子山麓为神聊而翻院门该不下七八趟了吧，君子之交何止淡如水啊！

当然也有浓于酒的。我有史以来喝酒最多、历时最长的纪录就是在昌切的神聊中创下的。那是在广八路口一个叫作“天街食府”

的小餐馆，是个闹中取静的地儿。为送我俩共同的朋友去俄罗斯进修，居然从上午 11 点喝到晚上 11 点过！在小餐馆蹭蹬了半天日子，连自己都不好意思，怕被服务员疑为无处可去的盲流，遂吩咐店家撤去中午的残羹剩菜，重新点菜上酒继续喝。三人喝了四瓶白云边外加一个对时，饭菜没吃多少，靠的就是聊啊！从中苏文学比较到晚清民国共和国，从文化文明文学到思想政治经济，有胃病在身的昌切全然不见倦意，倒是越喝越聊越来劲，真是可怜夜半虚前席，既论苍生又论神哪。

倘若以为昌切的神聊是海天湖地的胡吹乱侃那就大错特错了，他是于学问极较真的人，较真到或是把别人侃晕，或是把自己气晕的地步。那年在襄樊南湖宾馆开会，宾客中有《文学评论》的董之林女士，这是位满腹诗书一脑袋瓜见解、能言善侃的京城知名才女。与昌切相见甚欢视为同调，饭后散步就聊上了。第二日，我遇董女士问聊得如何，不知是赞曰还是叹曰：真能聊！侃晕了！又一年昌切、晓芒等哥儿几个在我师兄家中聊文化问题，为一个英文术语的汉译发生争执，只见昌切瘦脸涨红，脖筋暴起。事后师兄问：咋回事，我得罪他了？这么生气。我说没事儿，这老弟就那么认真。

昌切最喜欢说的是，我是把有关材料都看过的，也喜欢臧否别人什么什么根本就没读过。这种打骨子里透出的自负和迂执有时不免会招来旁人哂笑，但每次同他一起参加作家作品研讨会，或者同他谈问题，我不得不承认，他确实比我读得多、想得比我深。他牛

× 的底气就从读中来、从思中来。面对下了功夫的强人，“I 不得不服了 You。”

你若以为昌切是个只会读书神侃的迂夫子那就又错了。除了围棋，他还是足球迷，德甲西甲英超世界杯，每有实况直播，他会秉烛攻读般不离不弃地看上一宿。他的最爱是德国队，这大概同他对理性的崇尚有关吧。他也不是只看不练的主，当年在华师，他同那位去俄罗斯的哥们儿联手为文学院夺得校乒乓球团体冠军，自他去武大后，类似的辉煌就没再复现过。还有唱京剧和拉京胡，我俩曾在他家操练过，尽管只会样板戏，但于今也算是文化孑遗了吧。真不知他还会些什么，方修炼到如此境界。

活力自在他那一方
——漫说刘川鄂

没能同川鄂做成同事，是我不小的遗憾。本来是有机会的，而且两次。一次是我找去；另一次是我邀来。

我找去，那是整三十年前的事了。那时我研究生刚毕业，对分配去的单位不甚满意便到湖北大学谋一教席。川鄂应该是本科毕业不久吧，他的名气还说不上，但湖北大学文科是很有些名气的，周勃、邹贤敏、郁沅、张国光、冯天喻等都是响当当的名字，更何况还有我不少同窗校友在这里就读或任教。因此尽管第一次去湖大，但于我而言，不像是陌生之地。印象极深的是，在中文系的楼层上看到了“《李自成》研究室”（或研究中心吧）的牌子，让人顿生好感：湖北的大学研究湖北作家，真是再务实而又妥帖不过了。

我邀来，却是打那儿差不多三十年后的事。此时的川鄂已是名满学界的实力派专家了，而我所在的学科亟须担得起纲、擎得起旗的年富力强的学者，川鄂自然是理想人选。同川鄂私下交谈至少有四五次之多，我也深知这干的是挖兄弟院校墙脚的勾当，上不得台盘的；但于公乃为我学科发展计，于私有惺惺相惜之心，于是也就不恬扮说客之角，取三顾之姿了。事情的结果，一如我没去成湖大，他也没来成华师，竟至“每相逢，必慨叹”：当代学者终不及现代学者有个自由身的。

两番都没能折腾成同事可引为憾事一桩，但我和他皆属于乐天知命一族，焉知我去他来是否会生出更多的憾事呢，毕竟诸般俗务我俩都不大会打理的，于是也便各自偏安一隅，听其发展了。

我力荐川鄂来促进我学科不是没道理的。早年王蒙曾评说陈建功写小说是“两套拳路”，既会写书卷气十足的《飘逝的花头巾》，又会写市井气十足的“谈天说地”系列。其实与之相比，川鄂的功夫真还不止两套拳路。

我与川鄂相识不算早，最初是在电视屏幕上得识的。那是哪届的世界杯，他与李俊国、聂运伟、冯黎明合伙，以“胡四氓”的名头在电视台神侃足球，大概是以长幼为序，川鄂便是“胡小氓”了。

从宝积庵（湖北大学旧址）登临电视台的这群“氓”那可很是风光了一阵，后来《神侃足球》竟然还出书了，可见是颇有市场的。自打这儿，我认定川鄂是最有明星范儿的，其帅气和神侃之功就是他的“星相”初显了。这个印象是如此之深，及至我看到他的皇皇大作《中国自由主义文学论稿》，竟怎么也同那个吹破天侃晕神的“胡小氓”联系不起来—— 一板一眼的引经据典条分缕析，俨然峨冠博带正襟危坐之学院夫子的高头讲章一部，它与此前此后的一系列学术著述夯实了川鄂的专家基座。

也许是成见,我对“家”和“星”是有严格区分的,宋祖英是为“家”，而王菲、孙楠再怎么红，也就“星”而已，似乎没见人称他们是歌唱家的。且不论高下，起码这是两套拳路。“刘川鄂”和“胡小氓”似是这两套拳路的标牌，各指一套路数。然而后来的事就有点看不懂了，那就是因《小市民、名作家——池莉论》引发的争议。将池莉创作的文化内蕴定位于“小市民”，这是专家所取的知识者立场，也是川鄂文学评论的犀利之处；但书中所指“一百处硬伤”则似乎言之过甚，如“议论失当”“形象苍白”之类显然无所谓“硬”不硬的。至于池莉接招一场论争下来，我揣测，川鄂的星级指数当大涨，其中不乏“一百处硬伤”的造势之功。这想必是“家”和“星”两套拳路并出的组合拳了，抑或消解雅俗沟堑、弥合“家”“星”分离的“后现代”路数？其实莫看我对川鄂的评论吹毛求疵，内心委实羡慕得紧：学究们四平八稳、字斟句酌的判词，终将使评论憋闷过去、偏枯过去；大众传媒时代了，活力自在他那一方。

川鄂有一别号——浪子阿川，这似乎是他腾挪于学界、媒体或者“家”“星”之间的一个写照。其实川鄂有外人所不知的定力，这就是他经年累月所执着的湖北作家研究。这份香火传承始于《李自成》研究，到今天21世纪转型期的湖北作家研究，历时三十年而不懈，做成了体系，做出了特色，且担纲《湖北文学史·当代文学卷》主编。川鄂作为承上启下、继往开来者，自然功不可没；只是，我想得更多的则是：有湖北大学这一方重镇，有川鄂领军作传叙史写评论，湖北作家当可谓幸莫大焉！每念及此不由庆幸：幸亏当年没把他挖走……

◇ 作者简介 ◇

王又平，1949年生，四川省峨眉山市人。华中师范大学文学院教授、博士生导师，武汉市文艺理论家协会主席。国务院颁发政府特殊津贴获得者，获“桂苑名师”“湖北名师”等称号。出版学术专著《新时期文学转型中的小说创作潮流》《转型中的文化迷思和文学书写》等，主编《中国新文学大系·文学理论卷（1949—1976）》《中国当代文学（第2版）》等。

远去的背影

——纪念四位中国现代文学研究的第二代学者

王泽龙

20世纪二三十年代出生的一代学者是新中国第二代学者，他们中的一座座高山，大多数成了我们远望的背影。从我的博客里选择四篇纪念性的随笔汇集在一起，表达我们后辈人对先贤的致敬与怀念。

为樊骏先生送行

今天上中国文学网，突然看到了樊骏先生于15日去世的消息，心里十分悲伤。现代文学研究界的老人们一个一个地都在离我们远去，带走了那个年代一去不复返的纯粹的学术精神。

我认识樊骏先生还是1985年。华中师范大学那个时候叫华中师范学院，文学院称中文系，我是荆州师专的一名年轻教师，参加华师办的高校现代文学教师助教班进修，那个班共三十多位同学，同学中有陈方竟、李仁和、皇甫积庆等，班主任是黄曼君先生。记得有一年半时间，黄先生请了一批现代文学研究的大家来给我们讲课，其中就有樊骏先生，还有王瑶先生、陈瘦竹先生、叶子铭先生、严家炎先生等。毕业后，我就和樊骏先生建立了联系，差不多每年都有通信，我写信先生是每次都回，他是用活页纸写信，字写得较大，两个横格子一行，一些字还是繁体字。记得第一次回信给我时，为了查找荆州师专的具体地址，还专门拿出地图搜寻，因为我的信封上只有湖北荆州师专（那个年代还没有用邮政编码）。那个时候卖的全国地图居然没有古城荆州的地名，只有江陵，当时的江陵与荆州是一个地名。他在信中写道，“这封信不知能否收到”，我看了很是感动，也暗笑先生有一些迂腐，现在想来也真是惭愧。1989 年年初，我们在师范学院任教的几位同学、朋友，不满意当时通用的现代文学史教材，觉得三大本较烦琐，讲那么多文学运动、文学斗争，许多有影响的文学作家都没有得到应有的评价，就萌发了合作编一本简易教材的想法。于是马上行动，由我和我们学校的李德尧老师共同起草了一个征求意见的详细提纲，把提纲分别寄给了王瑶先生、樊骏先生，还有钱理群先生、陈思和先生等，很快都得到了他们的回信。樊骏先生，肯定了我们的提纲简易明了，按照文学文体组织结构，方便教学。王瑶先生也热情地肯定了我们的提纲，并提出了很具体的修改意见，最后还嘱咐我们：“暂缓时日，便于写作。”

没有想到，那一年的动荡，我们的文学史编写也停了下来，王瑶先生也在那一年冬天离开了我们。想到王瑶先生的嘱咐，真是令我们感慨不已（1986 年春节我为王瑶先生整理的讲稿《中国现代文学的起讫时间问题》在《中国社会科学》发表后，他把修改稿的原件寄给我作为纪念，我想这是王瑶先生教我对照学习，如何思考问题，修改文章，这一份资料成了宝贵的纪念）。那一本被称为《新编中国现代文学简史》的教材，在 1991 年 4 月由高等教育出版社出版了，这一本教材倾注了王瑶、樊骏等先生的感情与智慧，包含了他们对我们年轻学者的奖掖与关心。在现在这个功利化的时代想来，这样纯粹的学术交往多么珍贵。

我到武汉工作后，樊骏先生也退休了。他行动不便，靠轮椅行走，一个人生活，只有保姆照护，我没有去他家里看他，他也不喜欢人家去。后来又知道他把一百万元的存款捐给现代文学学会，设立为唐弢青年学者奖励基金，我们对他只有暗自钦佩与默默祝福。2006 年 4 月的一天，我突然收到了从社科院寄来的邮件包，打开时，是樊骏先生签名赠予我的他新出版的著作《中国现代文学论集》上下两册（好多年中断了联系，他依然记得我这个后生）。看他书写的字迹，还是繁体字，虽然笔力显得有一些涣散，但是字形依然清俊爽目。写到这里，看看先生的签名，心里生出深深的哀伤与幽幽的念想。像流水静静东去——望着一个个远去的背影，每一页文学史和我们一起惆怅！

明天是20号，是樊骏先生的追悼会。樊骏先生，我在长江边点亮一支蜡烛为你照明送行——先生一路走好！那一个世界里，有我才送别的先生曼君师，你们是当年一起编现代文学史的好朋友。在那里，想必，你不会再孤独寂寞。①

袁可嘉先生的一封来信

著名九叶派诗人袁可嘉先生于2008年11月8日在美国纽约去世。国内有《东方早报》报道，新华网有转载。回忆一段先生与我的书信交往，以表达我对先生的怀念。

记得，还是1996年冬天的一个周末，我收到一封从北京中国社会科学院外国文学研究所寄来的信件，疑惑地打开看时，清秀圆润的字迹，写在活页纸上，是袁可嘉先生写给我的信。以前我同袁可嘉先生从没有书信联系。那时我在荆州师专教书，没有想到要去联系这位名人大家。1995年年底，我的《中国现代主义诗潮论》在华师出版社出版后，远在纽约的袁可嘉先生知道了这部书出版的消息（可能他看了刘纳先生发表在《光明日报》上的评论），托人向华师出版社买这部书。责任编辑程继松兄高兴地打电话告诉了我这个消息，出版社很快直接给在纽约的袁先生寄去了这部书。没想到，

① 该文发表于《文艺报》2011年3月21日，后收入中国社科院文学所编的《告别一个学术时代：樊骏先生纪念文集》。

袁先生在第二年回国后，专门写信给我这个后生晚辈，一个在小城里教书的普通青年老师。他在书信里对拙著给予了较多肯定，说了一些勉励的话，也提了十分中肯的意见。信中有关九叶派的问题谈得多一些。书先生看得甚为仔细。其中，还指出了书中一处法语词的错误："lyrisme"给弄丢了一个"e"。我根本不懂法语，在引用穆木天的文章时，给弄出的错误。在 1998 年再版时，改正了过来。他还在信中指出，我提及的意象意境化的概念很有见地，只是没有充分地展开阐述，希望今后好好研究这个问题。他的来信，写了两页，活页纸的正反面。他们这代人对后学的真诚无私的关怀，对学术一丝不苟的严谨态度都是我们学习的典范。1998 年光明日报社的《书摘》杂志第 11 期，发表了他专门评价拙著的文章。文章发表后他也没有告诉我，还是我的老师黄曼君先生看到了文章，打电话告诉我的。我后来没有与袁先生再联系。近期，从网上看到北塔兄写的纪念文章，心中涌出的只有无限的敬意与思念。愿敬爱的袁先生在天堂自由快乐！生前死后，九叶派诗人的那份寂寞，是与他们的选择与生俱来的。去世了的九叶诗人们，有你们的诗在，喜爱你们的读者会永远怀念你们！

送别我的老师黄曼君

2010 年 11 月 22 日上午 12 点整，我们等候在中南医院内科大楼四楼重症监护室门外，这时一个护士打开隔离门，喊着：“一床的家属！”师娘、胡院长、我连忙迎上去，被告知，病人只有近二十下脉搏了，我们三人赶紧进入监护室，看到一位女医生正在先生斑痕累累的胸口上做着有节奏地按压，希望能从死神手上把病人的生命夺回来（也许是在尽他们的职业道德）。到了12：12，负责的医生用寻求的目光看着师娘，师娘正双手抚摸着先生早已经蜡黄的脸，喊着先生的名字哭开了；当医生又用无奈的目光看着胡院长与我时，先生的心跳已经停止五分钟了。这时，我们一起看钟，确定先生的离世是12：07。

24日九点半与先生告别时，他的十八位博士一并站在他的灵柩旁为他送行。当我有时间细看花丛中他的遗体时，见到只有一个头露在外面，衣服被全部遮盖了，这时我的眼泪禁不住奔涌而出。他走得那样匆忙，我们都没有为他好好做上路的准备，可怜我的老师！22号早上七点钟，我在先生书房和师娘一道为先生挑选遗像照片时，只见书桌上还摊开着一堆书，其中，胡风文集打开了还反铺着，他的工作是突然中断的，他时刻都准备回来继续写作。先生自己没有想到回不了家，从住院到离开我们，只有五十天。

近一年来，先生消瘦得厉害，体重下降了二十斤左右，我们觉得奇怪，劝他去看看病，他总是说，每次在学校医院检查时，身体一切指标都正常，“三高”也无问题，他说自己得了忧郁症，因为他总感觉不舒服。医生也听他的话，把忧郁症的药开了一年给他吃。

我们也觉得，他没有以前有精神，话也少了，最爱热闹的人，到集体活动时坐一会儿就想离开回家。我们这些身边的学生，也是太大意，只是劝他少写作，少讲课，不要太劳累。也不大相信他的忧郁症。我们还开他玩笑，说忧郁症的人总想死，而先生你却是特别害怕死。一段时间他一个人睡觉，害怕小偷，枕头下面还准备着家伙，我们劝他，万一遇到小偷，不要和小偷讲狠，经过讨论，改为放钱，放两百元，你说太多，就放一百元。我们真是太大意，没有监督你早些去大医院做全面的检查，被你的忧郁症迷惑了眼睛，当你的病被诊断为结肠癌时，已经悔之晚矣。

他每年都要坚持给研究生上课，七十多岁的老人，每周讲一次课三个小时，他越来越感到比以前累了。他一辈子把讲课作为快乐的生活。每次讲课的前一天，他都要认真重新备课，如果一次课没有讲好，他会一天不高兴。记得2005年的一天，他要为本科生讲选修课，我给了他八节课，没有想到他第二次讲课前得了感冒，还坚持去上课，结果爬到三楼就几乎走不动了，刚进教室，就要学生打电话给我。等我到了八号楼的四楼教室，他才同意被学生扶到医院看病。我的老师爱上课，也爱名誉。他听说评全国名师要给本科生讲课，他想当全国名师。我的老师也是为名所累啊！其实，我的老师完全够格当名师，我们说，“下次评世界名师时，我们都选你”。他说，“真的还可以当世界名师吗？连全国名师还没当上了呢”。我想，在另一个世界里，凭他的才华，他一定会当上那个世界里的名师的。

我的老师把做学问看作生命的一部分，一天不看书写作，他就会觉得空落落的。人家在高级别的杂志发了好文章，他就羡慕，他就有紧迫感。自己在《中国社会科学》发了文章，高兴得像中了彩票大奖，四处给学生、给同事打电话，要大家共享他的快乐。去年他七十五岁时，还在《中国社会科学》发表了他的第二篇文章。他把学术作为快乐的事儿，做学问是他的游戏。其实，做学问是要耗费体能、心血与生命的。近三年先生先后拿到了两个国家课题，他的七十多岁的身体与生命又被规划着。看他平时轻松，心理上能轻松得了吗？（我们何时能有一个自由宽松的学术制度，不要我们老老少少都去争项目，争经费呢？）我们劝说过先生，但是我们没有理由阻止他去申请得到所谓象征着水平与能力的国家项目。去年，武大陆耀东先生去世，留下了他没有竣工的《中国新诗史》，我们的老师也留下了众多遗憾。武汉地区，现代文坛双星陨落，他们留给了我们宝贵的精神遗产，也留给了我们有关生命的感悟。①

纪念李德尧先生

人的一辈子有很多偶然性，这一些偶然性决定着一个人的命运。到了一点儿年纪的人，大家都会有这种感受。

---

① 写于2010年11月26日，《中国社会科学报》2011年1月11日发表。

我 1982 年 1 月从华师毕业分配到荆州师专（后来叫荆州师院，现在的长江大学）中文系。系主任是刘汉民先生，他是教当代文学的老师，他主张新老师都要教一年写作课，从改学生的作文做起，锻炼基本功。今年春节期间，1981 级的学生李昌海兄过年去玉龙岛家里拜年，还记得我当他们班写作老师时一次表扬两篇作文，其中一篇是他写的，另一篇是他代替张同学写的，至今还有一些得意。那个时候的同学把老师的课堂表扬、作文示范看作是很骄傲的事儿。作文见习期还没有结束，现代文学的李德尧老师有一天晚上到我寝室找我谈话，问我愿不愿意到现代文学教研室，我当时也没有什么准备，看李老师很诚恳、很认真的样子，我当即就答应了；第二天他请示了系主任，下午就带了一套十六卷本的《鲁迅全集》送到了我的寝室，我就开始成为现代文学教师了。那个时候一个月工资是五十四元人民币（全国一致，大学本科毕业一年后工资就是五十四元），《鲁迅全集》刚好是五十四元，真是让我喜出望外，高兴了好几个星期。

李老师是一个出名的好人，课讲得好是出了名的，一节课几乎没有什么废话，有条有理，不紧不慢，有见解，有深度，学生做下来的笔记就是一篇文章。他的学术研究也了得。20 世纪 80 年代后期就经常在重要刊物发文章，特别是他的鲁迅研究非常出色，常常在《鲁迅研究月刊》发头条。他的著作《鲁迅杂文的文体精神》还是我现在推荐给研究生看的参考书。我的研究生王建雄写的毕业论文《故事新编的文体精神》就直接源于他的启发。文体精神可是一个有难度的话题，不是能够轻易做好的。

李老师为人宽厚老实。他从华师毕业后分配到荆州师范教书，年轻时谈恋爱，写了恋爱信，从荆州城步行十多里，到相邻的沙市邮局去发信，像做特务工作，他追求的对象是他的学生，那个年代的师生恋还是很资产阶级化的，不能被发现。

我做了现代文学老师后，与另外一名年轻老师光明兄由他指导，只要是李老师上课，我们都去听，恭恭敬敬地坐在第一排，和学生一样也做笔记，那个年代年轻老师似乎都是这样拜师学艺的，因为我在华师读书时，也看到有女老师每次去听王先霈老师讲课，做笔记。现在再也没有这个风景了。

到了 1995 年，我的第一部学术著作《中国现代主义诗潮论》出版后，送李老师指导，一个星期后，把他写好的书评给我看，书评的题目叫“幸福的云游”，他引用戴望舒《乐园鸟》中的诗句，称我是在学术的天空做着快乐的云游，“春夏秋冬没有休止”，鸟儿“是幸福的云游呢，还是永恒的苦役”，他知道我的学术之路的快乐与甘苦，给了我那部习作较高的评价，文章发表在当年的《文艺报》上。李老师对后辈的肯定是很有分寸的。后来我当了教授，他主动提出让我当教研室主任，其实那个时候他还只 50 岁多一点。在 1989 年高教社统编全国地方性师范院校教材时，他推我担任主编，自己做顾问，现在想来，自己感到惭愧，那个时代的风气也渐行渐远了。

我离开荆州十余年了，李老师在我还在荆州时就退休了，我当系主任时返聘过他。后来回荆州去看过他几次。听说他近一些年身体很不好，得了帕金森综合征，半身不遂，住在地下室，很是不幸。今天晚上 9 点 10 分，接到老蔡从荆州打来的电话，告诉我李德尧老师今天下午走了，我悲从心来。已经过了晚上 11 点，办公室大楼要关了。明天上午开完会后，回荆州去为我敬爱的老师送行。匆忙写下这篇文字，表达我的思念！

写于 2012 年 2 月 21 日

◇　作者简介　◇

王泽龙，1957 年生，湖北洪湖人。华中师范大学文学院教授、博士生导师。国务院政府特殊津贴专家、教育部长江学者特聘教授。主要研究方向为中国现当代诗歌、中国现代文学理论批评、中国现代文学史。著有《中国现代主义诗潮论》《中国现代诗歌意象论》《中国新诗的艺术选择》《中国新文学思潮研究》《反思与重构：中国现代文学史观综论》等。

遥祭白鹿原

——追忆陈忠实先生

李遇春

从友人处得知陈老师病逝噩耗的那天上午，我正在参加一位已故前辈学人的追思会，这使我原本就郁结的心情变得更加沉重了。当时赶紧手机上网求证，竟然所传消息不虚，我唯一能做就是强忍泪水低下头，在心底不断地告诉自己：白鹿原上那位最好的“长工”走了！白鹿原上那位最好的“先生”走了！当代中国文坛的白鹿精魂已随风飞逝！

回想起来，我和陈老师的交往也有十多年了。虽然我在武汉，他在西安，能够当面请教的机会并不多，但我分明切身地感受到，陈老师在晚年是把我当作一个忘年的小友在交往，这于我而言已经足够。最近这些年，每次有事找他，我总是先发手机短信，而他每次收到我的短信，必然是一个电话直接打过来，耳畔随即传来他那特有的苍凉沉厚的西部嗓音：“我是陈忠实！”短促有力，但又丝毫不是盛气凌人的口吻，相反，传递着真诚和温暖。每次通话中都会听到他那沙哑而爽朗的笑声，仿佛从八百里秦川地层深处飘来，让长年身处南国的我，不禁对他钟情一生的白鹿原一次又一次地悠然神往了。

第一次见到陈老师是 2003 年的事了。其时我刚从珞珈山求学六年下山不久，受师父指令，去西安拜访当今陕西文坛的两位主将——陈忠实和贾平凹。师父黄梅於可训先生在当今文学批评界颇有清誉，正受邀在《小说评论》杂志上主持《小说家档案》栏目，他特地把我喊到家里去详细布置访谈任务，还说是主编李星老师点名要我去做这两位西部大家的访谈，这让当时学术刚刚起步的我十分感动，于是欣然领命。记得临走时师父在叮咛中还曾戏言，见到那些大作家不要怕，他们都长得像新出土的秦始皇兵马俑似的，表面上粗犷得吓人，其实心细如发，而且西北人实在得很，比我们本地人好打交道多了。

那年去西安正好是清明时节。我提前找老同学从单位里借了当时还比较少见的录音笔，但不怎么会用，担心出错把珍贵的录音化为乌有，所以还是自备了传统小型录音机和磁带。虽然自认准备得比较充分，但内心依旧忐忑。到了西安后入住陕西省作协秦人宾馆，我马上和李星主编打了电话，但他说自己临时出差去了海南，不过已经交代了副主编李国平老师负责接待我，我悬着的心才算又安定下来。在国平老师的帮助下，我很快就在陕西省作协主席办公室里见到了鼎鼎大名的陈忠实老师。说实话，尽管有师父临行前的“兵马俑”戏言，但当我真正见到陈忠实的那一刻还是心里一震，他那沟壑纵横的脸、深邃逼人的眼、萧疏如枯枝的头发，瞬间传递给我一种无形的强大气场，让我尚未开口便有了紧张感。好在他果然大将风度，见微知著，问我是否带有访谈提纲，我说有，他说那就把提纲先放在这儿，明日晚上再来谈，白天让司机带你去西安附近逛逛。这下我如释重负，真的体会到了师父所言不虚，原来长得像兵马俑一样的陈老师，果然心细如发，体贴入微。

翌日之行十分尽兴，陈老师派人驱车带领我游玩了很好的一条线路，把乾陵、昭陵、茂陵等汉唐王陵全都仔细地看了一番，真是让我大开眼界！记忆中好像霍去病墓附近在修路，只能远远地观望，无法近前。那年我刚过而立之年，尽管一路舟车劳顿，但依旧精力充沛，充满了兴奋和喜悦。初见陈忠实的压力遂一扫而光。等到约定的晚上七点再在主席办公室见到他时，我已经一点儿也不感到紧张了。陈老师先是照例寒暄了几句当天的行程，但很快就显示出他的干净利落来。他说你的提纲我都看了，这些问题都可以谈，言辞和表情中都流露出一种令人尊敬的气度。这种气度很快拉近了我和他的年龄和地位的差距。那天晚上我们的对话一直持续到快 12 点，其间我们似乎都没有起身过，就那样端坐在他的办公室的两张椅子上，中间的桌子上摆放着我事先准备好的录音机和录音笔，记得换过几次录音磁带，而录音笔则容量有限，因超时而半途作废了。对话中，我印象最深的是陈老师的思路十分清晰，他回答问题喜欢单刀直入，语言表述简洁明快，丝毫不拖泥带水。陈老师的理性思辨力很强，我想如果他要是有机会做学问，肯定也是一个超一流的大学问家。有时候他仿佛陷入了一种在沉思中自述的境界，在叙述中分析，在分析中叙述，这让我一下子就把《白鹿原》的“隐含作者”与眼前的这位文坛长者紧紧地合并在了一起。记忆中，我提到有人视他为“文化保守主义者”时，他的申辩理性而又有张力，他说如果儒家文化真的是“豆腐渣工程”，那么我们民族早就已经灭亡，不可能薪火相传、绵延至今；提到他父亲对他的影响的时候，陈老师的声音有些哽咽而低沉；提到他也写过爱情小说的时候，陈老师发出了爽朗而豁达的笑声；提到他早年的文学小伙伴们的不幸遭遇时，陈老师从胸腔深处释放出深沉的叹息；而提到一个作家应有的良知和胸襟时，陈老师的声音不禁又高昂起来，言辞中充满了对文坛小丑的鄙夷和不屑。于今回想起来，那一晚的陈忠实就如同一尊会说话的雕塑，神情凛然而神采飞扬，让我一介江南小生领略到了西部文学大师的力量。

再次见到陈老师已是三年后的事。那是 2006 年的夏天，我去浙江杭州参加一个当代文学研讨会，会议期间突然接到《小说评论》的新任主编李国平老师从西安打来的电话，说是陈老师已到武汉，想约我见一面。我当即决定提前赶回武汉，想到又要和陈老师见面做长谈了，内心十分期待。记得他那一次武汉之行是入住在汉口的百步亭集团大酒店，而我住在武昌这边，约好的晚上见面，我打的士来了一番长途奔袭，穿越了大半个武汉去看望他老人家，心底充满了莫名的激动。进房间后，手拿雪茄的陈老师很兴奋，像老朋友一样和我寒暄，招呼我落座，给我沏茶，说我肯定不敢尝雪茄，他这辈子就爱抽雪茄，放不下了。抽雪茄的陈老师是他给很多人留下的经典印象。但那时候的他肯定没有预料到，日后也许正是雪茄扮演着他的生命的巨人杀手，他的舌癌病灶也许早就悄然埋植下了。那天晚上陈老师又一次和我聊到了很晚才散，但他一开始就笑着声明说这次不要录音，不做那种正儿八经的访谈录，就是两个人好好地说会儿话，无拘无束，信马由缰最好。和三年前的那次在陕西省作协主席办公室里访谈相比，这一次陈老师没有正襟危坐地成为一尊会说话的雕像，他脱掉了西服和长裤，只穿着羊毛衫和秋裤斜靠在沙发上，说话的间隙中不停地抽雪茄，口中嘘出一股又一股的缭绕烟雾，一副很潇洒、很滋润、很受活的样子。因为没有录音，所以那次长谈的内容我已经无法记清了，即使勉强可以追忆出一些话题来，大约也是不可信、不可靠的叙述。毕竟已经是整整十年前的事了。但那次见面却依旧给我留下了终生难忘的印象。告别时，陈老师突然站起身去行李箱里翻找出一个信封来，塞到我的手中说，这是 2000 元钱，是我给你的稿费，你拿着去买一件像样的西服穿穿吧！我当时惊异地合不拢嘴，赶紧声明说不要，因为我做的陈忠实访谈录已经节录刊发在《小说评论》上了，杂志社已经给我汇寄了稿费。但陈老师却执意要我收下，他说你们年轻人不容易，他已经把长篇对话录全部收到他的文集第七卷中了，这点稿费是我应该得到的，不必推辞！

我现在已记不清当时我是怎样子收下了那笔稿费的，但回想起那一幕，我就禁不住热泪如潮。事实上此后很多年，每次想起那一幕，我都能体会到一个陕西老汉硬骨中的柔情！体会到一个长相酷似兵马俑的文坛长者的如发细心！我想，正是因为有了这种刚柔相济的真性情，陈老师笔下的《白鹿原》才会写得那么粗犷又那么细腻、那么豪壮又那么温情！想到陈老师就在几天前真的已经驾鹤西去，我心中止不住地疼痛！坦白说，陈老师能够把我当作忘年小友，我就已经很知足、很感动了。他能够把我和他做的将近四万字的长篇对话录一字不易地收入他的文集，我就已经觉得三生有幸了！他赞许我的治学态度，说我整理的对话录是靠得住的，没有添枝加叶，没有强塞自己的主观话语到作家身上，这让他觉得我是一个诚实的可交之人。其实，自那次见面之后我就再也没有见到过陈老师了。但十年来我和他之间的交往并没有中断，偶尔会收到他寄来的新作，我也会时常关注他的创作新动向。记得是在2009年，我花了很大气力几乎重读了他的全部旧作，还有他的新世纪短篇小说系列作品，随之撰写了两篇自认比较有分量的论文：一篇是《陈忠实小说创作流变论——寻找属于自己的叙述》，刊发在《文学评论》2010年第1期；另一篇是《心理结构的平衡与颠覆——论陈忠实新世纪以来的小说创作》，刊发在《小说评论》2010年第1期。陈老师读到了我的这两篇论文后很欣喜，专门打电话和我交流，说我的文章很有想法，并赞许我是率先把他的新世纪小说创作纳入研究的第一人。这些话体现了一位文坛长者对一个青年评论家的嘉许和关爱，自然也包含了鼓励在内。难得的是，那次电话中陈老师还和我就文学批评的现状做了简短的交流，他说他最近参加了一些作品研讨会，发现许多评论家都是“有备而来”，他们永远使用同一套话语发言，无论面对什么作家作品，总是那些套话和套路。你很难说他说得不对，但又分明觉得他没有搔到痒处，没有击中要害。他对这种文学批评现状深表忧虑，担心我们的文学研究正在沦为一种伪学术。但他还是表扬了我，然而我深知，这实在是他对我从事文学批评和文学研究的警示。不久我又接到了陕西青年同行马平川兄的电话，他说前不久和陈老师一道去兰州开会，在火车上陈老师表达了对我的文学批评的由衷赞赏，说湖北的李遇春对他的文学创作研究得比较深入和到位，这自然令我欣喜，但更多的则是一份感念和崇敬之情！我从陈老师的身上看到了一位大作家的人格光焰！

2011年秋天，我在山西的年会上接任中国新文学学会副会长兼秘书长，会后一帮朋友鼓动我一起创办会刊《新文学评论》，在经费筹集到位后，我首先就想到了请陈老师为我们的这本新生的评论刊物题写刊名。虽然陈老师最终没有答应我的请求，他谦称自己的字写得不好，不宜给这么神圣的文学研究刊物题签，但他在电话中还是给我提出了中肯而可行的建议，他说不少刊物的刊名都是集字而成，比如，西安的《小说评论》就是集的鲁迅先生的遗墨，你们的《新文学评论》也不妨以集字为刊名。这给了我很大启发，我于是告诉他，说我们中国新文学学会创办于 1979 年，是由著名作家、首届茅盾文学奖得主姚雪垠老先生创建的，姚老的书法曾得到过茅盾的赞誉，集他老人家的墨宝做刊名是再合适不过的事！电话那头的陈老师发出了爽朗而又沙哑的笑声，事情于是就这么定下来了。我后来找到姚老的哲嗣海天先生求他父亲的遗墨，海天先生欣然应承，不久就把漂亮的刊名集字电子版发来了。《新文学评论》创刊前夕，我又请陈老师拨冗出任顾问，还请他不吝赐稿，盼望最好能在创刊号上刊登他的大作，为这份新生的文学评论刊物提供助力。这一次陈老师慨然应允，不仅同意出任顾问，而且很快寄来了他的一篇理论随笔的手稿复印件，题为《说者与被说者，相通着的境界和操守——读〈说戏〉》，这不是一篇应景式的书评文字，而是一篇由理性思辨与情感血肉共同构筑的戏曲杂谈，其中包蕴着陈老师对古老的秦腔艺术的热爱与尊重、理解与心得，当然也表露了他对《说戏》的作者——陕西青年剧作家陈彦先生的关怀与勉励。于今我回忆起当年的创刊往事，陈老师人格中的坚持与善意依旧令人钦敬。在我和他的不多的交往中，这位西部文坛硬汉的身上总是显露出润物无声的真情。

其实，大约在《新文学评论》创刊的同时，我的个人文学评论集《西部作家精神档案》也正准备出版。因为其中收录了我研究陈老师小说创作的一组文章，为此，我专门请求他为拙著写一篇序文，最初他是同意的，让我把书稿邮寄给他，但不久来电说不行，原因是这种纯粹的学术著作的序言他不能写，如果是一般的散论杂谈的结集，他还是可以勉强写序的，但涉及纯粹的学术，他谦称自己不是学者，不能写这种序贻笑于方家。从这里我再一次看到了陈老师对学术的尊重，也明白了他对当下中国文学批评界学风的不满，其实是出于对高校和学者的尊严的捍卫。他常常为自己当年在“三年困难”时期失去了上大学的机会而痛悔不已，由此可知他对当下中国文学批评界学风不正的现状是多么痛心和失望！但陈老师是宅心仁厚的文坛长者，尽管他最终拒绝了我的作序请求，但他还是主动提出要写一幅字送给我留作纪念，我知道他是担心伤害到我的自尊，转而以此给我另一种心理抚慰。不久，我果然收到了陈老师寄来的快递，打开后，一大张漂亮的字幅印入我的眼帘，我顿时欣喜若狂！陈老师的书法刚劲有力、清新雅洁，又富含文人情韵，内容是他自撰的一首旧体诗，诗云：“云垂雨疏柳如烟，桃杏含苞又经年。轻车碾醒少年梦，乡风吹皱老容颜。来来去去故乡路，反反复复笔墨缘。踏过泥泞五十秋，何论春暖与春寒。”落款为：“辛卯冬书故乡诗一首遇春雅正陈忠实”。这之前，其实陈老师是知道我喜爱旧体诗，并且出版过旧体诗研究专著的，而且他自己也尝试着写过旧体诗词，尽管数量不多，但也公开收入他的文集中，这说明他对中国的诗词传统并不排斥，这尤其令我感到欣慰。近些年，偶尔我也会把自己写的旧体诗编作手机短信发给他一笑，有时也会得到他的简短赞许。记得有一首古风《〈白鹿原〉题咏》，诗云："白鹿原里风光好，白鹿才子不服老。每登原上怀古意，走笔原下龙蛇疾。黑娃白灵横刀笑，灞河滋水梦难销。谁明鏊子翻覆处，且看铜圆当空掷。兆鹏兆海非吉兆，孝文孝武皆不孝。漫寻白鹿青崖间，丈夫折腰挺且直。巴尔扎克不轻让，脂砚斋曰伤心词。寄言天下立言者，留待盖棺作枕时。"当时觉得还有些意趣，遂信手存留了下来。难得的是，似乎不久就收到了陈老师快递来的《白鹿原》宣纸本线装书，一共有三套，一套题赠给我，另外两套让我转赠给武汉大学的於可训先生和陈美兰先生。

此刻，当我放下手中一切俗事杂务坐下来追忆陈老师的时候，我不禁感到诧异，十多年来我和他老人家之间竟然只是见过了两面，实在不应谬托知己，更不应拿忘年交来唬人，但事实是，我的生命体验和记忆又清晰而强烈地告诉我，陈老师的过世于我非同寻常，他是我有缘结识的第一位真正意义上的大作家！而且有幸结识之后，这种交往就一直延续了下来，弥足珍贵！回想起来，2013 年 5 月去西安参加贾平凹先生的长篇新作《带灯》研讨会的那一次，是我近年来在地理距离上离陈老师最近的一次，可惜缘悭一面！那次会议间隙，我给陈老师发短信，说准备去拜访他。照例是一个电话打过来，说他刚做了一个小手术，在休养，不便会客。想到他老人家刚过古稀之年，术后需要静养，我就没有再坚持，但心中有些怅然。好在我记忆中的陈老师一直是铁骨铮铮的瘦硬形象，我坚信他的身体不会有大问题，咱们一定后会有期，我还等待着有一天能够有幸随他去登登白鹿原呢，所以也就心中暂时释然了。没曾想到，2015年暑假期间突然从作家刘醒龙先生那里传来陈老师患重病的消息，他是知道我一直和陈老师保持着交往的，他也从不讳言对陈老师的敬重和对《白鹿原》的激赏，所以他第一时间就把消息告诉了我，并约好了我们西藏采风的往返行程，原计划返程中转到西安，去看望病重中的老人。但后来又因故取消，大约是为了老人的健康考虑，这次探视也没能成行。然而我心里始终在牵挂着陈老师的病体，因为凭我不算多的人生阅历，他正步入一个十分危险的年龄（“七三八四”），而且又患的是癌症，恐怕这一次死神不会放过他，所以在拉萨返武汉（经停西安）的飞机上，我一直都在心中默念着陈老师的名字，为他祈祷！身处蓝天白云上空，那天我曾作了两首旧诗表达对陈老师的忆念。

自拉萨返鄂，经停西安，空中寄念陈忠实先生二首：

滋水灞桥白鹿原，原来原往风云卷。
小娥不是无情女，黑娃徒悲行路难！
兆海兆鹏各有恨，孝文孝武两执端。
白灵一去不复返，魂魄梦归带泪看。

苦忆西京作长谈，指点白鹿溯根源。
深眶子霖滑头老，鼓眼嘉轩直背弯。
鳌子覆翻见风雨，本能扬抑隐悲欢。
惊闻恶疾侵瘦骨，祈祷长空带泪看。

这次写完诗后我没有编成短信发给陈老师看，因为当时听说他患的是口腔癌，不能说话了。想到再也不能一个短信过去就会听到他那沙哑而苍凉的声音，我的心就弥漫着悲伤。去年春节期间，我尝试着照例给他老人家编发短信问候新年，但再也没有能够像以往那样一个电话打过来，传来“我是陈忠实！”那短促有力、苍劲浑厚的声音了。其实这一次在编发拜年短信的时候我是极其渴望得到他的电话的，因为只要有电话打过来，那就说明他老人家的身体已经恢复了健康，然而那样的电话终究是没有等来！

2016年4月29日上午7：45，一代文豪陈忠实先生告别人世。网上很快传来陕西作家陈彦的文字《陈忠实生命的最后三天》，读罢让我不禁热泪盈眶！陈老师在生命的最后时刻所经历的痛苦实在是太惨烈了！那么高大的西北汉子竟然被病魔折磨得骨瘦如柴、油尽灯枯！还记得十多年前采访他的时候，他爽朗地笑着说“文学这个魔鬼呀”，其实文学这个魔鬼不可怕，他完全能战而胜之；但病魔太可怕了，一切的肉身都无法抵御病魔的侵袭！陈忠实临终前的几次吐血让人听了感到心悸，这简直就像是一个寓言，一个伟大的文学家的生命寓言！他终于在呕心沥血之后告别了人世间！魂归白鹿原!

忽然想起，陈老师去世的那天早晨，我这个一向晚睡晚起的夜猫子居然醒了个大早！醒来后听到窗外桂子山的鸟啼声声，四周一片静谧，蓦然中升腾起大地辽阔无边之感。我已经很久都没有体会到清晨的静谧了。而就在这个静谧的清晨，远在西安的陈老师在经历了呕心沥血的人生大痛苦之后离去了。一切归于平静。他把喧嚣留给了我们。

2016年5月1—2日匆草

◇ 作者简介 ◇

李遇春，1972年生，湖北新洲人。华中师范大学文学院教授、博士生导师。入选教育部青年长江学者、教育部新世纪优秀人才。主要研究方向为中国当代文学史、文学批评、中国现当代旧体诗词研究。已出版学术专著《权力·主体·话语——20世纪40—70年代中国文学研究》《中国当代旧体诗词论稿》《西部作家精神档案》《走向实证的文学批评》等。

听我唱个红军歌

——忆 30 多年前的一次采风

陈建宪

我的家乡在黄麻起义的发生地麻城县（今麻城市），我关注家乡红色歌谣，已有四十多年了。

1970 年 10 月，我就读的中学组织野营拉练，去乘马岗老苏区。当时正读高一的我，作为校宣传队的骨干，背着被子，提着铜锣，与几个同学一起，一路上编三句半，为行军加油。在火星桥，我第一次听到当地人唱《穷人调》《卖柴歌》，讲白骨塔的来历。说是战争厮杀，都在桥边河滩，没人收尸，几十里外都闻得到臭气，狗吃惯了人肉，连活人也追着撵。在北风嘴，听人讲，反“围剿”时，红军医院的伤员们藏在山洞里，没人照护，等“围剿”结束后红军回来，伤员都变成了骨头架子。当时第一次接触红色歌谣，第一次听到苏区故事，第一次知道自己的家乡对中国革命做过这么大的牺牲与贡献，也第一次感受到自己作为麻城人的骄傲。

1978年我考入武汉大学，三年级时选修了李惠芳老师的民间文学课。这才知道红色歌谣是中国民歌中的一个种类。后来读到许世友、陈再道等老将军的回忆录，发现歌谣在发动民众中起到了重要作用，于是决心利用大学最后一个暑期，实施我的采风计划。

1982年7月14日，我背着个日本三洋录音机，一大清早就坐车到顺河公社，拜访谢家畈的老红军冯秋英。第一眼见到冯秋英的场面，至今记忆犹新。老人个子不高，一身蓝衣，干净利落。在门口与我打招呼时，不断大口吐血。我惊问她怎么了，她说是老毛病。听我说明来意后，老人很兴奋。她告诉我，她今年七十岁了，1927年参加红军，当宣传员，1931年曾赴新县参加宣传比赛，得了第一名。1932年因病离队。她说她参加过中华民国十八年（1929）四月十二日红军攻打云雾山的战斗，搞后勤烧开水。说到这里，她就唱了一首《打云雾山》的歌。

在后来的研究中，我发现冯秋英唱的歌中有些非常有价值。

冯秋英老人说自己平时语言少，别人给她的绰号是"死人"，但她说自己是人死心不死。她曾到白区唱歌，动员了二百多人参加革命。整个上午，她为我唱了十七首歌，虽然很辛苦，情绪却始终高昂，就像回到了青年时代。中午，冯家姆热情地留我在她家吃饭。她的弟弟和弟媳都是老红军，曾两过雪山草地，身负重伤，国共合作后才回到老家养伤。她弟媳杨家姆不怎么会唱歌，但她也给我讲了一些当时的事情。离开她们家时，我看着她们那破败的土砖屋，心中涌起一股酸楚。

下午在顺河公社，接待我的小胡向我介绍了一些老红军的线索，我又专门去拜谒埋葬着蔡济璜等人的三烈士墓。蔡济璜是麻城县县委书记，参与组织和领导了黄麻起义。失败后，残部转战木兰山，他奉命就地坚持。当时他赋诗一首明志："明月照秋霜，今朝还故乡，留得头颅在，雄心誓不降。"这年 12 月，他与县委委员刘文蔚、邓天文在顺河集洞门冲赤脚寺开会，遭民团袭击被捕，受尽酷刑，两日后被杀于林店河。刘文蔚母亲赶去收尸，她说："三人都是我的儿。"将三人一同收葬。1977 年，县政府为他们建了合葬墓，还修了座纪念碑。我来到烈士墓，这是一个山坡之上，地势很开阔。让我非常惊讶的是：墓边不远处，一兜野兰花不多不少正开着三朵花，极白，极洁，在一片绿色土地的背景上，十分耀眼。三朵花随着风轻轻摇曳，当时我心里一动：这莫不是三位烈士的英魂在与我打招呼吧！

7 月 15 日我坐车到西张店，在童家冲找到同在武大读书的同学余敏友。这天下大雨，不能外出，余敏友的父母把周围邻居喊来，唱了一下午山歌。这次唱的歌，都是传统民歌。当时我将这些歌都录了下来。回后做了整理，共三十八首，全部是情歌。当晚我就住在余敏友家，他父母和姐姐弟弟非常热情地招待我。

7 月 16 日，我到栗林垮采访张耀华和邱少华，同行的还有余敏友和张耀华的外甥。张耀华 1928 年参加革命，在被服厂、宣传队和红军医院工作过，当过区干部。1937 年，她在宣化店与几个红军伤员一起被捕，国共和谈后被释放回家。邱少华 1930 年参加革命，1932 年在“围剿”中逃出回家，也当过宣传员。这一天采录到《送郎当红军》和《反包剿》两首歌，但总体上不太顺畅，她们都领着孙子，孩子老在闹。她们谈得更多的是生活问题，尤其是对民政工作意见很大。我看着她们的土砖房和几乎一无所有的家，也很心酸。

7 月 17 日下大雨。上午仍在童家冲采访民歌，录得十七首。当天下午与余敏友一起步行去乘马岗，走了三个半小时山路。雨后的山区，空气清新，景色极为优美，边走边观赏。中途坐在一段茂林修竹的山路上，鸟叫声此起彼伏，白云青山，美得让人不想离开。下午 5 点钟到达大河铺，当即采访了一位老红军杨业勇。他只有一条腿，是过草地后西征时受伤的，一条腿被截肢了。他十六岁时参加红军，一直在红四军主力部队。他给我们详述了黄麻起义的经过，从最初进步学生桂步蟾从武汉回来宣传，一直到长征中西路军渡黄河失败，可以说是一部完整的黄麻起义大事记，但当时我却没有看出其价值来。我问他怎样从西征失败中逃出来的，他避而不答。后来在我再三追问下，他只简短地说了句：“讨饭回乡的。”说到这里，他脸上显出了很痛苦的样子。后来我读了西路军的历史，才知道他们曾经历过多么难以想象的苦难。

这天晚上，大队部安排我们在唐家姆家里住宿。唐家姆夫妇也都是老红军，男的在部队，负过伤，也是在西路军过黄河后，部队打散后回家的。女的在地方工作，由于踩上国民党飞机撒的毒药，双脚全烂了，跟不上队伍，无奈回到家中。

7 月 18 日早上从大河铺出发，先到水田塆，找到村支部夏书记的母亲朱继春，她六十八岁，1930 年参加红军宣传队，在红二十五军。1932 年到红二十八军，1933 年因甲状腺肿住院，最后治不好，不得不离队，部队将她交给红安一个老太婆家，红军医院随主力北上后，她在这位大娘家躲了四个月零七天，然后回到家乡，家里已成了“无人区”。朱继春身体很硬朗，她讲了一个半小时自己被抓和被救的过程，就像一部惊险电影。她说她有一次被国民党还乡团搜山时捉到了，送到一个叫王家洼的村子里，让村里民团看守。她在这村搞过宣传，认识村里人。村里杨家姆见了她，说：“了了哇！怎么把你给抓来了？”立刻告诉她们村里的民团，说是某某人也被捉来了。村里的女人们于是把她藏了起来。等搜山的还乡团回来后，发现总数差一个。本村民团就倒打一耙说：“你们还要找我们要人，平白无故把这么多人送来害我们守了一晚上，要是个猪，是个羊，我们可能杀得吃了，人我要她有什么用？能吃能喝？”还乡团无法，只得罢休。这样她才躲过一劫。

朱继春老人还讲了当时张国焘在苏区“大肃反”的状况。

在讲述中，朱继春老人还唱了《我夫革命本是真》和《剪头发》两首当时的歌。

从水田塆出来，我们又去谢家坳，找当年参加过攻打杨泗寨的夏长松老人。老人八十八岁，1926 年参加革命，先是参加党的秘密组织，说是开会时读总理遗嘱，讲三民主义，后来成立农民协会，挂赤化带。民兵武装转为红军后，他在第五十五团二营六连。1927年打杨泗寨时，夏长松亲身参加了战斗。他说，当时是刘文蔚带队。有个红白学的师傅打着赤膊在阵前作法，王家楼的余守启一炮打过去，就把他打死了。农民义勇队一看“刀枪不入”的法术是假的，就喊着“呵吙”冲上去了。

在夏长松家吃过午饭，下午三点半，我们冒雨走到毛家塆，拜访夏长先老人。夏长先六十八岁，她 1927 年参加童子团，后来参加少先队，当分队长，再后来调到乘马岗区委会，任妇女部长，后又调到县苏维埃，任拥军委员会主席，后任财务长。1932 年国民党进剿，她跟随麻城独立团，做白区工作，搞宣传。当年 8 月又随红二十八军活动。1932 年 9 月，由于她的手长疮，不得不离开部队躲在山里，一年后逃回家。夏长先一家人都参加了革命，她父亲参加红军，被国民党抓到杨泗寨吊了两三天，活活吊死。三个弟弟一个妹妹，都在国民党的围剿中被杀。母亲逃到外地给别人烧火十一年，刘邓大军到来时才回家。她婆家有二十多人，也大都被杀，公公被捉去，死在黄土岗。夏长先老人讲话十分爽朗，她说她的诨名叫“土匪”。从她身上，我感觉到当年红军妇女干部的那种无所畏惧的风格。

7 月 19 日，天公不作美，连日大雨，路都被冲断了。我和余敏友穿短裤涉过小河，准备步行到乘马岗，正巧遇上公社派下检查水情的车子，于是坐便车到了乘马岗。公社干部都下乡救灾去了。我们闯到光荣院，找那里的老人采访。但这些老人很拘束，不愿多说。只有一个曾任职黄石市武装部的江部长，与我们谈得较多，给我们讲了不少他的战斗经历。第二天，我搭上一辆军车前往麻城县城，结束了这次采风。

这次在家乡的采风对我的灵魂是一次洗礼，也成为我生命中的转折点。我之所以后来考研究生，改行学习民间文学，然后在大学教民间文学，研究民间文学，都源自这次调查对我的震撼。我在2001年和2002年又组织过两次麻城革命歌谣的调查，2015年，我与麻城红色文化研究会李敏会长共同主编的《麻城革命歌谣》一书出版，三十多年前记录的麻城红色歌谣，终于又回到家乡。

我在采风中多次面对讲述者的痛哭，那些老人的眼泪，每一滴都滴在我的心上。在调查中也碰到一些异事，如2012年在我们的摄制组到达著名的女烈士万永达墓前时，本来万里无云、高温43℃的晴朗天气，随着一阵鞭炮响，突然大颗大颗的雨珠，从天而落，洒在万永达的墓碑上。这些都被我们的摄像机记录了下来。

天地有灵，烈士有灵，我相信，记录了那个伟大时代的红色歌谣，不会消失。一代代人会记录她，传唱她，通过她触摸那个时代的脉搏，通过她与我们伟大的先人对话！

莫打鼓来莫打锣，

听我唱个红军歌，

农友们，过细听着

……

2014年10月8日稿

原载《麻城革命歌谣》，2017年10月15日修改

◇ 作者简介 ◇

陈建宪，1954年生，湖北省麻城市人。1988年起在华中师大文学院任教至今。教授、博士生导师，华中师大非物质文化遗产研究中心副主任和民间文学学科组组长。主要研究领域为中国神话学和民俗学。专著有《神话解读母题分析方法探索》《口头文学与集体记忆》《荆楚民间文学》《中国洪水再殖型研究—母题分析法的一个案例》等。

也曾负笈桂子山

——为纪念华师中文 1987 级毕业 20 周年而作

张 生

5 月初的一天，我正在拥挤的地铁里痛苦地计算着还有几站能下去，突然接到了一个电话，有个男人在电话里用口音很重的普通话粗声粗气地直呼我的名字，很兴奋地说他第二天就要到上海来，叫我去见他一面。可他的声音对我来说，却显得异常陌生，我怎么也想不起他的名字。我只好借口在地铁里太吵听不清楚，问他是谁，他这才大声报出了自己的名字。原来，他居然是我大学的室友戴岳。他是贵州人，大学毕业后就去了贵阳工作，那时我们的联系方式不像现在这么方便和多元，除了一个家庭通信地址外，连电话都没有，更不要说手机、E-mail、QQ 和 MSN 这些先进的玩意儿了。记得刚毕业那一年，他还写过一张明信片给我，可自此之后我们就彼此音信皆无了。而这次为了到上海后能见我一面，他在无线电波里几乎辗转大半个中国，像前些年那些搞传销的发展下线一样，不屈不挠地找了分布在天南海北的五六个同学，才终于联系上了我。

而就在戴岳报出他的名字的这一刹那，我才突然意识到，我们自 1991 年夏天从华中师范大学中文系毕业，离开武昌桂子山那座终年飘着若有若无的木樨香味的校园，已经快二十年了。而华师西区 5 栋 49 号，当年我们的宿舍，自从毕业后，我就再也没有进去过。

相信不管是谁，对于自己的母校，都有一份难以割舍的情感。我至今仍无法忘记 1987 年 9 月初新生报到那天的情景。当时，我是由一个在武大数学系读书的老乡送到华师的。他帮我背着随身携带的行李，带着我从武大出来，穿过武测，一路步行到没有斑马线，也没有几辆汽车的窄窄的珞瑜路。而当我在马路对面终于看到华师的简洁朴素的“同”字形的校门时，那种激动的心情至今仍很难用言语来形容。踏进大门，迎面就是那条两边有着粗大的法国梧桐树的通往桂子山山巅之上的华师校园的大路，或许因为这条路是条上坡路，我才突然意识到脚下所走的这条路是那么长，又是那么美。我觉得，这似乎就是我长长的人生的开始。因为从那一天起，我就好像再也没有离开过华师中文系，离开过文学，而似乎也正是从那一天起，我就再也没有停止过向自己设立的那个遥远的人生目标往前走，往上走，开始是有意识地强迫自己走，到现在已经变成了我的无意识的生活习惯。

其实，直到我走进华师的校园，我都对这所以教育部直属的重点师范大学为骄傲和卖点的大学没有更多的认识。当然，当时的我，不要说对华师了，就是对整个武汉地区的大学，基本上都一无所知。我是河南焦作人，在我们当地学文科的中学生心目中，有名的文科高校只有北大、人大、北师大，还有南开，而很多南方的高校，像武大、中山、复旦，以及我后来读研究生的南大等，都像是遥远的传说，其影响感觉似乎与我们河南的“北大”即坐落在开封古城的河南大学与省城的郑州大学相似，而且老师也鼓励大家考北京、天津的学校，所以我们对武汉的高校的印象几乎是一片模糊。再加上那时既无网站，也无如今颇为时髦的各种大学排行榜，所以，高考报志愿时就靠老师的几句话和不会说话的一本印刷质量低劣的薄薄的高考招生目录来决定取舍。

因为我父亲是军人，我从小在部队长大，对军队很有感情，所以很想读个军校。我有个亲戚在石家庄装甲兵学院读书，受其影响，我一度也很想去这个学校读书。但一来我父亲不同意；二来我的眼睛有点近视，只好忍痛放弃了。而这种遗憾，直到我后来找到了一个同样在部队大院里长大的女孩做女朋友，才算释怀。我是个比较恋旧的人，因我的小学和初中都是在重庆读的，后来才回到故乡焦作，所以，我想，既然不能投笔从戎，那为何不借读大学的机会到巴蜀故地重游一番呢？说不定我也会像我的老乡李商隐一样，在雨夜的浮图关，写出“故乡云水地，归梦不宜秋”这样的传世名句来。可报志愿时，我才陡然发现，时为理工科大学的重庆大学不招文科。可想而知，我有多么失望。甚至，这种失望的心情直到此刻，直到我写这篇文章的这一刻，还难以释怀。因此，我觉得，不仅理工科大学应该办文科，而且真的都应该办成综合性大学，这样才能给予考生更多的选择，设若当初重大有文科，我去了重庆，我的今天肯定会和现在的不一样。不过，那样的话，我也就不可能来写这篇文章了。虽然，我作为一个硬朗的重庆人，多少有点瞧不起成都人的娘娘腔，可作为补偿，我还是选择了远在成都的四川大学作为第一志愿。然而就在我以为我马上可以到成都吃龙抄手和夫妻肺片的时候，邮局送来的高考录取通知书却赫然印着“华中师范大学”几个大字。我这才想起，为了多一次录取机会，我还自作主张填写了提前录取的志愿，而我当时随便填的学校就是这所武汉的“华师”。

老实讲，我高考发挥不错，是当年我们焦作市的文科的第二名，但我并不是在考大学上有什么远大理想的人，因此也不觉得以那样的分数没上北大之类的学校有多遗憾。可没能去成都尤其是没能去重庆读大学，以慰我的怀旧之情，始终是我的遗憾。也许将来的某个时候，我会到重庆工作也未可知。命运总是有自己的逻辑，谁知道呢？

不过，虽然对考上华师这所学校没有准备，但我对能被中文系录取倒是觉得很好。因为，我虽对上什么大学没理想，可对以后自己做什么，却老早就有着比较“远大”的理想，那就是成为一名作家。而要想当作家，以我那时的思想觉悟，当然非读中文系不可，受此理想引导，我的高考志愿不管哪个学校基本上填的都是中文系。所以，当我在华师图书馆前中文系的新生接待站办手续时，忽然看到有条“欢迎来到中国最大的中文系”的红色标语时，不禁有种得其所哉的感觉。因为，以我当年的一颗幼稚的心判断，华师中文系既是“中国最大的中文系”，那自然也是亚洲乃至世界最大的中文系，而“最大”在我们的中国文化里其实就是“最好”的代名词。这让我不禁有点喜出望外，因为没想到自己居然歪打正着，能有幸到这么牛的中文系读书，那我的作家梦自然也是指日可待了。而以我在华师所度过的四年光阴以及后来的经历证明，直到今天，华师中文系也仍然是中国最好的中文系之一，但是否中国最大，或亚洲最大，以及这个口号是在什么背景下又是何人创造出来的，却到现在也没弄清楚。但这句口号还真让我这个多少有点虚荣心的人激动了好一阵子。因为按当年我们的任课老师的说法，即使华师中文系的实力尚不能进入全国前几名，但最起码，我们是武汉乃至中南地区最好的中文系却是毫无疑问的。这一点虽让同城兄弟武大中文系的人如鲠在喉，可也是没办法的事。但现在看来，可能是老师的自尊心使然，其实当时武大中文系的实力和华师也在伯仲之间。

而一个大学或一个系之所以好，无非是老师好和学生好。老师好，学术水平高，才会有社会影响，同时，也才能更好地教导学生。学生好，人聪明，有理想，将来走出校园后，也才能贡献社会并影响社会。而我认为，那时给我们上课的都是很好的老师，比如，教我们中国当代文学的徐纪明老师讲起课来总是声音洪亮、一字一顿，不知何故，他一直对我们 1987 级青睐有加，他的一句常常用来旌表我们的话几可作为我们中文 1987 级的“级呼”，那就是：“1987 级是中文系的一面旗帜。”可能是大家对他印象太好或太深，爱之深切，有时也难免尴尬。黄曼君老师是教我们现代文学的，对于他，我们早就是未闻其声，已知其名，谁不知道他是唐弢主编的那套影响巨大的《中国现代文学史》的参编者之一呢？而参与这套著作编写的学者，无论是当时还是现在，都是这一学科中的佼佼者，不过，那时他们是学科的中坚，现在如尚健在，也都已是泰斗级的人物了。其时黄老师正当壮年，头发乌黑，穿深色正装（非西装），很是严谨，一副方形玳瑁框的深度近视眼镜又显示了其渊博的学识，以至于给人的感觉似乎是一个古板严肃的老派人物，但实际上他上起课来却是天马行空，一次他竟然从自己游玩黄山时买的一根竹子拐杖讲到郁达夫的小说风格，而我至今也没有弄明白其中的联系。田蕙兰老师是教我们中国现代文学的唯一的女老师，她真的是蕙质兰心，像个和蔼的老阿姨，讲着讲着就会停下来，从老花镜上面看着教室里我们这些东倒西歪、麻木不仁的家伙，问大家理解了没有，当然，每到这时，课堂上总是鸦雀无声。可到了她的学生吴建波来上课，就不一样了。吴建波大概研究生刚刚毕业，恰值青春年少，他面庞白皙，戴着一副稍微有点圆的文静的黑框眼镜，站在阶梯教室的讲台上，再加上一身黑色的学生装，显得身材瘦削，风度翩翩，其气质犹如一个“五四”爱国青年，随时都有可能把自己那颗滚烫的中国心掏给我们瞻仰。他在课堂上朗诵闻一多的诗歌，情深处几乎让我们这些无动于衷的鳄鱼坠下眼泪，而谈到周朴园对侍萍的情感，又让人莫名地忧伤。一次我在历史系的楼前与其邂逅，为了表示我对他的仰慕，我特地掏出用很多饭票换来的平时根本舍不得抽的绿色“摩尔”薄荷香烟，殷勤地劝他抽上一支。他虽声称自己已经戒烟，可还是没有拂我这个学生的情意，在我用打火机给他点上那支细细的香烟后，他轻轻地然而又深深地抽了一口，似乎把那根烟的灵魂也吸到了自己的肚子里去。这让我很怀疑他说的自己已经戒了烟的话是否是真的，因为我当时有个非常狭隘的观点，像吴建波老师这样的偶像级的青年知识分子，怎么可能不抽烟呢？否则，他写作和思考时的“烟丝披里纯”（Inspiration）从哪里来？与他同样在我们同学中深孚众望的教当代文学的老师还有王又平，用武汉话来说，我们当时感觉他是最“抛”即自我感觉最牛的老师。但他并没有给我们上过课，我们是在他的讲座上认识他的，他最大的特点就是批评一切，不仅批评作家，批评现实，还批评我们。有次他在 7 号楼做了个讲座，他一口气把当时活跃在文坛上的所有作家不管男女老幼全都狠狠地批了一遍后，忽然话锋一转，劈头盖脸地骂了我们一通。那时还没有话筒，但他声若洪钟，说作为我们华师中文系的学生，如果既不关心中国的文学，也不关心中国的政治，那你活着还有什么意义？！这让我们这些听他讲座的人如遭雷击，面面相觑之余，恨不得找个地方一死了之。可天地良心，那天 7 号楼底楼的大阶梯教室人都几乎坐满了，可他还觉得人来得太少，因为有的讲座甚至连教室外的走廊上都站满了人。转眼到了21世纪，作为一个教授，同时也作为一个有点小名气的作家，我也偶然应邀在大学里讲讲文学，可每次只要能来个十几个人我就谢天谢地了。不过，这可能是中文系老师的风格，比如，同样是在这个地方，我还听过章开沅校长的高足，历史系青年教师马敏博士谈辛亥革命的讲座。他在演讲时颇为从容，谈起当时虽时尚却很“落后”的“新权威主义”时似乎也非常淡定，并无褒贬，他无论语气还是心态都平和得多，颇有一种过尽千帆皆不是的感觉。前些年看到报纸上说他当了华师的校长，从照片上看，他的头发比当年少了很多，当然额头也比过去亮了很多，俗话说，只有有智慧的人才会有此福相，他能当上华师的校长，想非偶然。

实际上，我们在校时就已知道，对中国现当代文学，尤其是对中国当代文学史的研究一直是华师中文系的特色和强项，而1949年后第一部中国当代文学史就是由华师的老师于1959年出版的《中国当代文学史稿》，所以才会有那么多出色的老师。即以现在比较苛刻的眼光看来，如果从史料的确凿、观点的持正和客观，华师中文系老师撰写的这套中国当代文学史依然具有不可替代的地位。而这十几年来，尽管中国当代文学史的编写花样翻新，层出不穷，但迄今为止国内的很多著名的大学的中文系都仍然把这套教材作为中文系研究生的考试参考书，也从一个侧面证明了这部文学史的学术价值。

现在想想，虽说中文系的老师似乎无论男女皆有一个好嗓子，但其中真正翘楚还应该是教我们音韵学的朱金声老师。他才真是个帅哥，高大威猛不说，还有一口可以与中央电视台《新闻联播》节目的资深男播音员赵忠祥一争高下的嗓音，颇有磁性。并且，他还精于国际音标的发音。可我跟着他学了一个学期的音韵学，除了知道些类似“平水韵”这样的名词外，并无所得。而且，我不仅音韵学没学好，我对整个语言学都一知半解。但语言学当时却是华师中文系的拳头学科，之后的词汇学、语法学，还有大谈索绪尔和乔姆斯基的理论语言学，我似乎都没弄明白过。对于语言学，我们很多同学都像我一样不得其门而入，竟然把系里发给我们的邢福义老师的一本谈语法问题的书全都低价卖给了街道口的一家旧书店。据说后来邢老师一日在此旧书店中看到自己崭新的大作居然一本一本整整齐齐地码在旧书架上，痛心得几乎要当场晕厥。但让他更痛心的事还在后面，当他提出要把这几十本书全买走的时候，见利忘义的店主竟然以原价卖给了他。估计这花了他不少钱。不过，这正说明了他的这本书的确很有价值，它理应值这么多钱。

尽管中文系当时在中国现当代文学和语言学的方面实力颇强，可我自己真正喜欢的是古代文学和外国文学。我至今仍记得教我们先秦文学的佘斯大老师边讲述边在黑板上用白色的粉笔写下《诗经》的某些词句或《易经》的一些卦爻辞时的情景。而我们崇拜的也不仅是他对先秦文学的深厚的学养，还有他那一手漂亮的粉笔字，其实他不仅是个学者，还是个书法家。一些老生告诉我们，汉口不少商店的门牌即为他亲手所书。而中国古代文学学科在华师中文系历史悠久，钱锺书的父亲钱基博先生就是曾经的元老之一。可惜的是他老人家早在我们入校之前就已仙逝。但是，据称得其真传的女婿石声淮先生却还健在。有次他给我们做了个讲座，好像是谈如何做学问的，可我资质鲁钝，除了他的一口浓重的湖南口音外所获实在不多。

教我们文艺学的老师中，给我们上文学概论的年轻的修倜老师恬静而温和，和我同寝室的阮辉煌爱屋及乌，对文艺学也着了迷。有次，他还在自己的作业中对修倜老师的一个观点表示了不同的意见，她还特地找时间和阮辉煌认真地探讨了一次。有修老师模范之前，相信现在广东一所中学任教的他也一定是个认真负责的好老师。后来修倜老师还给我们上过电影课，其对电影的博学和热爱，让少年老成的黄夏林也深深为之折服。须知这颇为不易，因为在我们寝室的几个人中，黄夏林很早就喜欢上了电影，在我们还在写诗写小说的时候，他已经不仅开始写起了小说，他还写起了被我们视作天书的电影剧本，每天夹着一本法国电影学家巴赞的《电影是什么》在校园里晃来晃去。修倜老师在电影方面的造诣得到他的首肯，自然也让我们对修倜老师更加崇拜了。可黄夏林如今把自己文学和电影的才华都用在写广告词和拍广告片上了，他早已是南宁一家广告公司的老总。有次他来上海出差，已是满头华发，我们一起回忆了当年在桂子山度过的难忘的文艺生活，似乎把他的记忆唤醒了，他激动地向我表示，他要回去把公司关了写作。还好他没这么做，否则他很有可能在这个商业时代变成一个奢侈的乞丐。

而王先霈老师的中国批评史的课，因为是选修，我只上了一节就放弃了。当时我已经是大四，正忙于恋爱，有时与女朋友在校园里闲逛时，偶尔还会撞见身材高大、头发花白的王老师昂首走过。不过，我已经提前上过他的课了，当时我的班主任范明华老师让我誊抄他和王老师一起合著的《文学评论教程》的修订版的书稿，还真是学到了不少文学评论的知识。我也曾偶听胡亚敏老师的叙事学，可是由于其理论实在过于复杂和艰深，只好中途退场。前年我在杭州的一个学术会议上碰到现已成为著名学者和文学院院长胡亚敏老师，她的发言依然要言不烦，层次清晰，具有强烈的理论色彩。看来我此生是很难企及了。

同样，教我们外国文学的老师也各有千秋。我比较欣赏的是教我们俄苏文学的朱宪生老师。他在上课的时候经常用俄语给我们朗诵普希金的诗歌，让人不由得为俄语的颤声着迷。他其时可能正在研究丘特切夫，所以常把自己翻译的他的诗歌朗诵给我们听，有一次，他还拿出他在莫斯科和彼得格勒（那时还叫列宁格勒）拍的颇为稀罕的彩色照片给我们传阅，以体会博大的俄罗斯文学的精神。多年后，我听一个朋友说他已调到上海师大中文系任职，可我们却一直无缘相会。因为同在上海，我真希望哪一天我们能够再次相遇。

他十分念旧，我的室友苏勇强考研究生时曾去找过他咨询相关情况，他不仅热情接待，还真心地建议他若真的走投无路，可在下年报考自己的研究生。其实，苏勇强虽然贵为我们中文系1987级的“名人”，身为著名的走廊歌星，弹得一手好吉他，且善篮球和蹴鞠，却因经常逃课，再加上学习成绩实在一般，在朱老师心目中当并无甚印象，可作为昔日的学生，苏勇强有事相求，他还是尽力帮助，此举让人颇为感怀。还有就是给我们上英美现代派文学的邵旭东老师，他“美”气逼人，因刚从美国访学归来，穿着比较时尚，除一条皱巴巴的瘦腿牛仔裤外，还总是穿一双当时无比昂贵的美国原版的耐克运动鞋，并不时在课堂上嘣出一两句英语，与我们大聊美国风情，很让我等视美国为神话的“哈美族”颇为折服。但我的同学，原系长跑健将，现任教于汕头大学中文系的张卫东博士对他的印象却不甚佳。因为张卫东觉得旭东老师的课美国生活讲得太多而美国文学讲得太少，兼之他素来对西方文艺理论颇为痴迷，故相较之下，在他心目中，教我们美学的邱紫华老师更有魅力，还有就是当时喜欢给对大家唠叨海德格尔的余虹更值得一提。让人叹惋的是，余虹后来在人大遽归天国，实属英年早逝。不然，张卫东肯定会更加推崇他。

可话说回来，虽然讲了这么多的华师中文系的“掌故”，其实作为一个本科生，我对当时的老师们的言行的了解很是浮泛，而当年在中文系1987级那一百多号人里，我并不是个出色的热爱学习的学生，甚至说平庸也不为过。再加上我从大一起就开始和武大的一个女孩谈恋爱，一有空我就到武大玩，所以，不仅平时与同学们交往很少，就是与上面提到的那些老师也并无多少交往。他们那些精彩的课程有的我也只是稍有涉猎。更为遗憾的是，还有的老师的课可能只是在课程表上有，我却从来也没上过。其原因说起来也很简单，因为 1989 年那场风波的影响，我们上半年基本上都没上课，下半年则是基本上没课上。而我直到现在还纳闷儿，当时的那些课是怎么考过去的，又是怎么有成绩的。现在思量，很有可能是老师们网开一面，都给我们及格了。所以，有一天，我和华师中文系的学长，现与我在同济中文系共事的喻大翔教授聊天的时候，我终于良心发现，惭愧地对他说，虽然我拿的是华师的本科文凭，还拿到了如假包换的学士学位，但我其实名不符实，若从实际受的教育来看，我最多只是个华师中文系的三年制大专生而已。

一次，我偶然浏览网络，看到现已摇身一变为温州大学中文系副教授的苏勇强博士的简历时，几乎让我以为时光倒流了，原来，他在介绍自己本科毕业于国立华中师范大学中文系时，还在其后厚颜加了一句评语："根正苗红。"但此语让我在哑然失笑之余，也让我细细地考究了一番，若从在华师中文系所受到的学术的训练而言，我觉得他的话并不为过。自 1991 年夏天离开母校到现在，二十年来，我也曾碰到过很多从其他比较好的学校的中文系毕业的同龄人，在与他们的接触中，我觉得就知识的传授和基本的素质而言，20 世纪 80 年代华师中文系的本科教育还是很过硬的。前些天，我到北京出差，抽时间到在北师大工作的李霆鸣博士那里小坐了一会儿。当年霆鸣与我并不是一个宿舍的，只是因为异常仰慕长期下榻在我们寝室的武汉著名校园诗人兼华师桂子山诗社社长黄光辉，他经常来我们宿舍打“拖拉机”，所以也与我相熟。他毕业不久就到北师大读硕士和博士，属于“学者型诗人”或“诗人型学者”。因为他不仅写诗还主搞诗歌批评，所以至今与黄光辉仍保持着密切的联系。像中国的那些伟大的诗人一样，黄光辉毕业后即投身仕途，如今已是鄂西的一个县的父母官，因此，他已不再像在华师时那样半夜从床上爬起来点根蜡烛边抽烟为赋新词强说愁，而是经常写一些关心民生疾苦的诗歌。对于黄光辉创作上的这一转型，霆鸣予以充分的理解和肯定。而自从游学京畿以来，霆鸣已是阅“中文系人”无数，言谈间，偶和我聊起当年在华中师范中文系所受的本科教育，他同样也赞不绝口，觉得没有在桂子山白待四年。正是在华师打下的底子，才使他可以笑傲别的学校中文系毕业的学生。当然，霆鸣和我一致认为，这主要得归功于当年中文系诸位老师的辛勤教育和耐心的引导。

我的感觉，好的大学中文系毕业的学生，有两个特点，一是对中国传统文化都有比较好的了解，直接表现就是中国古代文学或文化的修养都比较好。说到这一点，我就得感谢当初教我们《训诂学》的黄建中老师，正是他让我们抄写《说文解字》的几百个偏旁部首，才使我之后在与一些文人雅士游览古迹名胜之时，不至于看到众多的铭牌匾额而认不出来或因读错字而出丑。记得当年在黄老师的感染下，平时连瓶酸奶也不舍得请我喝同时自己也舍不得喝的戴岳居然拨出巨额私房钱买了一本厚厚的精装的《说文通训定声》。作为武汉一名美女级羽毛球国手的入室弟子，他每周去和教练练习过他最爱的羽毛球后，总是捧着那本书看来看去。我一度以为他将来会成为文字学大师或羽毛球老师。但荒谬的是，直到这次他来上海后我才知道，他后来一时冲动转了行去读了个教育学的博士，现在在贵阳的一所大学的教育系混饭吃。想想真是造化弄人。二是视野比较开阔。华师虽然号称地处九省通衢的武汉，交通也的确是四通八达，但因地处中西部，文化风气和地位上并不占优，且因远离北京和上海、南京这样的文化发达的地方，很容易让不了解内情的人以为其学风闭塞。但我后来才发现，华师中文系不仅不闭塞，相反还很开放，甚至很“时尚”。我们在校时，不管是当时国内流行的各种思想文化的观点，还是“先进”的西方文艺理论，都有老师介绍和讲授，所以，当我离开华师到南大读研究生时，以前没有接触过华师中文系学生的南大的朋友都还很奇怪，他们没想到来自武汉的我居然会和他们一样，读过当时他们认为很“时髦”的书，并且思想似乎也很“前卫”。这当然也是拜华师中文系的老师所赐。比如最早向我介绍美国小说家厄普代克的就是樊星老师。现在他已经是研究中国当代文学的著名学者，而他当时研究生毕业刚留校不久，尚属青年教师，故才会被派来当我们这组实习同学的指导教师。其时我们在汉口的六十五中实习，他也与我们一样住在一间大教室里，周末才回去一次，所以有很多时间与我们在一起。因为樊老师从小就在汉口长大，空闲时他常带着我在汉口的大街小巷边散步边聊天，一次我们去逛武胜路新华书店，他向我隆重推荐了由重庆出版社推出的《兔子，跑吧》，我也因此知道了厄普代克这位在美国文坛影响卓著的作家。樊星老师浓眉大眼，长得很像20世纪80年代的电影演员达式常，为人诚挚热情，真心把我当成他的朋友。而为了表示我们的友谊，他还把一直不肯轻易示人的钱锺书的《围城》借给我看。因此，实习结束后我仍不时到他在华师东区的一幢筒子楼里的小屋去向他讨教。而不管什么时候，只要我去找他，他总是很高兴地放下手头的工作，不厌其烦地和我谈天说地。并且，正是由于樊星老师的指点和鼓励，我才决定报考南京大学中文系的研究生，也因此才一步一步地走到了今天。正是由于这个原因，后来我在上海听说樊星老师离开华师到武大任教的消息时，我还很是为华师中文系走了这么一位好老师而遗憾了一阵子。从这个意义上讲，苏勇强说自己毕业于华师“根正苗红”是并不为过的。但我想，如果不是学潮的影响，我们要是当年能够真的上满四年课程，可能我们各方面的知识养成会更好，说不定也因此在事业上会比现在走得更远一点儿。

而倏忽之间，在桂子山的生活已成为往事，想想都过去二十年了，还有什么事情不值得回忆呢？20世纪80年代的大学时光在很多人的笔下也已渐渐变成一种“神话”，但作为一个过来人，我觉得没必要把那个时代“神化”成“神话”，而应该对其不足做出检讨，这样才会有助于我们认识那个时代的大学，从而对今后有所增益，当然，对于华师中文系也同样应该如此。我觉得，相较其他高校，当年华师中文系在对学生专业知识的教导上是很好的，但在对学生未来的发展的导向上却做得不尽如人意。

我认为，这得归咎于其时华师中文系在教育我们时并没有处理好“职业”（occupation）和“志业”（vocation）的关系问题。因为前者只是谋生的饭碗，后者却是需要尽可能地发挥自己的能力去完成的事业，它有一定的理想性，因此也可以激发一个人去完善自我并同时为社会做出更大的贡献。当然前者也可能成为后者。因为华师是教育部直属的师范大学，所以学校比较强调学生的师范性质，在当时我们毕业择业时系里也多希望大家到教育系统，尤其是中等学校去任教。作为一种职业导向，现在看来，这当然并不为过。而且，因为当时我们都拿了国家的师范助学金，有责任和义务到中等教育部门去任教。但是，我以为中学教师只是一种职业，它当然可以成为我们同学的志业的一种，但不可能成为也不应该成为所有人的志业。况且当年我们的同学中有很多人并没有或并未把到中学里当老师作为自己的理想，在这种情况下，片面强调大家到中学任教，且以当一名中学老师为终身之选，难免会造成很多同学才非所用，甚至大材小用的情况。

而事实上，因受 20 世纪 80 年代人文思潮的影响，当年考上华师中文系的同学，有很多都是当地高考的佼佼者。外省的同学自不待说，即使当年人数占优的湖北同学，在高考中的表现也都很不错。用现在的话来说，当时我们皆可算同代人中的“精英”，而在华师中文系所受的教育自然亦可称为“精英”式的教育。时至今日，我依然有个似乎有些“迂腐”的观点，那就是我们虽然不能把高考成绩当成衡量一个人素质的唯一标准，但它的确也是一个很重要的标准，以此为据，我觉得我们那批到中学任教的同学理应做出更大的成绩。当然，我认为做一名中学老师是崇高的。但我想，这与我希望他们走得更远，做出比一个中学老师更大的贡献并不矛盾。

这二十年来，在我们的同学中，因我在校时和大家交往较少，毕业后只有很少的人和我一直保持联系到今天。像几乎称为我在华师读书时最好的朋友的吴标，虽然和我不是一个宿舍，也不是一个班的，但只要我在华师，我们就几乎形影不离，我们一起上课，一起吃饭，一起散步，一起聊天，一起喝酒，一起抽烟，似乎有说不尽的话。他温文尔雅，对人对事皆有一颗难得的平常心。1990 年夏天，我们和武大哲学系的两个好友从武汉一起骑自行车到杭州，一路上风餐露宿，他从未抱怨过一句。毕业后他到柳州的一家企业报纸工作，一干就是二十年，去年他来上海，谈到他这些年来的工作，他依然还是像过去那样平静和不温不火，似乎岁月并没有在他身上留下痕迹。更多的同学自从大学毕业到现在一面也没见过，有的面孔甚至姓名在我的记忆中也已模糊。可不管怎样，我们都曾在桂子山相遇，而无论在何时回忆这一切，都已成为我这些年来最为愉快的事。

2010 年 8 月 25 日于上海五角场

2010 年 9 月 25 日改于同济综合楼

◇　作者简介　◇

张生，原名张永胜，1969 年生，河南焦作人。1987—1991 年就读于华中师范大学中文系。现为同济大学人文学院中文系教授、系主任、博士生导师。主要研究领域为法国理论，文化研究及中国现当代文学。上海作协签约作家，已出版《忽快忽慢的旅程》《人生就是高速公路》等多部小说、随笔集。

第三辑　问学论道

文学的互文性和“无事乱翻书”

孙文宪

从小就养成了“无事乱翻书”的阅读习惯，至今没变。只是随着读书经验的积累和人生阅历的增长，现在的“乱翻书”比起当年要进步了许多。少年时代乱翻书往往出于好奇，觉得有趣的书都想看看，而激起好奇心的原因更是五花八门：有时候是因为书的封面、装帧或插图，有时候是因为书名、作者名，甚至书中某个人物的名字，在更多的时候则是因为道听途说，“久仰”其名让我有了想把某本书找来翻翻的欲望。到了“文化大革命”时期，能读什么书几乎完全取决于机遇。记得在农村当知青的时候，一本不知道怎么到手的《德国社会民主党史》第三卷，因为没人跟我抢，也让我来来回回地翻了几遍……总之，那个时候的“乱翻书”是“乱”在盲目性上，属于不怎么挑剔也没有挑剔标准的乱七八糟的“乱”。也正因为如此，许多书都看得虎头蛇尾，甚至半途而废。成人以后的“乱翻书”少了盲目性却多了随意性，“乱”在随心所欲、信马由缰上，看书既没有直接的功利目的，也不受所学专业的限制，要看哪本书完全取决于兴趣和心态，常常是跟着感觉走，只想在没有负担的阅读中放松一下心情，不期而遇的收获也因此成了乱翻书的最大乐趣。

在乱翻书的过程中我还发现，喜欢读书的人好像都有这个“毛病”。比如，美国人汤姆•拉伯在《嗜书瘾君子》里说，有次他在逛了一天书店之后，买了这么一些书：《豆腐大百科》《如果河里淌着酒》《比力•巴德》《一万四千件开心事儿》《人生该明白的事，幼稚园早就全教过》《蚂蚁全书》和一本“德土字典”。抱着书回到家里，拉伯说，“我坐在地板上，宛如脱胎换骨，把书一本一本拿起来左看右瞧，然后哧哧地笑”。光看书名和他的这副痴迷的“傻样”，就知道这位肯定是一个喜欢乱翻书的主儿。

作家老舍曾写过一篇关于读书的“自述”，头三条说的也和乱翻书有关。他说：“第一，我读书没系统。借到什么，遇到什么，就读什么。不懂的放下，使我糊涂的放下，没兴趣的放下，不客气。我不能叫书管着我。”“第二，读得很快，而记不住。书要我都记住，还要书干吗？”“第三，我读书似乎只要求一点灵感。‘印象甚佳’便是好书……‘印象甚佳’有时候并不是全书的，而是书中的一段最入我的味；因为这一段使我对这全书有了好感。”“有一段叫我喜欢两天的，我就感激不尽。”

到底是深谙此道的行家里手，老舍确实说出了乱翻书的好处和乐趣：由于“无事乱翻书”是一种“无主题”的随意阅读，你常常会被感兴趣的书带进一个并非刻意追求的知识领域，这不仅让人开阔了眼界，有时候还能把人带出习惯性的思路，换个角度看问题，说不定还会蹦出一些连自己都感到意外的想法。这方面最有趣的例子，大概就是福柯写作《词与物——人文科学考古学》的事儿了。

福柯是法国当代著名的思想家，《词与物——人文科学考古学》是他最重要的著作之一，被誉为“一部关于新思想的伟大作品”。可是谁能想到，激发福柯写作这部巨著的灵感，包括这本书所阐述的基本思想，竟然是他在一次乱翻书时，受阿根廷作家博尔赫斯启发的结果。关于这件事儿，福柯自己在《词与物——人文科学考古学》的“前言”里是这么说的：“博尔赫斯作品的一个段落，是本书的诞生地。本书诞生于阅读这个段落时发出的笑声，这种笑声动摇了我的思想所熟悉的东西……”

让福柯发笑的起因，是他在博尔赫斯的作品里，偶然看到了一段描述“中国某部百科全书”对动物分类的文字，内容如下：“动物可以划分为：1. 属皇帝所有；2. 有芬芳的香味；3. 驯顺的；4. 乳猪；5. 鳗螈；6. 传说中的；7. 自由走动的狗；8. 包括在目前分类中的；9. 发疯似的烦躁不安的；10. 数不清的；11. 浑身有十分精致的骆驼毛刷的毛；12. 等等；13. 刚刚打破水罐的；14. 远看像苍蝇的。”就是这段近似胡言乱语的文字，成了福柯思想的发祥地。

博尔赫斯所说的“中国某部百科全书”，大概是指中国古代的“类书”，不过即使类书也没有这么划分动物的，这段文字显然出自博尔赫斯的想象，属于文学的虚构。可是对于福柯来说，这个令人惊奇、看起来乱七八糟的分类却让他在大笑中想到了人们通常不会想到的一个问题：为什么现代人不以这样的方式思考？为什么西方人会对博尔赫斯描述的这个“动物分类”感到不可思议？这个追问使福柯意识到，人类对世界的认识和对事物的分类，其实并没有一个一成不变的标准；而人们怎么去划分事物的类别，则要受一定的文化和知识的规范，西方人是因为“自己的思想的限度”才会对这个“动物分类”感到莫名其妙。对于“知识限度”的发现让福柯的思考沉入了更深层次的思想领域，他指出，被人们视为天经地义的事物的秩序，其实并不是事物本身固有的关系，而是人按照自己的知识划分和建构起来的，事物的秩序是人在某种思想和文化的作用下，人为地把“词”与“物”结成一体的结果。福柯由此注意到现代理性知识的局限性，这使他意识到，由于受理性知识的局限，人实质上只能是一个有限的主体。这个思想颠覆了现代西方人文学科所建构的关于人的主体性的神话，开启了后现代哲学反思现代性的思路。

福柯从博尔赫斯一段文字中得到的启发，表面来看，似乎是乱翻书的意外收获，但是仔细想想，又觉得也不尽然。因为用互文性理论来解释，可以说许多突发的奇想往往来自乱翻书对互文关系的发现，这说明思路的转变与乱翻书之间实际上存在着某种关联。

互文性（intertexuality，又译为“文本间性”），是后结构主义思想家克里斯蒂娃提出的一种文本理论，说的是在文学和文学活动中普遍存在却又常常被人们忽视了的一种现象，即任何一个文本实际上都和别的文本有着某种关联，每一个文本都在某种程度上是对其他文本的吸收和转换。互文性理论通过互文现象的普遍存在力图说明，作品的产生和作品的意义并不完全来自作者自己的创造，它还和别的作品和别的作家有着千丝万缕的联系。比如，我们读马致远的《天净沙·秋思》："枯藤老树昏鸦，小桥流水人家，古道西风瘦马。夕阳西下，断肠人在天涯。"大概都会惊叹这首在文字上极其精致、简洁的小令，蕴含的意味竟然如此丰满。你看，小令的前三句就凭着十八个字，九个名词，在省略了动词和一切表示语法关系的词语的情况下，就展现出一个有着丰厚意味的秋景画面，把一个在深秋季节还漂泊在外的孤独旅人的悲凉感受，表现得那么深切感人。能够做到这一点，马致远个人的艺术功力当然不可忽略，但是，如果作更细致的分析，我们就会发现，简洁的文字之所以能够表现出远远超出其本身意指的深长韵味，其实和其他文本有关，《秋思》的意境是借助文本之间的"互文"关系造成的，其中蕴含的意味有相当一部分是来自马致远对别的诗歌和诗人的"借贷"。我的意思是说，"枯藤""昏鸦""小桥""流水"这类意象，在中国古代诗歌中已被众多的诗人描述和渲染过，它们在进入马致远的小令之前，已被其他诗词赋予了丰富的寓意和情调——"枯藤""老树"不仅仅是植物的名称，它们还和"苍凉""荒芜"的氛围相关；"昏鸦""瘦马"也并非仅指动物，同时还含有"凄苦""孤独"的意味；"小桥流水人家”也不是日常生活场景的白描，其中还有“温馨”“安逸”和“亲情”的蕴含……总之，这些语汇因为经过无数诗篇和无数诗人的营造，已经成了寓意丰富的审美意象，人们一看见它们就会产生丰富的联想，与之相关的情景和感受油然而生。马致远正是依赖互文关系赋予的这些寓意和韵味，才有可能仅用名词的排列组合，就把漂泊在外的孤独旅人的情思表现得如此深厚，如此感人。从这个角度看，《天净沙·秋思》的魅力与其说是来自对秋思意象的原创，还不如说是来自诗人对古典诗歌中最富于表现秋思的意象的选择和提炼，这正应了德国哲学家卡西尔所说的那句名言：“不是感染力的程度而是强化和照亮的程度才是艺术之优劣的尺度。”

从上述的互文现象来看，互文性理论的提出使我们得到了这样的启发：在文学研究和文本阅读中，若想更深入地理解一个文本的蕴意，就必须打破那种仅从作家——文本——世界的线性关系上去把握文本意义的成规，将文本意义的追寻延伸到主文本与其他文本的关系网络之中。也就是说，在感受和分析一个文本时，我们同时还应该关注这个文本与其他文本的互文关系，关注文本之间的互文关系所造成的意义衍生对这个文本意蕴的影响。它意味着互文性理论是对文学研究视野和思路的拓展，提醒我们在理解和解释文学文本时，不要再把自己局限在一个狭小的空间里，仅仅从文本本身和作家那里去寻找文本的含义；互文性阅读要求我们关注隐藏在文本中的各种关系线索，从文本之间的关系网中去寻找意义衍生的踪迹，通过意义衍生、流变的过程去捕捉、感受和思考文本的丰富蕴意。以互文阅读的这个特点来看，“乱翻书”可就派得上大用场了，因为文本之间的互文关系并不都是显性的，仅仅根据字句、意象或主题的相似就可以找到。在更多的情况下，文学文本之间的互文关系是以隐性的形态存在着，人们可能找到的只是互文关系的踪迹，这就需要我们去寻找、去发现。而乱翻书这种阅读方式为我们建构的阅读视野和知识空间，显然更有利于追寻、发现和梳理文本之间的隐性互文关系。这里不妨说说我自己的一次经历，它让我体会到了乱翻书时发现互文关系的喜悦，更帮助我解决了在孤立阅读一个文本时难以搞清楚的问题。

对我们这个年龄段的人来说，大概在读小学的时候，就都知道了应该用“表现了爱憎分明的阶级立场”来理解鲁迅的诗句“横眉冷对千夫指，俯首甘为孺子牛”。可是在读了《自嘲》全诗之后，我却对这种说法的可信性产生了怀疑。且不说《自嘲》一诗几乎全以反讽的语调写成，句句都是正话反说，把其中一句说得那么严肃，与全诗语境不符；就是从用词上讲，“孺子”的意思是“小孩子”或“年轻人”，鲁迅用这样的词语指代他心目中很高大的“劳苦大众”，似乎也难以说通。后来翻阅鲁迅的日记，在 1932 年 10 月 12 日这天的记载里，发现他在为柳亚子写的《自嘲》条幅上还有这样一段话：“达夫赏饭，闲人打油，偷得半联，凑成一律……”交代了《自嘲》一诗写作的大致经过。“达夫赏饭，闲人打油”，是指几天前郁达夫夫妇与其兄嫂请鲁迅夫妇、柳亚子夫妇和林徽音吃饭。席间柳亚子向鲁迅索诗，于是鲁迅写了《自嘲》一诗相赠，并自谦是“闲人打油”，意思是《自嘲》只能算打油诗。这些内容都可以在鲁迅日记里找到。这段话中还不清楚的内容是，鲁迅所说的“偷得半联”才“凑成一律”的“半联”是哪半联？这半联又是从什么文本中借来的。我隐隐约约地感到，找到这“半联”对理解《自嘲》非常重要；如果找不出鲁迅暗示的与别的文本之间的这种互文关系，我们很难说自己理解了《自嘲》的寓意。可是翻看了许多书，都没有找到与《自嘲》有互文关系的文本，只好作罢。没有想到的是，“踏破铁鞋无觅处”的许多事情，有时候真是“得来全不费工夫”；在一次乱翻书时，我意外地在清人洪亮吉的《北江诗话》里，遇到了鲁迅所说的那“半联”。

《北江诗话》卷一第五十七则，有这样一段文字：“同里钱秀才季重，工小词，然饮酒使气，有不可一世之概。有三子，溺爱过甚，不令就塾，饭后即引与嬉戏，唯恐不当其意。尝记其柱帖云：‘酒酣或化庄生蝶，饭饱甘为孺子牛。’真狂士也。”原来让鲁迅“凑成一律”的那“半联”是“饭饱甘为孺子牛”！钱季重借此坦言了他对儿子们的溺爱，“横眉冷对千夫指，俯首甘为孺子牛”的寓意显然和“狂士”钱季重所写的这半联相关。以此来读解鲁迅的诗句，其意无非是说，他根本不理睬那些以溺爱儿子来攻击自己的言论。由此来看，可以说“横眉冷对千夫指，俯首甘为孺子牛”这一句和《自嘲》全诗的蕴意及风格是一致的，它表现了鲁迅不媚世、不从众的特立独行的人格精神。

乱翻书对互文关系的发现，不仅给阅读带来许多乐趣，更重要的是，它还拓展了文学研究的视野和空间。在这方面做得最出色也是最有成就的中国批评家，在我看来就是钱锺书先生了。

几乎所有读过钱锺书著作的人都有这样的感觉：他在讨论问题时常常喜欢旁征博引，用随手拈来的各种文献资料来论证自己的观点和阐发文本的蕴意。不仅如此，从钱锺书的旁征博引中我们还可以发现，他对资料的阅读和使用有一个与众不同的特点，那就是他更注意那些通常被人们视为鸡零狗碎、不成气候的小材料。用他自己的话说，许多“挂出牌子来讨论文艺”的著述，“多是陈言加空话，只能算作者礼节性地表了个态”“倒是诗、词、随笔里，小说、戏曲里，乃至谣谚和训诂里，往往无意中三言两语，说出了精辟的见解，益人神智”。大约就是这个原因，“乱翻书”成了钱锺书阅读的一大特色，他常用一些从犄角旮旯里翻出来的、被人忽略了的材料来阐述问题。这使他对文本之间的互文关系的追溯，往往能见人之不见；对文本意义的阐释，也常给人耳目一新的感觉。手边有个现成的例子，刚好可以拿来说明钱锺书在文学研究上的这种特色：

韩愈《归彭城》诗里有一句“刳肝以为纸，沥血以书辞”。前人解释这句诗时，一般都认为和佛教文化有关，更有人引经据典，用佛教文本《大智度论》中“以皮为纸，以骨为笔，以血为墨”的文字，来说明韩愈的诗句和释典之间存在着互文关系。但是钱锺书却认为，这种以词句在表面上的类同来确认文本指涉关系的做法未免牵强，理由是它完全忽略了韩愈为人为文的特点。钱锺书说："韩愈反佛教出了名，免不得就有和尚做翻案文章，说辟佛的韩愈也参禅信佛，也少不了有笺注家在他的诗里找出暗用释典的词句来。"因此拿他们的话来理解韩愈，在钱锺书看来无异于缘木求鱼。钱锺书认为，这种仅根据字面上呈现的显性关系去寻找一个文本与其他文本是否有联系的做法，很可能会误导我们对文本互文关系的确认，以致造成对文本意义的曲解或误读，更何况还不能排除另一种可能，即"刺血为墨，剥肤为纸"是六朝以来中国文人在讨论佛教问题的文本中经常使用的话语，也是人们以身体来比喻"文房四宝"时很容易产生的联想，这说明"尽管不读佛经，一个人也会知道这个流行的佛教成语"；"尽管不受到印度的外来影响，一个人也会有那种想象"。这些很可能发生的事情也会让我们以佛教文本来理解韩愈诗句的努力成为一厢情愿甚至自作多情。

以明显的文字联系引出的互文性不足以解释韩愈的诗句，钱锺书便以"了解之同情"的心理阐释，以他博览群书的所得，给我们梳理了另一条可以对"刳肝以为纸"做出更合乎情理解释的互文线索。他说，"在这两句诗里，韩愈并非引用释典，而是极力避免释典"，"但是，除了皮肤，身体里什么东西可以代替纸张呢？从纸张想到'楮叶'，从'楮叶'联想到中国古医书里所谓'肝叶'——《黄帝难经》

的第四十一难不是说嘛：‘肝独有两叶——应木叶也？’就此拼凑出那个很费解、极不浑成、毫无现实感的句子‘刳肝以为纸’来了！”这个说法体会到了韩愈的难处，以他为了避开释典不得不“反其道而行之”为依据，确有它的道理。但是人们恐怕很难想象，为了解释文学文本，给“刳肝”一个说法，钱锺书竟然从一本古医书里去寻找根据。在某些人看来，翻书翻到这个程度，几乎已经不能用“乱”来形容了，这简直是在钻牛角尖。不过对互文性理论来说，如此操作并不为过，因为只有这样我们才有可能揭示文本意义因为互文关系而不断“延异”的特点。作为后现代思潮的产物，具有解构特色的互文性理论认为，一个文本的意义会因为复杂的互文关系而形成持续流变的不确定性，其源于文本之间的相互指涉所造成的无休止的意指过程。所以在阐释文本意义的实践中，互文性理论主张在追溯文本的互文关系时，尤其需要关注文本意义衍生和流变的踪迹，在一种开放性的互文关系中去阅读和理解文本。所以，为了寻找流变对意义的影响，翻书也因此不能局限于明显的互文关系，更不能画地为牢，囿于某个专业领域。当然，这也不是说对文本互文关系的梳理要没完没了地穷追下去，钱锺书的解释其实是有“度”的。对于他来说，限制文学研究不能把互文关系无限推衍下去的那个“度”之所在，就在于我们给出的解释是否能够既不偏离文本意义形成的各种条件，又能丰富和深化对其意义的理解。钱锺书以古医书的说法来解释韩愈的诗句，所以可以接受，就是因为这个解释是靠“刳肝”

之说的奇奥和韩愈反佛教的史实建立起来的。这说明钱锺书为了追寻互文关系的“乱翻书”是以文本提供的依据为前提的，其源于韩愈“刳肝”一词的生产语境，属于走出学科局限、打破习惯思路的“乱”。

对于翻书和追寻文本互文关系的前提与条件，钱锺书曾有一个透彻、风趣的说明。他在谈到具有互文批评特点的集注时，以解释韩愈的诗歌为例说：“……集释真不容易写。你不但要伺候韩愈本人，还得一一对付那些笺注家、评点家、评论家、考订家。他们给你许多帮助，可是也添你不少麻烦。他们本来各归各的个体活动，现在聚集在一起，貌合神离，七八张嘴，你有责任去调停他们的争执，折中他们的分歧，综括他们的智慧，或者驳斥他们的错误——终得像韩愈所谓‘分’个‘白黑’。”如果我们在乱翻书时只管追溯文本的互文关系，只关注文本相互指涉呈现的意义流变，却不顾各种见解是否有助于对文本的理解，甚至放弃对文本意义的把握，钱锺书说，那就像“只邀请了大家来出席，却不去主持他们的会议”。这就是说，我们翻书、寻找互文关系，是以更好的理解文本为目的。这个目的构成了翻书和寻找互文关系的前提，它既有引导作用，又是一种规范。

不要以为钱锺书对文本互文关系的追寻和他的乱翻书只和枯燥无味的学术研究有关，实际上，钱锺书以这种方式所做的阐释，也给文学欣赏带来了新趣味和新境界。了解这些，对提高文学欣赏的能力也有很大帮助。比如，宋代诗人叶绍翁《游园不值》中的名句“春色满园关不住，一枝红杏出墙来”，古今传诵，备受推崇，但是很少有人能说出它的好处到底在哪里。而钱锺书在《宋诗选注》中，通过互文关系的梳理和比较，让我们领略了这首诗的妙处。在解说这一句时，钱锺书先从互文关系上指出，叶绍翁的诗句与同时代的一些诗歌有关。他说：“这是古今传诵的诗，其实脱胎于陆游《剑南诗稿》卷十八《马上作》：‘平桥小陌雨初收，淡日穿云翠霭浮。杨柳不遮春色断，一枝红杏出墙头。’”不过比较一下就可以发现，叶绍翁的第三句写得比陆游“新警”。也就是说，在描绘春色上，陆游的“杨柳不遮春色断”是被动句，而叶绍翁的“春色满园关不住”则是主动句，后者显然更能显示春天的勃勃生机。钱锺书又指出，与叶绍翁同属“江湖派”的诗人张良臣在他的《偶题》中也写过类似的景象：“谁家池馆静萧萧，斜倚朱门不敢敲。一段好春藏不尽，粉墙斜露杏花梢。”可是张良臣的“第三句有闲字填衬，也不及叶绍翁的来得具体”。指出与“春色满园关不住”相比，“一段好春藏不尽”既不精练也不生动。说完了宋诗，钱锺书接着梳理《游园不值》与唐诗的互文关系。他说，“这种景色，唐人也曾描写”，并且一口气说了三四首。有温庭筠的《杏花》“杳杳艳歌春日午，出墙何处隔朱门”；吴融的《途中见杏花》“一枝红杏出墙头，墙外行人正独愁”；以及《杏花》“独照影时临水畔，最含情处出墙头”；李建勋的《梅花寄所亲》“云鬓自黏飘处粉，玉鞭谁指出墙枝”。拿这些诗句和叶绍翁比较，它们的毛病是“或则和其他情景掺杂排列，或则没有安放在一篇中留下印象最深的地位，都不及宋人写得这样醒豁”。你看，就凭着互文关系的追溯和比较，钱锺书就说清楚了“春色满园关不住”究竟好在哪里。

在《宋诗选注》中，这样的解说还有很多，细细揣摩一番，能让我们充分领略互文关系的梳理和阐释对深化文学欣赏的作用，并从中体会到乱翻书的好处。顺便说一句，在乱翻书时，从胡颂平编写的《胡适之先生晚年谈话录》里看到，胡适也很欣赏钱锺书在《宋诗选注》中所写的注释，说“他的注确实写得很不错”。

王国维在《人间词话》里说，“古今之成大事业、大学问者，必经过三种之境界：‘昨夜西风凋碧树。独上高楼，望尽天涯路。’此第一境也。‘衣带渐宽终不悔，为伊消得人憔悴。’此第二境也。‘众里寻他千百度，蓦然回首，那人却在，灯火阑珊处。’此第三境也”。在《文学小言》里，他又把这三种境界称为做学问的三个阶级，即三个阶段。说“未有不阅第一第二阶级，而能遽跻第三阶级者”。我以为，拿这三个阶段来说明“乱翻书”和做学问、长知识的关系倒挺合适。“昨夜西风凋碧树。独上高楼，望尽天涯路”，说的是乱翻书的积累能给做学问打下广博的知识基础。“衣带渐宽终不悔，为伊消得人憔悴。”说的是在乱翻书打下的基础上，追寻和发现互文关系所必须经历的艰苦过程。经过这两个阶段，我们才可能有“众里寻他千百度，蓦然回首，那人却在，灯火阑珊处”的意外收获，从知识升华的感悟中，尝到不期而遇的喜悦。

对于做学问和长知识来讲，要达到第三种境界肯定要经过漫长的过程，甚至会付出一生的努力。不过对于喜欢乱翻书的人来说，那种“蓦然回首，那人却在，灯火阑珊处”的喜悦或许随时都会发生。大家不妨试试看。

◇ 作者简介 ◇

孙文宪，1947 年生。华中师范大学文艺学专业教授、博士生导师。全国马列文论研究会副会长、秘书长。国家级精品课程“文艺学系列课程”负责人。主要研究方向为文学基础理论、文学批评学、马克思主义文论。代表论著有《文学理论三十年：从新时期到新世纪》《语言批评的世界——求索于言意之间》《马克思主义文学批评范式研究》等。

《裸学存稿》自序[①]

王齐洲

或问：一部学术论文自选集，何以要以“裸学”为名？答曰：无此名不足以明心、见志、定业也。时下物欲横流，“裸”词频出，有“裸照”“裸官”“裸婚”之目。“裸照”乃娱乐八卦，为的是吸引眼球提升知名度，流芳抑或遗臭不顾也。“裸官”乃精心安排，为的是预留后路以防不测，是否贪赃枉法不知也。“裸婚”乃无奈选择，为的是天地间尚存的那一点爱心，前途究竟如何不问也。而以“裸学”为名，是想概括一种学习状态和学术经历，反映一种过往和现实的心境，以此自状，并以之自励也。集中所收论文，皆“裸学”之产物，名实相符，如此而已矣。

我出生于湖北洪湖的一个农民家庭。学前记忆业已模糊，只记得母亲带我去看望过在沔阳工作的父亲。至于甲午年因大水随船逃

① 王齐洲：《裸学存稿——王齐洲自选集》，华中师范大学出版社 2013 年版。

难时掉入汉江被船工救起之事，只是常听家人说起，我则毫无记忆。1958 年春，堂兄文昌富从部队转业到地方等待分配工作，他把我们十多个孩子圈在一起教我们读书。暑期他去上班了。秋季开学，我们被转入公办小学，经过考试，我被安插到二年级，其他小朋友都留在一年级，我沮丧了好久。小学的学习是愉快的，没有家庭作业，农村重视书法，班主任只布置每天用毛笔写一张大字，我回家的第一件事就是找一个有底的破瓷碗，翻过来做砚台，用它磨墨写字，感觉很好玩，往往一写好几张。我从小爱静不爱动，由于不肯出去玩，母亲生气摔过几次“砚台”，我感到委屈，并不肯改正。课余时间，常有空看闲书，除了小人书（连环画），先后读过《西游记》《封神榜》《岳飞传》等，不认识的字就跳过读，仍觉得津津有味。1963 年小学毕业，我参加了全县统考，被洪湖一中录取。当时，全县只有两所全日制初中，一中在新堤，二中在峰口，其他各区有农中。一中招收县城和东三区考生，二中则招收西四区考生，我所在的汉河区属于二中招生范围，所以我的小学同学有的去了二中，有的去了区农中，独我一人去了一中。后来才知道全区也只我一人去了一中。一中离我家很远，那时交通不便，每年只寒暑假能回家。学校学习压力不大，课业负担又轻，所有作业都可以在晚自习完成，平时有时间看书。我先后读完了《三国演义》《水浒传》《红岩》《青春之歌》《暴风骤雨》《钢铁是怎样炼成的》《童年》《我的大学》《牛虻》等中外名著。读书没有目的，完全凭兴趣，只要这些书能够吸引我、打动我，我就愿意去读。1966 年我初中毕业，正在为升学考试做准备，“文化大革命”开始了，我的生活道路也改变了。学校先是取消升学考试，改为推荐选拔；后来建立“红卫兵”组织，开展“革命大串联”，学校停课，推荐选拔自行作废。我在这些变化中成为看客，因为父亲有历史问题（他是五师突围被动员留下的地方干部，按照李先念、陈少敏的指示向国民党自首过，反右运动中因带头鸣放又被定为“中右”记入档案），我没有被推荐，也没有资格参加红卫兵，只能做“逍遥派”。我曾随串联的同学走到武汉，后被我大姐追到要我回家，我知道自己没有革命的资格，也只好回家。回家不久，大队民办小学缺老师，大家相信一中的毕业生，就安排我做了老师。那时我才 15 岁。经过一段焦虑和紧张之后，我开始喜欢上这一工作，除了跟和我年纪相差不多的孩子们在一起感到安全外，主要是有书可读。因为学校旁边大队部的一间仓库里堆满了“破四旧”收来的书，这些多是流行在民间的通俗小说和说唱文学，几乎应有尽有。我往往“偷”出一本，看完后再放回原处。几年下来，我将库存的旧书全部看完。课余时间，回到家里，打开一本自己喜欢的书，细心品赏，的确是一件很快活的事，何况在那个文化荒芜的年代！至今想来，仍然觉得非常幸运。

书籍给了我童年和少年许多欢乐，我的读书生涯也就这样开始了。我不知读书有何用，只知学习有快乐。不是为了考试读书，不是为了赚钱学习，读书学习只是一种兴趣爱好，只是自己精神和情感的需要，与外界的一切无关，这不就是“裸学”吗？这样的“裸学”经历，后来还有两段，一段在荆州，一段在武汉，令我至今难忘。1972 年，我在荆州师范学校（今长江大学）毕业留校后，除了在中文系教课，同时兼做教务工作。学校图书馆由教务处管理，我和管理员丁克英老师在一间办公室。那时正值“文化大革命”，图书馆并不开放，长期锁着。教学工作没什么压力，愿意读书的人很少。丁老师同意把我锁在图书馆里，让我一个人在里面读书。此后的四五年时间里，我一有空就钻进图书馆，读一切我感兴趣的书。不论是中国的、外国的，还是古代的、现代的，也不管是小说、戏剧，还是诗歌、散文，全凭着兴趣去读，自由自在。当图书馆的门从外面被锁上，我一个人徜徉在高高的书架中间，找到一本书，然后选一个安静的地方坐下来阅读。看一本喜欢的书，就像交一个新朋友，与朋友谈心，没人打扰，全身心地投入，与功利无关，与外面吵吵嚷嚷的世界无涉，这里只有思想的碰撞，智慧的激荡，心灵的沟通，情感的交流，感觉特别惬意，实在是高级精神享受。我在 1993 年出版的《古典小说新探》后记中，还专门提到这一时期的读书经历，特别感谢丁老师。1977 年国家恢复高考，接着恢复研究生考试，学校以工作需要为由不让我参加考试，却联系了武汉师范学院（今湖北大学）让我进修。1978 年春，我在武师中文系参加了由张国光先生主讲的青年教师读书班，因一篇读《庄子》的心得受到张先生青睐，他便带我到湖北省图书馆古籍部读书。当时，省图古籍部只对具有讲师以上职称的高校教师开放（当时高校具有讲师职称的不多，副教授以上的就更少，张先生当时也只是讲师），并且不限制借阅古籍册数，只是不能带出或借走。每到周末，我和张先生到省图，以他的名义借出一大摞古籍，摆放在一张阅览桌上，一起阅读。为了节约还书再借的时间，中午总是不回家，两人轮流到附近餐馆吃点儿面条充饥。这样的读书生活持续到我进修结束，前后共一年多时间。所看主要是古籍，有一些还是善本书，这大大扩展了我的眼界，使我知道书是有版本之别、好坏之分的，读原书和读后人整理过的书也是不一样的。我不知道，怀着功利目的去读书去学习是什么感觉，我只知道，凭着兴趣和爱好去读书去学习，细心体会作者的思想情感，真心诚意与作者进行心灵的沟通，其感觉不仅是十分美妙的，而且是十分幸福的。

我的学术生涯始于武汉师范学院。在武师进修期间，我旁听了元明清文学研究生课程，也参与了中文系组织的一些学术活动。在郁沅先生指导下写过《报告文学中的形象思维》，收入武汉师范学院中文系 1979 年编辑的《报告文学评论集》中。在张国光先生指导下写过几篇关于《水浒传》的论文，后来分别发表在《文学评论丛刊》《水浒争鸣》（1980）和《社会科学研究》（1981）上。那时公开发行的学术刊物很少，编辑大多是饱学之士，投稿不需提供个人背景资料，一切以文章质量为准。我公开发表的第一篇论文是讨论宋江形象的，得到时任《文学评论》编辑部古典室主任侯敏泽先生的支持，1980 年刊登在《文学评论丛刊》第五辑上。后来又得到徐公持、陈祖美、聂铁钢、尹靖等先生的支持，在《文学遗产》《文学评论》《江汉论坛》《天津社会科学》等刊物连续发表了数篇长文，从此一发而不可收拾。我与这些刊物编辑的交往，均为神交，他们多是长辈，为发表一文，往往会有多次通信往来，起先并不知他们的姓名，文章发表后才慢慢知道，而有些刊物如《学术月刊》《争鸣》至今也不知当年发表拙作的编辑是谁。对于处在偏远小校的我，他们给予了特别关注，我至今还保存着他们指导我修改论文的亲笔信。20 世纪 80 年代与这批老编辑的交往，让我懂得了做人，懂得了做学问，也懂得了什么是学术。知道学术是知识分子的命脉，它探求的是问题，付出的是情感，收获的是良知，其他则不在考虑之列。这是没有羼杂私心杂念的学术，是作为天下公器的学术，也可以说是纯粹的学术。用当下时髦的说法，不也是“裸学”吗？ 2008 年《江汉论坛》创刊 50 周年，大会安排我发言，我讲到 1982 年聂铁钢先生为发表拙文先后给我写过三次长信，每次都有三四张纸，而文章发表出来却没有他的名字；也谈到我主编《湖北大学学报》和《华中师范大学学报》期间，何以要那样认真，因为我心目中有这批师长为榜样，有神圣的学术做支撑，我不能背叛他们，不能没有学术良心！当然，今天说这样的话，多少显得不合时宜，然而静下心来一想，他们所维系的，不就是学术赖以发展、我们赖以生存的根吗？

20 世纪 80 年代的学术经历，给予我异常深刻的影响。老师们言传身教，使我懂得做学问应该诚实严谨，也知道了学术的神圣；

编辑们不问出身，完全以质量为选文标准，促使我深入思考问题，努力提高研究水平。其实，以我的学历和资质，本不是做学问的材料，正是一批有良知的知识分子把我带进了这个领地。他们不需要我请托我也从来不去请托，他们不问我的出身我也不必向他们介绍出身，所有的交流围绕学术展开，所有的讨论都针对文章进行，我被这种氛围所吸引所激动所裹挟，也不去计较学术以外的东西。我努力发现前人没有发现的问题，深入细致地加以研究，如果能得出自己的结论，就无比兴奋，然后书写成文，工工整整抄好，寄给相关刊物。不为评定职称，也不为应付考核，纯粹只是兴趣爱好。当这些文章得到了编辑的青睐而被发表出来，那种精神上的满足是无法用言语来形容的。因为其中凝结着我的心血，更有对我视之为生命的学术的肯定。记得《文学遗产》1985 年第 1 期发表拙文《中国小说起源探迹》，同期也发表了陈良运先生的文章，1987 年在杭州“中国古代文学宏观研讨会”上，陈先生见到我惊讶地说：“你的文笔老辣，我还以为你是比我年长的老先生呢。”两人相视大笑。在大会期间，《文学遗产》主编徐公持先生亲自到我房间，和我商量另一篇拟发表文章修改的事。大家对学术的执着是那样热烈而单纯，我庆幸能有这样一段学术经历，能够受到这样的学术洗礼。据《文学遗产（创刊 40 周年复刊 15 周年）纪念文集》载文统计，我是《文学遗产》复刊后的 84 位活跃作者之一。只论学术，不论出身，不仅期刊界是如此，当年的高校职称评定也是如此。1983 年我晋升讲师，是湖北省最年轻的，也是学历最低的。1987 年破格晋升副教授，1992 年晋升教授，我都没有找过领导，也没有向任何评委请托。我的经历让我相信，学术为天下公器，学者乃社会良心，关键是做好自己。直到今天，我仍然连大学本科文凭也没有，更别说硕士、博士。对于各种荣誉称号，我也兴趣不大。1992 年，省里分配给我校一个湖北省有突出贡献的中青年专家名额，当时我是教务处长，分管教学、科研、师资、设备、教材，又是学校最大系中文系唯一的教授，学校要我申报，但我没有接受，反而向学校推荐了政教系的另一位教授，因为他是普通教师，比我年长。在我心目中，学术地位不是靠这些荣誉来获得，而是靠实际成果来支撑；领导应该首先考虑群众，因为你毕竟占有了比普通群众更多的资源，“见荣誉就让”在 20 世纪 80 年代末 90 年代初仍然是社会的主流价值。当然，时过境迁，今天有朋友听说我连任何荣誉称号也没有时颇觉惊诧，其实，这不正是我所理解和追求的“裸学”吗？若干年以后，人们所记住的，一定不是这些所谓的荣誉，而是你能留给后人的有价值的成果。

孔子说：“古之学者为己，今之学者为人。”又说：“朝闻道，夕死可矣。”这是中国文化史上最早觉醒起来的知识分子的学术宣言。孔子所仰慕和践行的“道”，正体现为“古之学者”的“为己”之学。而“诗言志”是“为己”之学的滥觞，“修辞立其诚”则使“为己”之学落到了学术层面。孟子则将“为己”之学解释为“求放心”，他说：“学问之道无他，求其放心而已矣。”他鼓励学者们将放逸的良心寻找回来，指示知识分子一个学问的进阶。我以为，做学问就是知识分子的职业，而知识分子不仅需要有专业知识，而且应该超越个人和小集团的利益而担当社会公共利益的思想者和代言人。要有“独立之思想，自由之精神”，要“贫贱不能移，富贵不能淫，威武不能屈”，不怕孤独，不怕寂寞，可以为思想而战斗，可以为学术而献身。一切投机取巧、狗苟蝇营、趋炎附势、随波逐流，都与学术无缘。如果不是这样，学术就不会有人尊重，知识分子也就失去了存在的价值。因为你既不能为社会提供切实有用的物质产品，又不能为社会提供确有价值的精神产品，社会为什么需要你的存在呢？我常想，真正的农民不会愿意播种假种子，因为这会导致他们减产甚至绝收。真正的学者也不会去做假学问，因为这会导致整个学术共同体的衰败甚至解体。然而，仍然有农民播种假种子，这是他们上了奸商的当，而奸商本就不是农民。学界也有人在做假学问，这是因为他们钻了学术制度不完善和学术共同体不成熟的空子，而造假者本来就不是学者。正如假种子损害的是农民的利益，假学术损害的则是学术共同体的利益。我们大概没有能力改变现状，但可以不随波逐流，至少不推波助澜。老老实实做人，扎扎实实作文，即使不能为学术大厦增砖添瓦，至少不要去挖它的墙脚。我的研究，不敢说都是创新，但我对学术是敬畏的，做学问是真诚的，思想是独立的，精神是自由的。本集所收论文可以为证。记得有一位名刊的编辑，在晚上读了本集所收《雅俗观念的演进与文学形态的发展》

一文，第二天打电话给我，说她很激动，一晚没睡好。我听了很感动，因为我对学术的坚守有了丰厚的回报，读者的肯定就是最好的奖赏。当清华大学百年校庆时将本集所收《“诗言志”：中国古代文学观念发生的一个标本》授予“百盛——清华大学学报”优秀论文一等奖时，我同样感动，因为这是民间独立评审的奖项，由李学勤、傅璇琮、童庆炳三位老先生最终确定，是纯学术的判断。我虽曾连续五届获湖北省优秀社科成果奖，却没有过这种激动。如果我们的学术，真的出于求真，所写的文章，真的能感动自己，没有功利的目的，没有世俗的羁绊，那么，学术之树必然长青，学者的生命之树也必然长青。否则，我们有什么资格来谈论学术，有什么理由要求社会尊重？

本集所收十四篇文章，是我近几年所发文章的一部分，主要涉及中国古代文学观念和古代小说研究。凡《中国文学观念论稿》《古典小说新探》《稗官与才人——中国古代小说考论》等文集已收录者，本集概不收录，以免重复；因篇幅所限，本集也不收探讨先秦诸子百家文学观念和具体研究古代小说作品的文章。本集所收古代文学观念研究的文章系统清理了中国古代文学观念早期发生和发展的路径，以加深对中国文学特性的认识；所收中国古代小说研究的文章着重探讨中国古代小说的真实内涵和古人对小说的理解，以明确古今小说观念的差异。同时，对现时比较流行的文学发展观和古代小说研究现状进行了讨论，以开阔大家的思路。集中除两三篇文章因原刊版面限制或技术原因曾有所删削今予恢复原貌外，其他文章与原刊均保持一致，只是为了节省篇幅和遵守文库体例删除了摘要和关键词。所收文章大多是重要论题，篇幅一般都较大，三万字以上的有两篇，两万多字的也有四篇。好在这些文章多有较大影响，也许可以鼓舞大家阅读的信心。选集中的文章《新华文摘》先后摘载了十一篇，其中有三篇摘载万字以上，两篇作为要目列于封面。《中国社会科学文摘》仅 2007 年试行封面标题重要篇目，第 1 期即选拙文《论文学的进化与退化》列于封面。《高等学校文科学术文摘》、中国人民大学资料中心《中国古代、近代文学研究》等也摘载或复印了其中的十篇。另据中国知网统计，近几年学术期刊论文引用拙文量年均在七十篇次以上。这些都表明，真正用心的研究是能够感动那些同样用心的学者的，中国的学脉也是不可能完全中断的。我知道，任何学术都要接受实践的检验，接受人心的检验，更要接受时间的检验。我受惠于“裸学”，自然也愿意赤裸裸地去接受一切检验。

是为序。

壬辰隆冬于紫菘·枫林上城

◇ 作者简介 ◇

王齐洲，1951 年生，湖北洪湖人。华中师范大学文学院教授、博士生导师，兼任光明文学遗产研究院专家委员会委员、《中国古代文学研究年鉴》特约编委等。已出版专著《四大奇书与大众文化》《中国古代文学观念发生史》《中国通俗小说史》等。主编“走近圣人丛书”、《中国文学史简明教程》《中国古代文学作品分类精选》《湖北文学通史》等。《中国古代文学观念发生史》入选2013年国家哲学社会科学成果文库，2016年国家哲学社会科学基金中华学术外译项目立项。

关于学术，关于吃饭

王 炜

“吃饭”这件事，实是千古一理的，并没有本质的变化。我们的日常生活，柴米油盐、一茶一饭，听起来安然快乐；远古茹毛饮血，说起来生蛮可怖。但是，说白了，归根结底都不过是粮食、肉类和水。我们并没有能够修成餐风饮露的神人。既然是吃饭，一日三餐，山珍海味，听起来很美好，但似乎谁都并不情愿。所以，梁山好汉们的梦想是“大碗喝酒，大块吃肉”，《红楼梦》里那生活再奢华，左右也不过是茄子、面点，或者炖鸡蛋之类。而当下，我们的生活状态是“没钱的，在家吃野菜；有钱的，在酒店吃野菜”。世世代代，没见有谁要颠覆这种饮食习惯，梦想着靠燕窝、鱼翅过活。

治学术，就是“吃饭”。翻着花样，要改吃鱼翅、燕窝、虫草，甚至声言改吃石头、泥巴，那不过是故作惊世之语。胡适曾高调地宣布：“我把汉朝以后，一直到现在的中国文学的发展，分成并行不悖的两条线这一观点。……这一个由民间兴起的生动的活文学，和一个僵化了的死文学，双线平行发展，这一点在文学史上有其革命性的理论实在是我首先倡导的；也是我个人的新贡献。”事实上，清代甚至更早，学界就已经认定，诗歌起源于民间的歌谣，到了20世纪初年，这更已成为“文学演进之公例”（刘永济《十四朝文学要略》）。胡适高扬白话，这本身并不存在任何问题。钱基博、刘永济等人也并不反对白话、不反对引进西方的理论。但问题是，要抬高白话的地位，不见得就要歪曲传统学术体系已有的建构，更不是生造一个全新的系统结构。这正如，我们要想日常生活变得精致，日常食物变得精美，不是除去米面、鱼肉，而是接着用这些材质，顺手调整一下食品制作的方法就可以了。

钱基博、刘永济从事文学研究，他们承继传统，他们清楚地知道，文学是从日常生活中生长出来的，但民间谣谚、习语等不能混同于文学。这正如我们吃的粮食从泥土里长出来；我们吃的禽蛋肉类，追溯其源头，也离不开泥土；我们喝的水，也含藏于泥土之中，但是，不能因此就判定，人类从此要改吃泥土过活。

用“吃饭”这件事来透视胡适的理论，胡适说，在中国文学传统中，一个是“僵化了的死文学”，只有民间文学是生动的活文学，这就类似于说，我们吃的粮食、肉类都是僵化的、没有营养的，只有石头、沙砾才是我们最佳的食品。另外，再看胡适的《白话文学史》，他大谈中国的白话文学传统，但他所选的那些作品并非纯粹的民间谣谚，实是经过了文人的加工改造。再退一步，即使依胡适所说，“民间文学”有其价值，近现代学术体系建构已历百年之久，民间文学虽然已成为学术研究的重要内容，但民间文学的研究并没有就此取代“文学”研究。“文学”研究的核心依然是文人、作家的创作。即令在当下，也未见哪个严肃的、从事当代文学研究的学者，尽心尽力、穷其一生研究“梨花体”“淘宝体”“秋裤体”，还有，年终岁末，网络上正红火的“总结体”。

20 世纪，特别是在 20 世纪前期，胡适、鲁迅就如一剂猛药，或如燕窝、虫草，遇有沉疴宿疾，大病来袭，这些药能起死回生，这些补品也可以提补元气。但药品、补品之外，我们更需要基本的营养，20 世纪前期，刘永济、钱基博等人为文化、为学术提供了基本的营养。在文化回生之后，我们也需要沿着钱、刘等人的路数，把学术当成“吃饭”一般，用日常的材质，用温火精心、细致地炖煮吧。

◇ 作者简介 ◇

王炜，1973 年生，河南淅川县人。华中师范大学文学院教授。主要研究方向为明清小说观念研究、中国文学学术史研究。著有《明代八股文选家考论》《小说界域的划定与研究方法的衍生》《〈金瓶梅〉学术档案》《〈清诗别裁集〉研究》《〈清实录〉科举史料汇编》等。

第四辑　书外春秋

莎翁故乡纪行

聂珍钊

在英国众多的名胜之中，斯特拉福镇也许是最著名的地方，因为它是世界著名的戏剧家威廉·莎士比亚的故乡。斯特拉福镇位于英格兰中部的沃里克郡的南部，是一座人口不足三万的小城。小城附近有茂密的森林和绿色的草地，平整的庄稼地和嫩绿的牧场。那片古老的亚登森林，就是传说中的绿林好汉罗宾汉和他的伙伴们出没的地方。美丽的艾汶河缓缓地从城边流过，岸边绿树成荫，垂柳如拂。河中不时有彩色的游船悄然而过，与戏水的天鹅、野鸭相映成趣。斯特拉福镇是一座古老的城镇，风景优美宜人，富有诗情画意。莎士比亚在《仲夏夜之梦》里对斯特拉福镇的自然美景做过描写：

我知道一处茴香盛开的水滩，
长满着樱草和盈盈的紫罗兰，
馥郁的金银花，芗泽的野蔷薇，

漫天张起了一幅芬芳的锦帷。

从沃里克的首府考文垂驱车前往斯特拉福镇，不要一个小时就可到达斯特拉福镇的旅游信息服务中心。在这儿可以免费得到一些介绍斯特拉福镇的小册子和咨询服务，然后就可以乘坐市内的敞篷游览车一览美丽的市容，或乘坐游艇在艾汶河里欣赏两岸的大自然美景，或手持从问询处得来的游览地图，到小街深巷中去探古寻幽。

斯特拉福镇最著名的景点是莎士比亚故居。那儿是莎士比亚诞生的地方，位于北部闹市区的亨利街上。它是一座古老的半木结构房屋，典型的伊丽莎白时代的建筑风格，虽历经沧桑，但仍然保存完好。楼房旁边是几株枝叶繁茂的古树，后面是一个大花园。园内种植着各类花草，紧靠围墙处的一棵参天大树似一把撑开的绿色巨伞，遮蔽了小半个花园。故居的左边是莎士比亚中心和莎士比亚学会所在地，它是 1964 年莎士比亚诞生四百周年时修建的一座现代化建筑。这儿也是参观莎士比亚故居的入口。我在沃里克大学文学系温尼弗里斯教授陪同下，购票进入中心的展厅。展厅里陈列着反映莎士比亚时代的有关文物，以便参观者了解莎士比亚时代的社会风貌。一楼的一角摆放着签名簿，我用中文写下自己的名字，用英文注明我来自中国。我崇拜莎士比亚，同时也为自己是一名中华儿女而感到自豪。

出了中心的后门，穿过花园，就可进入莎士比亚的故居。莎士比亚于1564年4月23日在这儿降生，父亲约翰·莎士比亚是一个手套商人，后来被推举为斯特拉福镇的镇长。莎士比亚的童年和少年时代就生活在这里，直到1585年离开斯特拉福镇前往伦敦时为止。莎士比亚故居内的起居室、厨房、卧室等依然维持着原样，以尽量再现这个中产阶级家庭的历史风貌。房屋内还陈列着与莎士比亚家族相关的一些文物，参观者从厨房的烤炉、烹煮食物的吊罐、莎士比亚儿时睡过的摇篮以及一些日常生活的用品，可以想象到这个后来当上了斯特拉福镇镇长的手套商的家庭的生活情景。

在亨利街上，莎士比亚中心图书馆是另一处吸引人的地方。图书馆是中心的组成部分，是在莎士比亚故居基金和皇家莎士比亚剧院藏书的基础上修建的。图书馆有近三万册图书，内容包括莎士比亚的生平、作品、时代等各个方面。在这儿可以看到1623—1685年出版的莎士比亚剧作的四开本和对开本的原始版本，1640年出版的莎士比亚的诗歌。18世纪罗伊、蒲伯和约翰森编辑的莎士比亚作品的版本同大多数19世纪和当代出版的莎士比亚的作品及有关莎士比亚的出版物保存在一起。图书馆的藏书涉及对莎士比亚作品所进行的有关文学、文本和社会等方面的研究。图书馆最珍贵的藏书是约翰·古尔的《忏悔录》，它是英国最早印刷出版的图书中的一本。这儿还收集着有关莎士比亚戏剧史和英国戏剧发展史方面的著作，现代戏剧的文本和研究资料，以及与莎士比亚有关的剪报，莎剧演出的音乐、舞台设计、剧照、音像资料等。18世纪和19世纪莎剧演出的舞台资料，如海报、演员用的提词脚本、节目单等也可以在这儿找到。在收藏的多种文字出版的莎士比亚作品中，也可以看到我国出版的莎士比亚作品的中文译本。在图书馆开放时间内，每天都有一些来自世界各地的研究莎士比亚的学者到此查找资料。

在斯特拉福镇外，还有两处与莎士比亚有关的重要历史遗迹：玛丽·亚登的住宅和安妮·哈索维的茅屋。玛丽·亚登是韦尔蒙科特的贵族地主罗伯特·亚登的第八个女儿，她后来成了莎士比亚的母亲。玛丽·亚登的住宅离斯特拉福镇约三英里，是在16世纪用本地的木头和石头建造的。住宅外面还有一些当初的建筑，如花园、围墙、谷仓、牛舍等。其中最引人注目的是一个当年用石头建造的鸽房，它带有六百个供鸽子栖息的孔洞。这处住宅和后来重建的Glebe农场做了莎士比亚乡村博物馆。住宅用来再现当时的农场和田园生活，农场里农舍内部的物品则用来再现维多利亚和爱德华时代的家庭生活。从农场看去，绿草如茵，羊群似雪；倦牛凭栏，白鹅踏青；老滕枯树，雀鸟依林；再现的是四个世纪以来莎士比亚故乡的田园美景。安妮·哈索维的茅屋是莎士比亚的妻子安妮·哈索维出嫁前的住宅，它位于离斯特拉福镇中心仅十三英里的近郊。这是一处典型的自耕农家庭的住宅，共有十八个房间。室内的厨房、开放式壁炉、面包烤炉依然保存完好。屋前的大花园格调古朴，左边的苹果园韵味清丽。这就是莎士比亚时代的农家特征。

1582年11月27日，十八岁的莎士比亚同二十六岁的安妮在教堂结婚。安妮结婚后为莎士比亚生下了三个子女，儿子哈姆莱特在十一岁时不幸夭折，小女儿朱丽丝直到三十二岁时才出嫁，大女儿苏珊娜在 1607 年嫁给了斯特拉福镇的外科医生约翰·霍尔。霍尔的住宅位于老城区，是一座都铎王朝时期的房屋建筑。室内除了一些与莎士比亚和苏珊娜有关的文物而外，还保存有一些精美的图画、伊丽莎白和雅各宾时代的家具，以及霍尔医生使用过的药房和一些外科器械。

1587 年夏天，莎士比亚离开斯特拉福镇前往伦敦寻求新的生活，逐渐走上了戏剧创作的道路。关于莎士比亚的出走历来有许多猜测，最富有浪漫色彩的是所谓莎士比亚到托马斯·路西爵士猎苑偷猎的传说。托马斯·路西爵士的庄园离斯特拉福镇约四英里远，在林边的田野里可以看见一群群驯鹿，不时听见呦呦的鹿鸣。据说莎士比亚偷猎被抓后，他是因害怕惩罚而逃到伦敦的。其实这种说法并不可靠，因为这不仅缺乏证据，而且当时到禁猎区猎鹿也并不犯法。莎士比亚最初在伦敦的工作是在戏院为看戏的达官贵人看马，他还当过剧团的临时演员，后来才成为“王家供奉”剧团的一员，开始学习写作戏剧。莎士比亚虽然只上过斯特拉福镇的语文学校，但是他到伦敦几年后就显露出在戏剧方面的才能。莎士比亚最初写作的历史剧和喜剧取得了成功，但是他的成功却招来了一些所谓“大学才子”戏剧家的嫉妒。当时的剧作家罗伯特·格林称莎士比亚是一只“用别人的羽毛装饰起来的乌鸦”“一个剽窃大学才子作品的人”。

但是莎士比亚对自己的才能和未来充满信心，独自一人在伦敦奋斗，不辞辛苦地登台演出和通宵达旦地在灯下写作。莎士比亚在从 1587 年到达伦敦至 1613 年离开伦敦的二十六年间，大约一共创作了十部历史剧、十二部喜剧、十部悲剧、两部悲喜剧、三部传奇剧。除此之外，他还创作了两部长诗和一百五十四首十四行诗。莎士比亚的戏剧以其丰富的想象力、生动的故事性、诗意的描绘把历史和现实结合在一起，真实地再现他所处的历史时代，并通过对爱情、婚姻、友谊等主题的揭示反映了文艺复兴时期的社会面貌，从而奠定了他在世界戏剧史上的不朽地位。

莎士比亚在伦敦经过二十六年的奋斗，为自己挣得他那个时代最伟大的戏剧家称号，也依靠自己的勤奋挣得大笔财富，成为斯特拉福镇最富有的人之一。他还依靠自己的艺术才能和声誉跻身于上流社会，获得了他一心追求的贵族头衔。在莎士比亚的努力下，纹章局于 1599 年为莎士比亚的父亲颁发了拥有贵族纹章的证书。盾形纹章的对角为一支长枪，上方的花环上雄鹰兀立，鹰爪紧握长枪。莎士比亚在纹章里用长枪隐喻了自己的家族。

1597 年，莎士比亚在 Guild 礼拜堂对面的礼拜街购买了一处新的住宅。莎士比亚从伦敦返回斯特拉福镇后在这儿一直住到他死去。这处新宅后来被烧毁了，但它的遗址被保存下来，成为人们凭吊莎士比亚的一处纪念地。1616 年 4 月 23 日是莎士比亚五十二岁生日，但这是一个令人悲痛的日子。就在这一天，伟大的戏剧家和诗人莎士比亚去世了。莎士比亚死后被葬在位于磨坊巷附近的圣三一教堂里，后人为他雕刻了一座略显肥胖的半身胸像，上面刻着两句碑文："看在耶稣分儿上，朋友，切莫掘开此处土壤。莫碰石头，自有福佑；动我尸骨，永受诅咒。"1623 年，莎士比亚的朋友约·赫明和亨利·康德尔编辑出版了第一部对开本的莎士比亚全集，卷首印有莎士比亚的肖像和本·琼生的著名题词："他不属于一个时代，而属于所有的时代。"本·琼生的评价是十分精当的。莎士比亚从事戏剧创作四百年来，其声誉一直不衰。莎士比亚已经不只是斯特拉福镇人的骄傲，也是整个世界的骄傲。他的作品被翻译成许多种文字出版，经常在许多国家的舞台上演出。他的作品已成为世界人民的共同财富。莎士比亚的作品魅力长存，莎士比亚因而永垂不朽。

◇　作者简介　◇

聂珍钊，1952 年生，湖北秭归人。1976 年于华中师范大学外语系毕业留校，长期执教于文学院。2017 年调入浙江大学，现为浙江大学外语学院教授，浙江大学世界文学跨学科研究中心主任，欧洲科学院（Academia Europaea）外籍院士，兼任中国外国文学学会副会长、国际文学伦理学批评研究会副会长、中美诗歌诗学协会副会长。1993 年获国务院颁发的政府特殊津贴。其代表性学术成果《托玛斯哈代小说研究》《英语诗歌形式导论》《文学伦理学批评导论》分别获教育部全国高校人文社科优秀成果二等奖，代表性论文《文学伦理学批评：基本理论与术语》获教育部第六届人文社科优秀成果三等奖，英文论文“Towards an Ethical Literary Criticism”获浙江省第19届哲学社会科学优秀成果一等奖。《文学伦理学批评导论》一书入选国家社科基金成果文库。担任中央“马克思主义理论研究和建设工程”《外国文学史》首席专家。创立文学伦理学批评，耶鲁大学讲座教授、美国人文与科学院院士、《剑桥文学批评史》总编 Claude Rawson 誉其为“文学伦理学批评之父”。

“小绿棒”在何处[1]

——托尔斯泰国家博物馆随想

王树福

每次翻开列夫·托尔斯泰卷帙浩繁的著述，我的眼前总会浮现出托翁的雄狮形象，耳边响起托翁的警世名言，心中涌起托翁的困惑追问。在我的知识结构和阅读印象中，托尔斯泰是一位超越世俗、眼望苍穹、心系民众的巨人，与盲诗人荷马、大作家但丁、戏剧家莎士比亚并肩齐名，站在奥林匹斯群山之巅，立于文艺名师巨人之上，坚定而执着地用文学诉说着心中的苦恼与困惑，追求着乌托邦式的大同理想和桃源世界。托尔斯泰伯爵曾坦诚：“为了诚实地活着，应当东冲西撞，陷入思想混乱，挣扎，犯错误，开始和放弃，再开始和再放弃，永远斗争和失去。而平静是灵魂的卑贱。我们灵魂的坏的方面正来源于此，它期望平静，却没有预先想到平静的获得须

① 本文经删节，曾以《人文火炬照耀如初：托尔斯泰国家博物馆随想》，刊发于《中国社会科学报》（海外版）2013 年 7 月 10 日。

伴随我们身上一切美好的、不是人类的，而是从那里来的一切的丧失。”正是在左冲右突和挣扎斗争中，托尔斯泰一直诚实而真实地生活着，在自我忏悔与道德完善之间不断努力，从未在思想的平静中度过片刻时光，从现实的地狱经自我的炼狱走向宗教的天堂。

二

在文化名城莫斯科，现有三处以托尔斯泰命名的文化机构，分别是位于普列奇斯金卡（意即洁净、整洁）街 11 号的“托尔斯泰国家博物馆”（**Государственный музей Л.Н. Толстого**），位于列夫·托尔斯泰街 21 号的“哈莫夫尼卡托尔斯泰庄园”（**Усадьба Л.Н. Толстого Хамовники**）和位于星期五街 12 号的“托尔斯泰中心”（**Толстовский центр**）。带着对托尔斯泰的深深敬仰和崇敬，我数次参观了托尔斯泰国家博物馆，受到强烈的心灵震撼和深切的灵魂洗礼。每次缓步走出博物馆，回首夕阳掩映中的白色建筑，心中都会涌现一股难以名状的感动，感动于托尔斯泰对真理的执着和对民众的热爱，感动于他对美好的向往和对丑恶的憎恶；同时，心中也会升腾起一股坚定不移的钦敬，钦敬于他对文学创作和道德完善的不懈追求，钦敬于他对民族未来和理想信仰的坚定找寻。随着托翁永不停息的矫健步伐，我一路不止，跌跌撞撞，追寻着他终生寻找的“小绿棒”。由此，在与托翁跨越时空的神交中，自己仿佛从另一个角度重新审视了自己身上隐匿的丑恶与自私，卑微的渺小与虚荣，身心仿佛得到一次从里到外的洗刷，获得一次千载难逢的新生。

莫斯科托尔斯泰国家博物馆毗邻庄重的普希金国家博物馆，距离克罗鲍特金地铁站不远，与苏联解体后重建的金碧辉煌的基督救世主大教堂隔街相望。顺着热心路人的手指方向，从街边远远看去，托尔斯泰国家博物馆呈现在眼前。这是一座灰白色的二层建筑，充盈着 19 世纪俄国典型的建筑风格，牢固而坚实，粗犷而细腻。灰白色外墙历经岁月的洗礼和历史的沉淀，整体格调古朴而自然，有一种天然去雕饰的感觉，一如晚年的托尔斯泰，衣着朴素，思想深邃。在一片古典主义风格的建筑群中，望着博物馆外观的低调与古朴，自然与矮小，对比大教堂的富丽与堂皇，庄重与神圣，我竟然有些不敢相信自己的眼睛，一如我很难把握托尔斯泰的文学世界和思想意蕴。托尔斯泰其人其作，其情其志，其思其想，对我而言似乎如同一个裹在面纱中的谜，难以捉摸。

经过镶有“托尔斯泰国家博物馆”金色牌匾的一侧窄门，我抬脚轻轻迈进博物馆院内，生怕惊动了托尔斯泰的安详之梦和文学之境。过小径，转拐角，朝前看，一尊托尔斯泰晚年的石像赫然立于眼前。托翁石像约达两人高，耸立在群松翠柏和皑皑白雪的交相掩映中，安然而静谧，远离尘世的喧嚣和世俗的纷扰，三五只深灰色的鸽子在附近蹦蹦跳跳，觅着食物，一种 19 世纪俄国农村生活的油画感油然而生。托翁长须及胸，额头光亮，眉头紧锁，身穿俄式粗布衫，双手插在皮带中，低头沉思，身材瘦削，神情萧然，这让我不禁想起伊·尼·克拉姆斯柯依（1837—1887）的名作《荒野中的基督》（1872）。基督身披长袍，在喑哑诡谲的旷野中，端坐不动，沉思苦想，神色肃穆。画面近景乱石铺陈，远景空旷无垠。黎明时光，地平线上升起一抹朝霞。这清冷的色调，这孤独的找寻，这黯然的心境，烘托出基督的内心的痛苦与孤独，同时也隐含着19世纪后半期俄国社会的黑暗与没落。通过陷入苦苦思索的基督姿态，画家表现了一个艰难找寻的思想家献身于社会的精神和毅力，也流露出对黑暗现实的万般无奈，这正是当时俄国进步知识分子的心理状态。这种欲行又止的心境与永不停息的找寻，与托尔斯泰的晚年境遇可谓有着异曲同工之妙。

1903年，托尔斯泰已年逾古稀，奔向望八之年，其文学声誉达到后人难以超越的顶峰，其思想信仰达到凡人无法企及的高度。此时的他，胡须花白，满头华发，双目炯炯，历经沧桑，回首一生，感慨颇多。他“从善与恶的角度来审视所作所为”，将自己的人生划分为四个相对独立的阶段。首先是诗意美好的少年时期，即十四岁前美妙快乐、天真无邪的童年与少年；其次是纵容堕落的青年时期，即此后荒唐虚荣、浮浪纵欲的二十年；再次是诚实规矩的中年时期，即从结婚到“灵魂诞生”的十八年，“过着规矩诚实的婚姻生活，没有犯任何为社会舆论谴责的罪行”“只自私地关心自己的家庭、财产的增长、文坛的名声和种种乐事”；最后是道德自我完善阶段，他“希望能够在这个时期死去”。尽管如此，托翁仍然没有停止追寻和探索的脚步，追寻着宗教的神圣之光，探索着“小绿棒”的深邃奥秘。托尔斯泰五岁时，大哥尼古拉曾悄悄告诉他：有一个能使众人幸福的秘密，秘密写在一根小绿棒上，而小绿棒埋在大森林中的扎卡斯峡谷旁。听完这个故事后，托尔斯泰就对“小绿棒”心向往之，终生都在寻找着使世人走向幸福的路径和方法。

1905 年，七十七岁高龄的托尔斯泰，老骥伏枥，笔耕不辍，完成了一篇阐述生命意义与人类怎样生活的论文，曾拟《我在何处？我为何而生？我是谁？》《如何生活以及为何生活》等标题，后选定《小绿棒》作题目。尽管全文并没有讲到小绿棒的故事，但对全人类幸福的憧憬和努力，托尔斯泰从未放弃过，从未停止过，从未怀疑过。他曾经毫不含糊地强调：“……那时候我相信，那根小绿棒是确实存在的，上面写的是：必须消灭人世间的一切罪恶，并赐予人们伟大的幸福。如今我依然相信，这一真理是永存的，它将为人们所知道，并将赐予人们它所允诺的一切。”1910 年，托尔斯泰因感冒感染肺炎，医治无效，不幸在南部小城亚斯塔波沃火车站谢世。根据其遗愿，托翁安葬于传说埋有小绿棒的扎卡斯峡谷旁的树林中，长眠在“雅斯纳亚·波良纳”庄园亲手植过的橡树旁。世纪流转，百年飞逝，现如今，托翁陵墓旁的橡树，已然郁郁葱葱，冠如华盖，向每一位来访者静默地诉说着曾经的故事。

二

沿着木梯拾级而上，转弯抬眼望去，古香古色的托尔斯泰展馆赫然映入眼帘。走进古朴而整洁的展厅，一股世纪烟云和历史风尘扑面而来，我仿佛穿梭在不同时空之中，一不小心一脚踏进历史的硝烟之中。五六个整洁有序的展厅，呈方形依次排列，放满与托翁有关的大量书籍，摆满他所使用过的不同木质家具，悬挂着各种年代的报刊资料和人物画像。展厅不同，风格各异，摆设不同，氛围有别；托翁和夫人索菲娅的不同雕像，大大小小，面容迥异，点缀其间，默然地向来者诉说着曾经的家庭时光和人生况味。在触手可及的书籍、画像和物件面前，百岁的托尔斯泰和世纪前的俄国影像，瞬间跃出枯黄的纸面和静止的画像，在我的眼前和脑海中鲜活起来，栩栩如生。

1928—1958年间，历经三十年艰辛卓著的搜集整理和考证注解，苏联出版了迄今为止最全的唯一一部九十一卷本的《托尔斯泰全集》。全集卷帙浩繁，皇皇巨著，包罗万象，囊括众多，其中文学作品、理论著作、政论文章、文学论文等共四十五卷，日记十三卷，书信三十一卷，编者注释两卷。每每看到安然搁在书架上的长长著述，翻检静静躺在手边的厚厚书页，心头总是涌起莫名的冲动和无言的感动。这既是对托尔斯泰最好的致敬和最佳的纪念，也是对文化遗产和文学传统的忠实继承。幸运的是，在高植、刘辽逸、金人、草婴等翻译家的努力下，人民文学出版社推出十七卷本《托尔斯泰文集》，上海译文出版社出版《托尔斯泰文集》等精品，深刻影响着数代中文读者和当代作家。略感遗憾的是，在托尔斯泰国家博物馆的展出藏品中，虽有不少印欧语种的托尔斯泰著述译本和文献资料，却鲜见托尔斯泰的中译本。

作为一个智识高度发达的文学家、思想家和哲学家，托尔斯泰以一个先知姿态预言了欧洲文明的失范，同时也对基督教会的教义加以否定。文明在带来火车和电力的同时，也带来传统伦理的沦丧；基督教在带给人们救赎希望的同时，也带来了智性的泯灭和人性的扼杀。因此，托尔斯泰晚年几乎放弃了文学创作，醉心于包括中国儒学和道学等古典文化在内的世界文化思想，致力于建立一种能够拯救俄国和欧洲，并在全世界实现大同的新学说。善于自我内省和道德完善的托尔斯泰，终身拖着高大的身躯和沉重的步履，怀着深厚的人道主义情怀，走在峻莽苍然、广袤无垠的俄罗斯大地上。带着激烈而矛盾的内心抗争，他从童年时期敏感的孩童尼基塔，走向青年时期英勇的南俄要塞军官，从身材肥大拙于言辞的彼埃尔，走向中年时期苦闷找寻的列文，历经彷徨挣扎的阿尔扎马斯之夜，走向与贵族彻底决裂的聂赫留朵夫，走向理想中东正教的原教旨主义。托尔斯泰犹如一个无处不在的文学幽灵和思想导师，飘荡在东西兼顾而一望无垠的俄罗斯大地上，无时无刻又无形无影地影响着俄罗斯文学发展、思想嬗变和宗教复兴。1838 年，斯拉夫主义奠基者基列耶夫斯基曾言："回顾以往俄国的社会体制，我们可以发现同西方的诸多差异之处，首先是体现为诸多小型的所谓米尔（"мир/mir"的音译，又有"世界"与"和平"之意）的社会构成。……家庭隶属于米尔，人数更多的米尔隶属于村社大会，村社大会则隶属于市民大会，以此类推，直到所有部分的团体整合为一、一个统一的东正教会。"以集体主义的传统"村社"为基础，借用东方的道德主义思想，发扬东正教原教旨主义，托尔斯泰苦心孤诣，建构出一个美好的人间桃源理想。这无疑是19—20世纪思想混乱之际，面对俄国未来和广大民众，托翁开出的一服用心良苦的药方。

在追寻富国强兵的"小绿棒"之旅中，俄罗斯不断受到东西方文化因素的诱惑与影响，在东西方文化之间左右摇摆，艰难地寻找着安身立命之途，一如左顾右盼的双头鹰，又如摇荡不定的十字钟摆。瓦良格人自北方的斯堪的纳维亚入主罗斯，给罗斯古国带来武士侍卫制度，在公元9世纪定都基辅建立起留里克王朝，将斯堪的纳维亚文化因子植入俄罗斯文化；来自希腊—拜占庭—保加利亚的南方因素，通过东正教渗透进基辅公国，将基督信仰和基里尔字母播撒到罗斯，使罗斯古国具备加入西方基督教世界的宗教血统和语言工具；13—15世纪近三百年，蒙古—鞑靼人以勇猛强悍的铁蹄将俄国纳入统治的版图，让俄罗斯人感受到东方的强大存在；18世纪，彼得大帝义无反顾的西化国策，不仅在彼得堡打开一扇通往西欧的窗口，也使俄国初步具备自立于欧洲民族之林的资本和资格；十月革命的爆发，让具有西欧血统的罗曼诺夫王朝寿终正寝，来自西方的俄国化马克思主义话语，则造就了强悍一时的东方阵营领袖[①]；在“民主化”“公开化”和“让俄国返回欧洲”口号的指引下，戈尔巴乔夫—叶利钦的改革方案以极端性的民族情绪，不仅使苏联帝国彻底分崩离析，也将俄罗斯降格为一个世界二流国家；20—21世纪之交，普京以强权化政治和民主化进程，在传统强国意识和民族主义思潮的强力支配下，追逐着“给我二十年，还你一个崭新的俄罗斯”的强国梦想……在现代化进程中，俄国社会改变之剧烈极端，彷徨之频繁多发，选择之极端猛烈，突转之快速决然，着实让人始料未及；其间的改革之慷慨悲壮，手段之残酷野蛮，成就之卓著显赫，统治之集权专制，足以让世人感叹沉思！然而，厮杀马鸣的千年转瞬即逝，熠熠闪光的“小绿棒”仍未找寻到，这种结果也许是托尔斯泰所不愿意看到的。

走出展厅的历史画卷，继续前行即到雅致别样的小礼堂。礼堂整洁细腻，古朴宁静，雕梁画栋，金碧辉煌，洋溢着古典的艺术气息，墙壁四周挂满了托翁各种姿态的画像。神思恍惚悠然间，耳边似乎突然奏响轻扬欢快的圆舞曲，一群群身着华服艳衣的舞者，伴着轻盈的曲调翩翩起舞，一时裙裾飞扬，流波四溢。或许快乐青春的娜塔莎·罗斯托娃，周身散发着女孩的可爱和天使的空灵，曾在类似

① 刘文飞：《俄国文化的东西南北》，《北京青年报·历史纵横》2007年3月5日。

的家庭舞会上展示着她的轻盈与调皮；或许典雅高贵的安娜·卡列尼娜，浑身上下洋溢着压制不住的生气，曾在这样的贵族舞会上与沃伦斯基双双起舞。装饰典雅的礼堂，前厅摆放着古朴幽暗的钢琴、深褐色的宽大书桌和铺有天鹅绒坐垫的靠椅，后厅则错落有致地放着若干排浅褐色木椅，供听众和观众在艺术活动时使用。值得赞赏的是，托尔斯泰博物馆并非被动地等待来访者参观，而是充分利用各种社会资源，定期举办各种各样的文艺活动，提前在官方网站公布消息，在博物馆信息栏张贴海报，免费对莫斯科市民开放。短短两三个月内，精彩文化活动频频举办：莫斯科契诃夫艺术剧院的功勋演员，盛装来此，精心朗诵小说《哈吉—穆拉特》章节；莫斯科小剧院的功勋演员，年近古稀，表演小说《罪与罚》的内容；电台文化栏目著名主持人则举办“19世纪俄国经典文学”系列节目，内容涉及冯维辛、普希金、莱蒙托夫、果戈理、屠格涅夫、陀思妥耶夫斯基、托尔斯泰以及契诃夫。参加文艺活动的听众，彼此年龄各异，妇孺童叟皆在，身份各不相同，士农工学均有。这种源自内心的对文学艺术的热爱，对人文精神的渴求，对自我灵魂的提升，让人无不为之钦佩，为之感慨，为之尊敬。正是这种生生不息的热爱，世代相传，如同一股清泉潜流，滋润着俄罗斯人的艺术气质和人文修养，也给俄罗斯文学艺术撒下肥沃的土壤和饱满的种子。目睹此情此景，没有理由不对迅速崛起的俄罗斯文学充满信心，对灿若群星的俄罗斯作家充满敬仰，对厚重深沉的俄罗斯文化充满敬重。

回首夜幕笼罩下的托尔斯泰国家博物馆，联想“文化公园”地铁站不远处的托翁庄园，遥望图拉省郁郁葱葱的“雅斯纳亚·波良纳”庄园，心中突然有一种柳暗花明，豁然开朗的感觉：寄予公正和理想追求的“小绿棒”，不仅仅在古朴庄重的博物馆和绿草如茵的庄园，也在向善求真、永不停息的民众心中；不仅仅在托尔斯泰的丰厚的文学遗产中，更在深厚的人文精神和弥赛亚的文化命脉中；托翁终其一生，奋斗半载寻找的，不仅仅是集体劳动、人人参与、共同幸福的传统“米尔”村社，更是寄予公正、公平、自由与理想的人间桃源世界。“众里寻他千百度，蓦然回首，那人却在灯火阑珊处。”遥望灯火阑珊处，托尔斯泰的精神灯盏依然明亮如初，其人文火炬依然熊熊燃烧，一如红场上无名英雄纪念碑的圣火，跃然不止，跳动不息。这种深蕴在俄罗斯文学和思想中的人道情怀、人文精神和终极理想使命感，也许是托尔斯泰雄踞世界文学之巅，傲视知识分子之上的重要原因所在，是他在世界各国文化生根结果，生生不息的核心精髓所在。

◇ 作者简介 ◇

王树福，1980 年生。华中师范大学文学院教授，黑龙江大学俄罗斯语言文学与文化研究中心、湖北文学理论与批评研究中心、国际文学伦理学批评研究中心兼职研究员、中央戏剧学院戏剧艺术研究所客座研究员。曾赴莫斯科国立大学语文系公派访学。主要从事俄罗斯文学、中俄文学关系和文学伦理学批评实践研究。专著有《19世纪俄国文学》(2017)、译著《巴别尔全集》第四卷（2016，合译），在《外国文学研究》《中国比较文学》《读书》《俄罗斯文艺》等刊物发表各类文章约120篇。

“我咽下一枚铁做的月亮”①

——兼致我们时代的诗人

魏天无

这不是一个人死后手持他的照片，或者翻阅他的日记、来信，他的藏书中的签名、购买时间、地点，他的过时的通信录里钢笔写下的人名、电话、通信地址、邮政编码。这些你可以摩挲；你的眼睛可以湿润，也可以平静如初。你觉得应该这样，在一个人突然离去之后；特别是你独自一人，夜深人静。不，不是这样。你看到的是他的博客：姓名、简介——“梦游1990”——还有诗：“你来时很安静 / 我去接你 / 也很安静 / 我牵着你的手 / 你靠着我的肩 / 时间从我们身上漫过去 / 你头发白了 / 我牙齿也掉了 / 我们就这样对视着 / 不说话 / 我们就这样抱着 / 耗尽一生。”你同时看到了他博客所关联的微博的最后的自动更新：“新的一天。10月1日00：00。”

---

① 本文原载《深圳特区报·人文天地》2015年1月15日，发表时有删改。

现在你明白，那之前一个人消逝了，那之后这虚拟的世界仍向所有访客、其实也向他敞开着，这支队伍每天都像以往的每天一样在拉长。如果愿意，你可以随手点开博文下面的评论：

“你走了，我会来这里看你，帮你掸一掸诗上的尘埃。”

“死亡对他来讲，可能更让他温暖。这是每个人的悲哀。”

“绝望有绝望的来处 / 希望有希望的出口。”

……

那么你，为什么要来，在一个人离去之后？你可以留下一点儿什么，就像把他曾经咽下去的，再咽下去一遍：

> 我再咽不下了
> 所有我曾经咽下的现在都从喉咙汹涌而出
> 在祖国的领土上铺成一首
> 耻辱的诗
>
> ——《我咽下一枚铁做的月亮……》2013 年 12 月 19 日

二

汉娜·阿伦特曾说：“讨论诗歌是一件让人不安的任务。诗歌可以引用，但不宜用来讨论。”（《贝托尔特·布莱希特》）尤其在一个人死后，尤其在他纵身跃下——请原谅我使用这平庸的词汇——他越来越熟悉也越来越陌生的城市的高楼，尤其是他作为富士康的一位普工，尤其是他还被称为“打工诗人”，尤其是他做出决定后，设定了定时发布的微博：“新的一天。10 月 1 日 00：00。”他当然知道当这条微博从睡眠中醒来，自动弹出，他已成睡眠中的血泊之躯。而这条微博瞬间会淹没在成千上万条同样“定时”发出的“晚安！”声中。

他以我们习惯的方式，离开了这个他无法习惯的世界。

认为诗歌不适宜讨论的汉娜·阿伦特紧接着说道：“然而，诗人的声音关系到的不仅仅是评论家和学者，它关系到我们每一个人，关系到我们的私人生活和公共生活。”汉娜·阿伦特谈的是布莱希特，我说的是许立志：2014 年 9 月 30 日跳楼；10 月 30 日，他的骨灰撒在南澳海湾。

有人说，诗人这个群体的自杀率其实并不高，医生更高。诗人自杀事件之所以受到特别关注，是因为人们习惯上认为诗人是脆弱、敏感、易受伤害的。但这即便是事实，是出于好意的“纠正”，也并不能取消我们对此的特别关注。许立志当然不是布莱希特，他可能读过也可能没读过布莱希特或者汉娜·阿伦特，但他和他的诗同样关系到我们每一个人，尤其是生活在我们这个时代的诗人。

二

还记得同样被称为“打工诗人”的郑小琼七年前在接受《人民

文学》散文奖时发表的感言。她说：

> 文字的力量在现实面前永远是那样脆弱。……当我从报纸上看到在珠三角每年有超过四万根的断指之痛时，我一直在计算着，这些断指如果摆成一条直线，它们将会有多长，而这条线还在不断地、持续地加长之中，此刻，我想得更多的是这些瘦弱的文字有什么用？它们不能接起任何一根断指。

那么，“瘦弱的文字”是不是就一无是处呢？不是。她说：“我仍不断地告诉自己，我必须写下来，把我自己的感受写下来，这些感受，不仅仅是我的，也是我在南方打工的工友们的，我们既然在现实中不能改变什么，但是我们已经见证了什么，我想，我必须把它们记录下来！”

从这里我们可以听到许多作家、诗人、学者关于文学是一种见证/记录的观念的回响：阿赫玛托娃不假思索地用“能”回应了那位把她从彼得格勒监狱探监队伍中“认出”，询问她“可不可以写写这件事？”的用面纱遮住脸庞的妇女，并履行承诺写出了杰作《安魂曲》（《安娜·阿赫玛托娃传》）。埃莱娜·西苏说，当阿赫玛托娃做出回答，她就是把“相认作为礼物”，奉献给那些因现实的苦难掩面的人——这就是“抗辩”，写作正是这种“抗辩”的见证（《从潜意识场景到历史场景》）。苏珊·桑塔格晚年认定，“文学的一个任务，是对各种占支配地位的虔诚提出疑问、做出抗辩”（《文学就是自由》）。加缪以他存在主义哲学家的身份断言，“作家职业的高贵永远植根在两种艰难的介入中：拒绝谎言，反抗逼迫”（《诺贝尔文学奖受奖演说》）。与其同时代作家一样命运多舛又决不妥协的索尔仁尼琴坚信，文学必须“对抗公然的暴力”（《诺贝尔文学奖受奖演说》）。卡夫卡则在日记里写道，无论怎样忍耐，那些内心仍有诗意，却被时代远远抛在身后的“现代人”的悲剧是无法祛除的，一个人孤立无援的写作因此才有了深长意味：

> 无论什么人，只要你在活着的时候应付不了生活，就应该用一只手挡开点儿笼罩着你的命运的绝望……但同时，你可以用另一只手草草记下你在废墟中看到的一切。因为你和别人看到的不同，而且更多；总之，你在自己的有生之年就已经死了，但你却是真正的获救者。
>
> （《卡夫卡书信日记选》）

许立志不一样的是，他短暂年华中那些现在静静呈现在电脑屏幕上的诗，并没有让他成为“真正的获救者”，却让他在一跃之后成为诗歌这种文体在现时代戕害年轻人的最新罪证——“珍爱生命，远离诗歌”这样的段子在微博、微信中再次经历了病毒式传染，又让无数人再度唏嘘感叹。我设想，许立志曾经设想也很可能没有设想过，以读诗写诗这种方式改变他流水线上打工者身份；至少，他可能设想过这种方式会让他更像一位读书人，因而可以得到与一位热爱读书、热爱写作的人相匹配的社会身份。他写下他的诗源于他的生活，源于他对生活——一种可以让人站着睡着、躺下受辱的生活——的复杂感受，源于他不得不写；但作为一位诗人是否应当同时明白，他并不能控制住这些诗如何被引证，如何被解读。尤其是，他不可能控制住在他身后，当人们只是从媒介中看到一个“事件”，看到为了说明此“事件”之来龙去脉而引用的诗——并非全部，也不包括其他文字的时候——将要发生的一切。

如同他不太可能设想我会写下这样的文字——是媒介把我们联系在一起，是诗歌把我们召唤在一处。如同我会问自己，假设没有这样的“事件”，没有媒介对此“事件”的关注与介入，我会不会进入他此时失魂落魄、永远定格的博客，作为访客中的一员，读他的诗文，并写下这些文字？我当然会听到这样的声音：“太迟了，一切都太迟了！”是的，迟钝者应当坦然接受作为迟钝者的惩罚；但我依然会认为，在今天，再怎么迟钝的关注，也比继续漠然，继续装作好像什么事情都没有发生，重要得多。我们都需要在生活中不断地为自己辩解，才会继续艰难地迎风向前。

我同时必须承认，作为一个评论者，在他人身上发生的残酷“事件”，将不可逆转地改变我对他的诗的阅读和评判。这无所谓耻与荣，这只是同样从事写作的评论者必须接受的事实：因为你也是写作者，你只需要忠实的是你的内心，就像诗人那样——

在秋风飒爽的大地上

我合上双眼，同时展翅

与一场陈年的风相拥而泣

——《夙愿》2011 年 9 月 2 日

我在他们中间打盹儿，留守青春的

最后一块墓地

——《最后的墓地》2011 年 12 月 21 日

每当我打开窗户或者柴门

我都像一位死者

把棺材盖，缓缓推开

——《出租屋》2013 年 12 月 2 日

我就地一躺，终于躺回身体里

像我的先人躺在骨灰盒里

那么惬意，那么安详

——《回溯》[1]2013 年 6 月 21 日

---

① 以上均来自许立志整理的最后一篇博文“诗集《冬深了》选摘（2014 年 7 月 31 日 21：39：28）”。

我想起当年，T.S. 艾略特站在伦敦窗前凝望着茫茫暮色说：“没有出路，永远没有。”

我多么奢望——这奢望又是多么奢望——许立志的那双手依然扶住了那一层高楼的窗框，那双眼睛依然在看着这个世界，尽管从世界的高处看不太清这个世界的路。而他的脚，依然是可以站立的。为此，我宁愿一生都不进入他的博客，也永不写下这样的文字！

三

今天，文学的见证 / 记录功能的被遗忘——就像文学要抵抗的那样，文学有时忘了自己的重要功能是抵抗遗忘——很可能是因为见证 / 记录这些词语本身，过滤掉了“感觉”这类对现代诗歌而言特别重要的评判标准；见证，尤其是记录，容易让人感觉它只是“实录”，对现实世界的，也对个人琐碎生活的，因此很容易让人把它们推到因受意识形态玷污而名声不佳的“现实主义”那一边去。人们对自身趣味的过于偏爱，很容易让他忘了趣味最有意思的地方是“自身”：每个人都有“自身”趣味，这些趣味原本是可以和平共处的，只要它们称得上是趣味——文学趣味。

对“感觉”以及诸如此类的迷恋，源于现代诗歌对个人的尊崇。对个人的尊崇则来自现代诗人在他们的前辈——浪漫主义诗人——

那里看不到个人或个性，他们看到的是他们认为出自同一模式的“滥情”，对田园，对田园生活，以及显然的，对在现代化进程中不断消逝的这种过去生活场景的缅怀或再度返回的憧憬。当然，很可能他们看到的只是他们愿意看到的那一部分。现代诗歌是都市诗歌的代名词，而几乎没有谁不像马拉美、波德莱尔、卡夫卡、本雅明那样在现代都市里感受到屈辱，感受到生不如死的挣扎，以及挣扎的毫无益处，以及对毫无益处之事的持久忍耐——唯有这种被哈罗德·布鲁姆称为“经典性忍耐”的“不可摧毁性”（《西方正典》）的品格，成就了这些诗人作家；当然，他们都是悲剧性人物，对此并没有什么好自豪的。在这种现代性境况下，诗人会回缩，回缩到内心最隐秘之处；这个世界的光怪陆离与个人感觉的光怪陆离是一张纸的两面，很难说谁影响了谁，谁成就了谁。似乎唯有不知餍足地强调个人，才能在这个尔虞我诈、你死我活的残酷世界立足，与之对抗；仿佛也只有在这种对抗中败下阵来的个人，才会被视为“真的猛士”，他舔舐着自己额头淌下的血的形象，才会被历史镌刻。

现代诗歌另一条并行不悖的线索，是在现代语言学浸染下对语言前所未有的关注：诗人们如果想“逼真”地“呈现”“还原”个人感觉，当然同时就进入语言的迷宫。诚如维特根斯坦所言，对于现代个体，语言是先在结构，“语言之外一无所有”（《逻辑哲学论》）。诗人执着于语言探索和试验，可以归结为他的个人感觉特别敏锐、纤细而又常常令他自己难以捉摸。语言在这个意义上不再是古典语言学意义上的工具、手段，而是上升为本体的存在。

那么今天，有哪一行被写下的文字，包括分行的文字，不是“个人感觉”的结果呢？文学/诗歌里的所谓“实录”，说到底不就是文字技巧所带来的一种幻觉吗？而那些反对它而高举“感觉”大旗的人，其“感觉”不也是某种文字技巧所带来的幻象吗？然而，每一个人所接受的文学教育，使他很自然地把一部分诗人及其诗歌引为同类，把另一部分诗人及其诗歌打发到另一个世界——“非诗”的世界。每一种文学/诗歌观念都起于特定历史的语境，因此也都是特殊的而非普遍的——普遍的文学/诗歌观念在任何时代与国度都只能是一种假象，比幻觉、幻象更糟糕。所以不难理解，在21世纪初有关“打工诗歌”的短暂讨论中，这些诗人及其诗歌，像特雷·伊格尔顿所言，被某些“园丁”当作“杂草”从文学花园里刈除殆尽。而伊格尔顿要提醒我们的是：“杂草并不是一种具体的植物，而只是园丁由于某种理由想要除掉的任何一种植物。”因此，“如果说，文学是一种具有确定不变之价值的作品，以某些共同的内在特性为其标志，那么，这种意义上的文学并不存在”（《二十世纪西方文学理论》）。

存在的只是特定的文学/诗歌，特定的文字里的个人感觉；一个特定的人不习惯另一个特定的人的感觉，这非常正常。同时，所有的文学作品都会被阅读他的人及其社会所“改写”。我并不想说，由于一个特殊“事件”，许立志的诗歌在他身后可能被“改写”得更厉害，甚至更离谱。我愿意强调的是，这个世界还有无以计数的我们感觉陌生的东西，包括陌生的人，包括陌生的或熟悉的人的自杀，包括许多人仍然在继续忍耐着的生活，此时的我们是否愿意敞开自己，在“异己”的人与事与诗面前？

你没有选择那条路，并不意味着那条路永远不会有人选择；你不理解那个人，并不意味着你可以抹去他；如果你抹去一个你无法理解的人，你将被无法理解你的人，以同样的方式抹去：这是你我所期盼的吗？

四

他向每个陌生人借阅，他们低于生活的一生

——许立志《安慰》2011 年 7 月 12 日

读这样的诗句，你会感觉这是一个骄傲的人，甚或是一个傲慢的人；可能正是他的骄傲和骄傲中不自觉的傲慢，而不是软弱，加速了他往高高的窗前挪移的脚步。

我谈论的是诗中的许立志，一位诗人在诗中的隐含形象；这个形象可能与日常生活中的人相吻合，也可能有裂隙。诗人会因各种理由在诗中“伪装”自己，但一个人如果每时每刻察觉到这个世界对他的敌意，或者，他对自己的敌意，伪装变得不太可能，也无必要。

他所有最后时刻的诗都指向死亡和终结；他所有最后时刻的诗

都将身后事全部设想了一遍，并认为一切都将像他设想的那样进行：

我知道会有那么一天
那些我认识的不认识的人
会走进我的房间
收拾好我留下的残骸
清洗我淌满地板的发黑的血迹
把凌乱的桌椅摆好
把发霉的垃圾倒掉
把阳台上的衣服收回来
那首没来得及写完的诗会有人帮我写完
那本没来得及读完的书会有人帮我读完
那支没来得及点亮的蜡烛会有人帮我点亮
最后是那抹长年没拉开的窗帘
帮我拉开，让阳光进来逗留一会儿
再拉上，然后用钉子死死钉住
整个过程井然有序，庄严肃穆
收拾完这一切
人们排队离开
再帮我把门悄悄带上

——《我知道会有那么一天》2014 年 7 月 19 日

对今天的我来说，这并不奇怪；奇怪的是，文字的书写并没有让他——如你我想象的那般——从死亡的阴影走出来，或者，因为它被如实地书写而被代偿掉。如同许立志将近一年前所写的《有题》："想死 / 你就去写诗。"（2013 年 12 月 4 日）"有题"是对"无题"的反讽：确凿无疑的死是"有题"的，不知朝暮的生倒常常是"无题"的。或者，生这个"无题"因为朝向死的方向而将变得"有题"；"有题"将成为"无题"的终结者，就像他写下的那样。也如同他在一年多前所写的《诗人之死》："作为一名合格的诗人 / 你都将死于 / 自杀。"（2013 年 9 月 21 日）——"自杀"似乎成为衡量一个诗人是否"合格"的尺子——这是否出于他对个人写作的不自信，抑或，他对自我诗人身份产生认同之后的一种心理暗示？总之，文字的力量似乎是在把人往阴暗里拽，而不是开一个口子让他从中逃脱；文字最虚幻的地方在于，它在一个虚幻的世界里让一切"变得"无比真实。

我可以说，《我知道会有那么一天》这首诗从头至尾的罗列有些不节制，以至啰嗦：它们涣散了而不是凝聚了读者对最后那个细节——"最后是那抹长年没拉开的窗帘 / 帮我拉开，/ 让阳光进来逗留一会儿 / 再拉上，然后用钉子死死钉住"——的注意力。然而，最后三行挽救了这首诗，让它重新立了起来，却把写诗的人真真切切地关在了一扇门外——门，只要稍微想一想这个物象 / 意象，就会知道门槛、界限、内外，以及明亮与暗黑、温暖与冰冷、自由与闭锁、广阔与局促等寓意。而门之内的“家”这个字的象形之一“宀”（音免），已在悄然中由遮风避雨的屋顶转换为诗人此前写下过的棺材盖，“用钉子死死钉住”的寓意因此变得更加显赫，更加触目惊心，“收拾好我留下的残骸”也得到恰当的呼应。一个人宁愿把自己的残骸留在门内供人忙碌，而另一个“我”在门外，在心满意足中，饶有兴致地观赏这一切。

今天可以这样想：一个抱定必死信念的人，他的诗可能是异常平静安详、有条不紊的，因此诗可能止步于罗列，倾心于絮絮叨叨，甚至少有转行、跨行这样的“转折”；因为“转折”已无必要，一切都是平滑平顺的。这在下面这首诗中有着更典型的体现：

这是谁都没有料到的
我一生中的路
还远远没有走完
就要倒在半路上了
类似的困境
以前也不是没有
只是都不像这次
来得这么突然
这么凶猛

一再地挣扎

竟全是徒劳

我比谁都渴望站起来

可是我的腿不答应

我的胃不答应

我全身的骨头都不答应

我只能这样平躺着

在黑暗里一次次地发出

无声的求救信号

再一次次地听到

绝望的回响

——《我一生中的路还远远没有走完》2014 年 7 月 13 日

奇怪的不是最后四行，因为之前已有无数人发出这样的信号，而似乎他们必得让身体结结实实地砸在地上发出更为巨大的信号才会引人侧目；也因为，“平躺着”的身体是在诗里，不在现实里，而今天的诗与现实的关系非常奇怪：人们不会把诗与“真实”的现实对应起来，他知道他读的是诗，是虚幻的东西。有点奇怪的是，“我”居然可以“再一次次地听到 / 绝望的回响”——“听到”“回响”也证明了这确是一个诗的世界。不过这回响与“我”想要听到的一模一样，仿佛来自另一个世界，比地狱要好很多的世界；或者说，正是这“回响”应和了“我”的“无声的求救信号”：绝望回应了绝望。也就是说，你的内心听到的只是你内心那个绝望发出的回响，“求救信号”在这个意义上并没有发出，或者自以为是地发出了，原本就不需要回响：它自己在那里嗡嗡嗡地叫。更奇怪的是，仅从诗歌文本角度看，这首诗不过是所有现代社会中绝望者的绝望的翻版，是每一个这样的绝望者对自己而言的最后一次绝望的回响；而对偶然听到的旁人，比如我来说，这仅仅是对绝望的复制。这种日复一日都在进行的复制，已经剥夺了“绝望”一词的原初意义，以及应有的震惊效果。是的，如本雅明所言，“震惊”早已没有了，如同“创新”真的是现代人祛除不掉的自我幻觉。（许立志有篇评论《小时代》的影评，其标题《在大大的绝望里，小小地努力着》，也不过是对电影台词那种原本是套话的翻版的翻版。今天看来，这种一再以翻版形式出现的自我抚慰，也叫励志，真的有用吗？）

是的，这首诗没有任何“新意”可言，而且还有他一贯的啰唆、絮叨。他忘却了诗人、特别是现代诗人应有的语言美德和风范：自控力、平衡感、节奏感、分寸感，等等。我可以冒昧地把这首 20 行的诗，“改写”为 11 行：

我一生中的路，还远远没有
走完。又一次的困境
来得这么突然，这么凶猛

我比谁都渴望站起来
可是我的腿不答应
我的胃不答应
我全身的骨头都不答应
我平躺着，在黑暗里一次次地发出
无声的求救信号
再一次次地听到
绝望的回响

但这不是许立志的诗，是“面目全非”的另一首。我想说的是，如果“绝望”毫无新意，如果“创新”纯属无聊游戏，如果这可怕的绝望在你我和那些已因此自尽的人身上都一模一样，你我无法对此再多说一个字，再多写一行诗，那为什么还要读诗，写诗？充当他人的绝望的回响，会不会真的是现代人的归途，如同无数绝望的现代诗人、作家、艺术家早已绝望地一再说出的那样？

世界将要终结。它唯一还在持续的理由就是它存在。这个理由是虚弱的，与其他所有相反的理由，尤其是这种说法相比：天空之下，世界今后将做些什么？……至于我这个不时体会到一个先知的荒谬的人，我知道我将永不可能从那儿找到医生的仁慈。迷失在这个邪恶的世界上，与庸众为伍，我是一个被抛弃的人。我的眼睛所能看到的，在过去，只有那么多年的毫无幻想和苦涩，而在今后，也只有折磨，没有任何新意、教训和痛楚可言的折磨。

（波德莱尔《迸发》）

不是波德莱尔说出了什么更深、更大的绝望；这就是绝望。因其只有绝望，不断有回响在回响。我提到“再”或“一再”：一再的绝望，一再的回响，一再的翻版，一再的悲剧……请重读上文许立志几首诗中的诗句，注意其中“再”或“一再”的一再现身——

我再咽不下了
所有我曾经咽下的现在都从喉咙汹涌而出
在祖国的领土上铺成一首
耻辱的诗

——《我咽下一枚铁做的月亮……》2013 年 12 月 19 日

最后是那抹长年没拉开的窗帘
帮我拉开，让阳光进来逗留一会儿
再拉上，然后用钉子死死钉住

收拾完这一切

人们排队离开

再帮我把门悄悄带上

——《我知道会有那么一天》2014 年 7 月 19 日

一再地挣扎

竟全是徒劳

再一次次地听到

绝望的回响

——《我一生中的路还远远没有走完》2014 年 7 月 13 日

还有那些我尚未引用到的诗句：

孩儿已不再是十几年前的那个孩儿

孩儿此刻空有一具躯壳

孩儿的灵魂不知在哪个夜里悄悄走丢了

此后再没回来

——《团聚》2014 年 7 月 20 日

我想再看一眼大海

目睹我半生的泪水有多汪洋

我想再爬一爬高高的山头

试着把丢失的灵魂喊回来

——《我弥留之际》2014 年 7 月 3 日

相反，如果按照许立志博客的发文顺序由前往后读，那些看起来离死亡还很远的诗，哪怕是写墓碑与鲜花（《悬疑小说》）、坟头（《三根骨头》）、棺材与棺椁（《诗人与匠人》《秋天的病人》《回溯》）、骨灰（《我究竟喝了多少》）、跳楼（“他想着想着 / 往前挪了一步”。2013 年 11 月 5 日）、自残与裹尸布（《洗澡》）、自我凌迟（《生活或者凌迟》）、灵车（《放下》），墓地、墓碑与坟头（《粉红》），等等，许立志都没有使用过“再”或“一再”。唯一的例外，是他辞世三年多前写下的《打工生活》（2011 年 6 月 12 日）：

线长说，都是出来打工的

没人逼你

我被这句话捆绑在

回忆的耻辱柱上

细数那些

再回不去的岁月

是的，那些岁月，沉淀诗中和没有被诗打捞上来的岁月，再也回不去了——这同样毫无“新意”可言，对死者也对活着的人。那么，把一再说过的“再”“再一次次”地说出来，究竟是为了什么呢？

克尔恺郭尔说：“绝望是一种精神之病，自我之病，可能相应的有三种形式：因为不知道拥有一个自我而绝望，因为不想成为自我而绝望，因为想成为自我而绝望。”（《致命的疾病》）打工者许立志拥有一个“自我”吗？写诗的打工者许立志渴望拥有一个“自我”吗？诗人许立志是由于想成为一个“自我”而不得而绝望的吗？

五

约瑟夫·布罗茨基在为另一位诺贝尔文学奖获奖诗人沃尔科特诗集所作序言中，举了一个例子，来说明他心目中这位“我们面前的巨人”是如何处理最常见的诗歌题材——月亮——“并使它自己说话”的：

慢慢地我的身体生长一个声音，

慢慢地我变成

一个钟，

一个椭圆形、无实质的元音，

我生长，一只猫头鹰，

一个光晕，白色的火

——沃尔科特《变形记，我 / 月亮》

布罗茨基欣赏这样的诗，以他的品位，我猜测是欣赏它朝向“纯诗”的努力——诗人紧盯着月亮，他是那种对看不透、看不穿的事物有着浓烈而固执的兴趣的人。他是偏执狂，偏执到要用许多不同的说法来试图说清楚这个事物，而让它仍然是它自己。作为诗人的布罗茨基并不一定欣赏其中的“创新”；源于“影响的焦虑”而做出避开动作也许是一种最简单的“创新”，但不一定是属于诗的创新，或者是那种让你眼中事物焕然一新并全然改变你对事物认知的创新。沃尔科特诗中的这个隐喻——“白色的火”——将永不会熄灭，因为有诗的“声音”的手掌围护着它，即使在汉语中这“声音”有所变调。有这样的诗歌存在，布罗茨基称月亮为“最不可触摸的诗歌题材”，并由此褒奖沃尔科特，就在情理之中了。

诗人许立志也触摸过这个“最不可触摸的诗歌题材”，在《我咽下一枚铁做的月亮……》中：

我咽下一枚铁做的月亮

他们把它叫作螺丝

我咽下这工业的废水，失业的订单
那些低于机台的青春早早夭亡

我咽下奔波，咽下流离失所
咽下人行天桥，咽下长满水锈的生活

我再咽不下了
所有我曾经咽下的现在都从喉咙汹涌而出
在祖国的领土上铺成一首
耻辱的诗

2013 年 12 月 19 日

我不能因此说沃尔科特诗中的“钟”“椭圆形”“无实质的元音”“猫头鹰”“光晕”“白色的火”这些意象苍白，缺少许立志诗中的体温与热血。因为这世界有多复杂、诡异、荒谬，人有多复杂、诡异、荒谬，诗就有多复杂、诡异、荒谬；而判断诗歌的唯一标准，按布罗茨基或阿伦特或本雅明的说法，是语言的铸造，以及其中的对看似一切正常的现实的撞击与粉碎。但是，如果说许立志的诗句更让我如鲠在喉，难以呼吸，不仅仅因为他写到“喉咙”与“咽下”所引起的读诗者的生理反应，写到他因咽不下的东西喷涌而出时深感耻辱却无人知晓他的耻辱，毋宁说，是因为我自己不可能把半空中的月亮与“铁做的”、与螺丝联想在一起；是因为我对铁是麻木的，不像它对他那么尖锐、锋利。说白了是因为我于月亮也是司空见惯、无所用心的，相反，作为诗歌评论者，我对任何人在诗中写出月亮始终是警觉的，多半是抵制的——我如果说，绝大部分写过月亮的诗人对月亮是没有“个人感觉”的，那是因为我武断地判定这是出于他们对于自己的没有感觉，“月亮”在他们诗中的现身多半成了他们对世界万物的没感觉，或假装有感觉的罪证，就像我自己对自己的判定。许立志不同：一个人依凭想象——其实是生活——把月亮变得如此中国，如此现实，如此冰冷——这冰冷需要在它通过你的喉咙时才不会是抽象的——然而，它最终不过是落在地上叮当一响的螺丝而已。“铁锈”“水锈”成为珠三角打工诗人共有的诗歌“关键词”绝非偶然：这是对锈迹斑斑的生活的见证与抗议，同样是对那种锃亮、炫目、浪漫、富足……但与己无关的生活的见证与抗议。

六

我希望不再把诗人分类，诸如，“打工诗人”“学院诗人”“农民诗人”“军旅诗人”“钢铁诗人”“校园诗人”“美女诗人”“富豪诗人”“土鳖诗人”“官员诗人”……

我希望诗人能像余笑忠所说、张执浩诗集集名所用的那样：“撞身取暖”。不仅仅在寒冬，在乡村，在童年，在简陋破败的教室，在单薄的棉袄露出花絮，在欢笑中，在龟裂的土坯墙一隅。

诗人不需要拥抱在一起，只需要自觉为一体。因为诗人是个共同体，共有着理想、信念和理性。

诗人今天应当感到从未感到过的团结一致的必要——我说的是作为诗人共同体团结一致的必要，不是诗歌写作团结一致的必要；我说的是必要，不是必需。

并不是通常想象的那样，因为诗人的极端个性，他们会四分五裂，成为原子式的孤岛。只有极其个性的人，才有可能团结在一起，不再离散；那种团结才是有意义的，值得翘首以待的。诗人的极端个性不需要证明；如果需要一个理由，这理由是：他们是诗人。

我这样说还因为，不只是在今天，诗人这个共同体是被"大众"——"大众"无所谓共同体——所排斥的："他们"是另类的，跟"我们"不一样的；"我们"在好好过日子，"他们"在兴风作浪，惹是生非。诗人很早就被看成另类的，由此导致的后果之一，是许多写诗的人急于洗刷自己身上的另类标记，仿佛回归正常成了为自己诗人身份正名的唯一和最好的方式。而另一些诗人对此的持守会被视为不合作；问题不在于不合作，在于不合作今天会成为某些诗人的有用标签，其"市值"在炒作中不断被哄抬。

人们总是在自己的想象中打量诗人，并把他们描绘成他所想象的那个模样，这无可厚非。问题是，人们这样做的时候，没有也无意愿去倾听诗人自己的声音。诗人很可能替我们发出了我们因为种种原因或顾忌没有或不能发出的声音，我们却很可能嫌恶地称之为矫情。在这个意义上，把许立志与海子比附在一起并非没有道理。而从古至今，诗人如果有某种特权，这特权是：他可以不倾听任何人的声音。

无论诗人想要还是不想要，他与“大众”的对立都不可能被取消，不管“对立”的含义怎样被后者所理解。这无关紧要。许立志在诗中用“冲突”表达了这一点：

他们都说
我是个话很少的孩子
对此我并不否认
实际上
我说与不说
都会跟这个社会
发生冲突

——《冲突》2013年6月7日

所以，阿伦特情不自禁地感叹：“……在20世纪以及其他任何时代，要做一位诗人是多么艰难。”（《贝托尔特·布莱希特》）

诗人的艰难不可能安息。没有安息可言。但我愿意祈祷，诗人许立志，安息吧！希望一切如你我所愿。

我向你们谈到这些

纵然声音喑哑，舌头断裂

也要撕开这时代的沉默

我谈到血，天空破碎

我谈到血，满嘴鲜红

——《我谈到血》2013 年 9 月 17 日

2015 年 1 月 16 日凌晨　武昌素俗公寓

◇　作者简介　◇

魏天无，1967 年生于湖北荆门，自幼在湖北江陵长大，祖籍河北饶阳。1988 年本科毕业于华中师范大学中文系。文学博士，华中师范大学文学院教授，兼任湖北文学理论与批评研究中心、华中师范大学诗歌研究中心研究员。曾为美国孟菲斯大学（UM）交换学者（2012—2013）。出版专著（合著）《真无观：与他者比邻而居》等四部，诗评集《同时代人：诗意的见证》，随笔集《高过头顶的句子》，发表论文、评论、随笔、诗歌百余篇（首）。

重温海子：被污辱与被损害的[①]

魏天真

一

看到那个视频，难过得很。海子的妈妈站在台上背诵海子的诗。当她出错或忘词的时候，在旁边悄悄提示的人据说是海子的兄弟。我希望自己能在现场，以请求他们让那位母亲下得台来，情愿替她示众。我理解一个从来不曾在舞台、讲台或其他什么台上说话的居家女子，在此情此境中的紧张。我也能够设想海子的反应，如果他此刻是在天上，看着母亲这样，一定泪落成雨；如果他还是躺在地下，他一定感到了脚趾们踩踏的泥土压在他面颊上的重量。

这一切似不可原谅的，又似无从埋怨。

各人角度不同，而许多人都会同意这个看法，一位母亲听到儿

① 载《汉诗》2015 年第 1 辑。

子的诗在四处传扬，一定是自豪的；如果她能够亲口诵出儿子的诗句，也会倍感欣慰，但它发生的前提是，这必须是自然而然的行为——现在哪里会有这样的状态呢？于是我又设想，如果我是海子的兄弟，我将如何组成一支小小的游吟的队伍，诵诗的队伍，去往人群密集或人迹罕至的地方，把诵读传播他的诗作为一项终身事业、糊口的职业更兼精神寄托。我绝不强母亲之所难。母亲只会受她的小儿小女的牵制，但她的意志不应该被成年的儿女们支配，爱诗之人当比其他任何人更懂这一点。母亲会陪伴我们，目送我们，似懂非懂地欣赏或打趣我们，不解而又关切地打量我们。如果这真是一个尊重诗歌的世界，还有尊重诗人的世人，那么，凭海子的诗这个巨大的宝藏，弟兄姐妹借以谋生的同时，还会给这个躁动、薄情的世界吹送一股温润的清风。但眼前这世道！这些人，却是这样以诗的名义，把母亲陷于一个惶惑的境地。

我谁都不是。只能怀着巨大的不适和深深的疑惑，看着诗人的母亲，一个素被唱赞颂扬而浑然不觉的对象，此刻成为无法回头的卒子和不能胜任的媒介，她的质朴、贫困和苍老的容颜不能再次转化成荣耀，反而被人从过去的荣耀中撕扯出来。即使所有的观看者都怀着最大的真诚和最高的善意，她的出场引起的也是不便道出的怜悯和悲哀。而她本来应该是一位悲伤但骄傲的母亲。海子也许会簇拥着母亲四处流浪，绝不是牵引着母亲走向表演的戏台，后者会使他感到羞耻。而羞耻早就在海子身后变成奢侈了。人们把一位大地上的母亲强行带到人工搭建的展示平台上，作为一个触目惊心的实例，证明这世界如何把冷酷变成了一种热烈而持久的习惯。

我听见海子的妈妈念的是这首《亚洲铜》，我也借此重温被践踏、被涂抹的海子。

二

亚洲铜，是海子对名为中华或华夏的这块土地的再次命名。这块最古老、幽暗、坚硬、沉寂、厚重的土地，他把它命名为亚洲铜。这是铸造黄钟大吕的、青铜戈矛的、布满暗绿的锈蚀的铜，然而对生民而言，这唯一一块活人的地方却并不养人，所以草民如草，站在自己细小的腰上，极易摧折、弯曲，却也生生不息。

有谁曾经说过海子是用亚洲铜指代北方，这不对。亚洲铜绝不只是北方，虽然海子凝视、歌颂、热爱北方。否则他看不见屈原遗落的鞋子，更不会邀请河流和我们一起穿上它，海子深谙屈原的精神也承接了屈原精神。鸽子，或屈原遗落的鞋子是精魂，也是精神之舟。

这首诗最后的一节：“亚洲铜，亚洲铜 / 击鼓之后，我们把在黑暗中跳舞的心脏叫作月亮 / 这月亮主要由你构成”，世世代代仰望星空的我们对月亮寄予太多情思，以至于虚幻的月亮与结实的黄铜渐渐合二为一。它鉴照着青草的现实与梦想。如草之民也在精神上将它据为己有。

如果带着静穆走进这首诗，你会看见海子构筑了一个亲近而又旷远的空间，声音和形象灌注生气于其中。首先“铜”的两次重锤，形成节奏的持重轰鸣；接着是青草主人现身，仿佛一个由高大滞缓的卫士守护的一个弱小、执着、忠诚、钟情的主人；“你的主人却是青草”“野花的手掌和秘密”，这些卑贱、弱小、神异的物象顺势连接在一起，在低微的内部生成了一种与美、意志、理想相关的广阔、敞亮的空间。厚重、沉拙的铜的声音与野花的形象，黑暗中的舞蹈，在激越的鼓点中的如心脏般颤动的月亮，所有这一切，只有经由静默地阅读，它们的意蕴和韵味才能随着文字一波一波地展开。他营造的空间很大，留给读者的空间更大。海子把读者看得很高，读者却将他轻慢，匆匆一瞥，便弃置于熙攘！

海子本就是孤独的，就连他的孤独也屡遭误解。看这首《五月的麦地》：

全世界的兄弟们
要在麦地里拥抱
东方，南方，北方和西方

麦地里的四兄弟，好兄弟
回顾往昔
背诵各自的诗歌
要在麦地里拥抱
有时我孤独一人坐下
在五月的麦地梦想众兄弟
看到家乡的卵石滚满了河滩
黄昏常存弧形的天空
让大地上布满哀伤的村庄
有时我孤独一人坐在麦地里为众兄弟背诵中国诗歌
没有了眼睛也没有了嘴唇

跟凡·高一样，海子身处寒凉而向往温暖。正因为被物质贫困所牵绊，诗人才将心胸、眼界放大到无限，他的善意及热望在这个寥廓的空间集聚而成的暖流，让读者深深地浸没。当诗人由追忆幻想再次归于混沌时，那混沌是一种最高的智慧、精神、爱与美的大和谐状态。可是，我们也忍不住要追问，生存还是一个难题的时候，诗人从这种梦想中醒来，看见卵石滚满河滩、黄昏充塞穹庐、村子布满哀伤……到底是什么使他相信，在麦地，在那青黄不接的时分，那些跟他一样的劳苦兄弟可以用诗歌来填饱肚皮，或者干脆忘掉感官？只能说是他臻于极致的善良，是一颗倔强的灵魂在被贫困的现实践踏时激发出的高贵的幻想。

世人不相信也不需要这样的幻想，甚至对它深恶痛绝。

三

海子说要做物质的短暂情人，注意，不是主子也不是奴隶，是情人。

因为热爱生活热爱生命，他也短暂地迷恋物质钟情于物质，但是短暂的。进一步地，他果真迷恋物质吗？不。在另一首写麦地的诗里，海子道，“妻子们兴奋地不停地用白围裙擦手”。这一句足以表达他无意于物质。他所说的物质的短暂情人，其实也是精神上的。就像“麦地”只是他诗歌的一个活动的场所，是他想象的跟想象中的兄弟畅谈、畅想的场所。他真想对俗世的繁难视而不见。

现实中的妻子们，她们兴奋的时候衣着时髦、神采飞扬，什么都可能，就是不可能系围裙。如果真有一位像过去那么朴实的妻子，是我们所能想象的最贤淑、最忠贞、最强壮、最操劳的妻子，她们会系围裙，黑的、青的或花布的。系白围裙的女子形象只会出现在西方，那是欧美富贵人家的讲究的使女的装扮。海子被那种形象所感染，借了来表现理想的妻子的朴实、圣洁，这是服从于他“为众兄弟朗诵中国诗歌”这一情景的需要，也是服从于他对精神王国的幻想的。

生存困难已极，而他兀自地营造着世界大同。而当现实的世界大同于物质的丰盛与市场的一统时，他的幻想又制造了另一个时空——麦地。这是相对于地球这个在物的丰盛中走向荒凉的所在。他一面对现代人不抱希望，一面又期待着无非现代人的读者。人们说他是农业时代的最后一位诗人，我要说他是后现代之后的第一位重拾理想的诗人。

他《九月》是一首悲歌，第一行就定下了调子：“目击众神死亡的草原上野花一片”，最醒目的是野花，而众神死亡也是一个强烈的刺激，这一切为诗人所目击。所以，《九月》是关于人类命运的悲歌。神之为神，以其不死也。诗人却说众神死亡——不死的众神如何都死了？当然是死在人的意识中了。人背离神，背离了信仰，背离了灵魂。说神死了，其实那也是绝望的神放弃了人。人回到无知无识任由本能驱使的状态。这时，静立澄明的野花才是万物之灵，是草原的新主人。草原目击众神死亡，实乃众神目击人的精神死亡。野花是沉默的见证者。

或者，在死、荒败、腐烂之后才生出野花。欲望滋生，伴随着物质的速生速朽，众多的腐物尸殖使这里成为一片新的孕育之地。诗人前不见古人后不见来者，只有马尾做弦的马头琴，还有马，是他的旅伴。精神创造者必定是流亡者，既是被动的，也是选择的。当他说道“我把这远方的远归还草原”时，他放弃的是他所说的现代人的浅薄的欲望。即使是一个人也要坚持，“只身打马过草原”，到头来，还是诗人目击了一切。

诗人目击一切，道出一切，提供一切。可是世界上的人们不需要。人们只看到他的不谙人情，束手无策，而不懂得他之所以不能与人为伍，实际上是因为他太敏感，洞悉了人性及人类命运。

没有人性的自知之明和知人之明，会践踏诗、践踏诗人、践踏人。如今这种践踏又有了新路数，人们把热衷于左右逢迎、擅长拉朋结党定义为情商高，把轻薄狎昵、交易算计，叫作爱。于是，诗人与世界的天然距离越来越大，他又必得生存其间。所以才有伟大的文学家，写出一个又一个被侮辱与损害的人怎样爱着这个侮辱和损害自己的世界及人们——卡夫卡就是这样，而海子，差不多就是卡夫卡笔下的一个主人公，凡·高亦如此。于是，诗人与日常生活的距离既是有意识的也是本能的。说是本能的，是因为他的爱反使得他难以适应当下世界，不得已而流浪、流亡；同时他又有意识地推开眼前的一切，我们从海子的诗中可以看到他甚至把整个世界、整个地球给轻轻拨开，而建立自己的宇宙——这是他对读者的最高的敬意，最热诚的邀约，最真挚的礼物。

他用他的诗建立了一座殿堂，世人去拆他的院墙、屋瓦，然后指着地上的野草野物哂笑他不够富贵精致。

他像一座青山，人们却只想开发宝藏，而嫌弃它不是一座富矿。

所以，他只能在全世界的荒凉中，只身打马过草原。他说活在这珍贵的人间。我们活着，还在试图理解人间的珍贵。他最终知道了自己的珍贵，便弃世而去。

2014 年 12 月 12 日　武昌素俗公寓

◇　作者简介　◇

魏天真，1966 年生，湖北公安人。曾用笔名唐晓是。1988 年本科毕业于华中师范大学中文系。现执教于华中师范大学文学院。已出版《求真的愉悦——我读李洱》《自反性超越：女性小说的非女性主义解读》等学术专著。诗评随笔集《真无观：与他者比邻而居》（与魏天无合著）。并在《读书》《今天》《作家》《外国文学》等刊物发表各类作品百余篇。曾在《新快报》《汉诗》《语文教学与研究》等报刊开设专栏。

谪[1]：一个纯属虚构的故事

剑男

序

在正午强大的光线里，在事物深度的
阴影中，一群乌鸦出现在凉州上空

“——这么多的乌鸦
就像一片乌云铺在空中。”

有人不安，有人惊悸，“人世间有冤魂
乌鸦集体为他们披上了黑纱”。
——我想从前那些在宫廷为黎民

① 谪：1. 略。2. 指神受到了处罚，降到人间。3. 责备、指摘。——《现代汉语字典》，第1642页。

撞向廷柱的头颅，在牢狱中绝望地
将头颅伸进绳索的士子是不是它们的剪影?

“朕见不得这些百无一用的书生
像一群乌鸦把朕的天下越描越黑。”
我也想起大秦帝国，百姓
青衣皂服，像一群乌鸦葬身大地

“——如果这些不屈的冤魂
从来就不曾转世，他们在空中
是不是加厚了这片乌云？”

在正午强大的光线里，乌鸦像
一阵悲风掠过荒凉的大地，有人
这样愤慨地质问，如古老的大地上
呈现的青烟、屋顶、良田和坟茔

第一章

公元某某 38 年，屺作为一个哲学家、神学家，那个时代最尖锐的思想家和宗教叛逆者被当局政府处以极刑——绞刑。据传，由于王国对舆论的恐惧和对屺无懈可击的精神力量的畏怯，刑场被秘密设置在王国城堡西侧的一座庞大的废弃建筑群里，当时在场的只有一个典狱长和两个头戴黑色面罩、身穿黑色长袍的刽子手。

这是散佚在民间的《世事补遗》上的记载，也是几百年来关于屺死亡之谜的一个比较完整而又简略的记载。

作为最早记载这一事件的《世事补遗》实际上只是一部集民间传说和鬼怪故事于一体的志怪书，何以会出现关于屺的这一段文字，伯第一次见到它就感到非常纳闷儿，觉得不可思议。他把这本发黄的纸页上的古老方块汉字看了一遍又一遍，仍是百思不得其解。其时伯正在做一篇关于屺哲学思想的博士论文，在这篇估若长达 30 余万字的论文中，对于屺的死亡之说伯沿用了两个传统的说法：一是屺是自动隐居消失于这个世界上；二是屺后来逃亡到邻国继续发展他的学说。他正感到这两种结论均不符合屺性格的逻辑发展而又束手无策时，不想从仲处看到了这本《世事补遗》。伯先是惊讶，接着他就开始冷静地思考这一疑案了。1. 如果《世事补遗》上记载的是真实的，那么屺作为一个哲学家，他与那个时代的对峙无疑是尖锐的；2. 如果《世事补遗》也只是流行的关于屺死亡之谜中的一种，又是谁站在什么立场上使之与那个时代对立起来；3. 会不会存在其他的可能，比如，屺从来不曾作为那个时代思想的对立面存在过。尽管伯从内心倾向于《世事补遗》上的这一说法，但面对一向扑朔迷离的历史，伯认为应该首先澄清这一事实。

第二章

伯是那年秋天的一个黄昏到达凉州的。

作为上个世纪真实的证实和遮蔽。凉州仍然在它繁华喧闹的表面潜藏着上个世纪阴暗而又潮湿的气蕴。凉州至今还是一个不设城墙的自由散漫的城邦，人们可以毫不费力地从各个方向进入城里。商贩、艺匠、宗教信奉者、游医和各种琳琅满目的商品充塞着每一条街道，人们穿着各式各样的衣服横穿其间。令人奇怪的是，这里任何一个机构、一个商店及一个家庭在照明上都拒绝使用电器。它们只点那种又红又大的蜡烛。伯不知道这一习惯是从什么时候沿袭下来的。但作为屺曾经生活了大半辈子的地方，伯总觉得这种因循守旧、墨守成规的生存方式和屺充满自由的哲学思想不相符。伯到达时，城中正摇曳着千万朵烛火，它们在恣意穿过这座城堡的西风中忽闪着，有一种神秘而又恐怖的气氛。如果说白天的凉州是现代的，那么晚上的凉州又像回到古代了，时间这种奇诡的双重显现使伯感到很有意思，就像真实的时间和死亡又虚妄的历史在一部书中尴尬的面孔一样。但当他推开窗透过千万朵飘忽的烛火看到城堡外一尘无际、浩瀚的草原，他又不得不承认凉州是一个适于冥思和幻想的好地方。

叔是天完全黑下来的时候来到伯住的旅馆里的。叔在伯的印象中再现了古人的风貌。他在一支忽明忽暗的烛火中盘腿坐下来，风把他长长的胡须微微吹动，显得无比温文尔雅。他是那种叙述起来节奏缓慢但简洁而又充满了力量的人。伯不得不承认叔的声音非常迷人，有一种遥远而又古老的气息在其间弥漫。

第三章

一个人与一个时代的对抗，这就是屺一生的总结。

伯不能设想一个手无寸铁的书生与一个拥有一个王国、拥有庞大的军队和其他组织的机构的较量。对于屺，他一开始，就注定要失败的。他选择一个失败的结局来开始他的事业，这不知能不能说是一个错误。如果是一个错误，那他也是妄想以自身的错误指出这个时代的错误。屺是不能被消灭的，即使他也被处以绞刑。因为谁也不能说他战胜了一个根本不具备抵抗力的人。屺在世俗人的眼里只是一个百无一用的书生，对于敖来说，也是一样。敖后来之所以不能容屺，他根本就没有看到在屺身后巨大的、无形的精神力量，他容不下屺，只不过他想找人行使一下他的权力罢了。敖是个草包，战争是屺一个人的战争，屺向那个时代开了一炮，但他从未将敖作为他的对手。叔这样给我说道。他并不认为屺是一个失败者，他对敖明显贬低的语气充满了激动与悲愤，在这样微凉的夜晚就像一个人悠长的哀怨和喟叹、落寞，又无可奈何。

伯拿出《世事补遗》和伯正拟写作的《屺的哲学思想》一书的提纲。

与伯一样，叔对这样一本志怪书上出现那一段关于屺之死的文字大为困惑不解。他把那些发黄的纸片几乎从头翻到尾，然后说，这是公元某某 50 年前后的印刷物，它与屺失踪的年代是那样接近，按理它应该是具有相当的历史文献价值的，然而是什么原因使得它和这样一些奇谈怪论的文字在一起的呢？叔做了如下的推测：1. 可能编著这本书的人是一个和屺或屺的家人关系十分密切的人，他从某处得知屺的死亡消息，为了避免王国对屺死亡消息的封杀，故意把他编在这样一本志怪书里。2. 屺在世时是一个神秘而又传奇式的人物，编者之所以把它收进去，可能是把他的死当作一个纯粹的人物掌故来看待，因此它可能仍只是一个来自民间的传说，此外再找不到第三种可能。

第四章

屺是那个世纪初从这个世界上神秘地消失的。在伯准备做他那篇毕业论文时，他对屺的生平还知之甚微，叔的叙述充满了古典而又哀伤的氛围，顿使伯觉得一个人灵魂的敞开与蒙蔽，它是那样遥远似乎又触手可及。

第五章

凉州在屺在世之前更早的时候是空前繁荣的，素有“东方王城”

的美誉。可以说是一个充满了民主与自由的城邦，它灿烂辉煌的文化是以“牧神教”为代表的，“牧神教”的核心就是崇尚自由、散漫。在那时，人们看到的是一片祥和和安宁，每一个人都是他人心中的神。著名浪漫主义诗人沙栎的“神卸下他沉重的甲胄，在山坡上牧羊”，就是指的当时凉州方圆数千里的景象。你可以想象当时凉州的盛况，人们从事畜牧业、工业、自由贸易，他们生产的羊毛一直被贩运到欧洲及更远的美洲与非洲，凉州甚至一度成了东亚的经济贸易中心。但到敖执政的时代就日趋衰落了。你知道，一个过分自由甚至有点散漫的民族，它终将会陷于自己铺就的厄运，就在凉州繁华到了巅峰的时候，邻国胡、桀、姜就对它的繁华进行瓜分抢掠的准备了，并在敖执政不久后发动了侵略凉州的战争。由于敖的臣民对战争已经发生的浑然不觉，再加上自由散漫惯了，凉州很快就成为他人的城池了。而敖和他的大部分臣民则被迫躲到西南红山一带。红山的贫瘠和凉州的富裕一比较，马上使敖和他的臣民陷入绝望的困窘之中。怎样使自己的臣民恢复昔日的繁华并回到自己的家园呢？如果我们认为敖只不过是一个窝囊的国王，那就错了。事实上，敖不久就发现了另一种令他的臣民重新富裕起来的东西——罂粟。你知道，罂粟这种植物是非常值钱的。敖马上制订了一个十分周密的复国计划：大量贩卖罂粟到欧洲换取武器来收复失去的疆土。一时间，敖的整个臣民都行走在漫山遍野的罂粟花之中。由于陡然失去金钱的人们对金钱异常的欲望，他们极少去种植粮食及生产其他生活用品，他们只知道罂粟、罂粟、罂粟，以致钞票之多与这个王朝物质的空前匮乏成为当时世界上的一大奇观，人们聚积大把大把花不出去的钞票却整日沉浸在缺衣少食的困苦中。在红山南部一带，种植罂粟的员工们甚至燃烧钞票用来烤火。那里的窑子也是出名的，据史书上记载，红山一带在那个时候汇集了数以万计的妓女，妓女种族之杂、来自国家之多和姿色之漂亮是任何一个地方也不能和它相比的。王朝除了大势收购武器外，唯一的消遣就是赌博和把钞票像树叶一样塞到妓女们的身体里。后来有的史学家认为敖收复凉州不具备有民族、爱国及英雄之类的意义。的确，敖在某某01年夏天收复凉州后与他在没有失去凉州之前是迥然别样的。第一，他重新建立了一种新的宗教——圣教，把自己作为神的使者或者说他就是王国的神（也许是吸取那次教训，是强权政治的幌子）；第二，建立了一支庞大的军队（作为王国安全的保证）；第三，颁布一部横征暴敛的赋税法典（为了满足他在红山形成的积敛财富的欲望）；第四，设置了十八种钳制人民的王朝机构（包括宣传、舆论及各种生产管理）。从这些举措中你可以看到，历经一场劫难，自由的凉州走向它的反面了。凉州的人们也从以前的自由沦落到受奴役的地位。敖要把他的臣民驯服成一群绵羊，除了执政者们的绝对权力意志，民主和自由的气息已经荡然无存，甚至没有个性的话语，更是没有与王政稍微不一的声音。根据屺的一些资料，屺可能就出生在这一时期，尽管我们对屺三十岁前的事迹几乎一无所知。

第六章

一个无风的黄昏，伯一个人漫步在校园中，他看到在一棵樟树下一列长长的蚂蚁在运一张苹果皮。在蚂蚁急速的行动和伯看似缓慢的节奏中，伯又想到了屺。是什么使屺像这些蚂蚁一样在搬动比他强大数十倍乃至数百倍的一个时代和它的王朝呢？叔为他讲述了屺出生的背景，但对屺短暂的五十多年的生涯中居然有30年的空白，他不禁为历史感到深深的悲哀。历史是由人民创造的，但是由统治者按他的意志编纂的。从“编纂”二字上就可看出，历史可以像编故事一样来诓骗、可以篡改。现在他倒对屺的死亡不再那么看重了。无论是隐匿、逃亡还是被处以绞刑，伯觉得这都无关宏旨，关键是屺，他是怎样搬动那张“苹果皮”——以自己弱小的躯体撼动那个时代的。根据叔的推测，屺要么出生于富于浪漫色彩的经学世家，要么就出生于一个世代穷苦的家庭。他的判断依据是与他同一时代的哲学家、思想家几乎均出自这两种家庭。伯想，屺应该是出生在叔所谓的第二种家庭。因为那更符合屺叛逆性格的形成。对于屺而言，他对那个时代深深地切入、尖锐的抨击无疑是他遍尝人世间的苦难后而挥戈相向的。这从他流传于后世的著作《贫富论》和《理想王国》中可以看出些许端倪。问题是，对一个哲学家既不知其生又不知其死而去阐释他的哲学思想，伯认为这是一个太大的缺憾。

第七章

屺是在某某34年冬天的一个夜晚和他所处的时代开始对立起来的。

叔说。叔是那天午夜后说这番话的——

凉州的冬天是特别寒冷的。凉州是那样一座城邦，它耸立在一马平川的辽阔而浩瀚的草原上。从前“牧神教”时期不设城池，在敖的“圣教”时期，它仍然是那样敞开着。所以冬天一到，强大冷峻的北风、西北风就对它长驱直入，把整个凉州浸在一片寒冽中。那时候，人们言论的自由遭到了极大的限制，下等公民们除了在圣教的庙宇听教士们布道或为敖做祈祷时可以聚合外，哪怕在整个冬天里，无所事事的人们也是不允许三五聚集的。人们只能看到炉火烤化漫长的冰雪直到春天来临（一个时期以来，在敖的高压强权统治下，人们已经从遍地罂粟时的暴富又变成一群穷苦的老百姓了，这种从历史看上去的瞬间的角色转换使他们眼中和心里都充满了怨恨）。我们可以设想这是一个暴风雪的夜晚，人们按照惯例在金碧辉煌的庙宇里为敖做祈祷，不知谁说了一句这样的哑巴兼奴隶样的生活我们不能忍受的话，屺就走到炉火前面去了，在众人的嘈杂声中开始做我们现在还能看到的《论政府的良心》这样一篇充满激情和煽动力的讲演。同时我们也可以设想，屺的这番演说是极为成功的，他把人们久蛰于心中的不满情绪调动起来了，否则我们也就无法解释后来那场昙花一现的牧民暴动及屺怎样当上这场暴动的领导者。

第八章

据伯所知，屺与当时王国的对抗确实是从那篇被人们称为檄文的《论政府的良心》开始的。在伯开始准备做这篇博士论文之前，伯就把屺这篇论文看过好多遍，到现在伯还可以记得这篇长达 1 万字的论文的概要。它的主要精神或者说核心是由以下几个观点组成的：

一、根据自然的法则，权利和义务是平等的。政府的法则和自然的法则一样，应该体现公正、良知和仁爱。

二、政府的良心诸种形态：自由和意志的和谐；健全的符合大众利益之法律；启蒙教育的普遍性；财富共享。

三、关于腐朽政府的重建及暴力革命的合法性。

屺在这篇文章里大部分内容都是针对当时王国的独裁、专制和腐败而来的。他剖析了敖统治的凶残成性，造成王国人们苦难的根源，提出了合理的、理想的社会模式，并且暗示人们应该站起来建立属于自己的王国政府。现在看到，屺关于社会模式的勾勒带有乌托邦性质，但在当时对于处在最黑暗、最底层的牧民们来说无疑是绝望中投下的一颗照明弹，它向牧民们指出了某种光明途径的可能。

第九章

那场轰轰烈烈、短暂的牧民暴动是在第二年春天开始的。伯至今仍不明白的是，从那年冬天屺发表那篇檄文开始到第二年春天这样一段漫长的时间里，屺他们的行动为什么没有引起敖的注意？是敖没有听到屺煽动性的演讲这一事件呢，还是敖疏忽了屺这篇演说的严重后果？显然前者是不可能的，但后者又不符合敖残暴专横的本性。也许敖觉得是地方谍报机构的过分渲染，使他想看一看屺这只蚂蚁是否能撼动大树吧（这是敖当时主持编著的《凉州史录》中对这场牧民暴动的比喻）！反正后来这场暴动终于发生了，敖从此开始了与屺漫长而又伤透脑筋的精神对峙。

这场暴动是从凉州最北边的城镇瓦开始的，那是 3031 年的春天约四月中旬的时候。牧民们打着“均贫富、要自由、恢复牧神教”的旗号，他们先是一夜之间攻下了瓦，接着在第七天攻下了临近瓦的途。他们每到一处之前，都要请屺先写一篇极富煽动力的文章，然后印成传单到各处散发。我们这样说吧，牧民们的暴动其实是没有付出多少暴力行动的，几乎是他们的旗帜举到哪里，哪里的牧民们就纷纷响应——他们自愿打开城门，献出自己的谷酒和粮食——甚至包括一些处于下层的政府官员和城防卫队。后来，人们说是屺的一篇文章攻下一座城池，伯觉得这尽管有点夸大其词，但也不为过。的确，由于屺的思想在凉州整个北部远比春风更为迅疾地流传，当敖觉察到牧民们的暴动对他的王权造成威胁时，整个北部已经变成一块自由的土地了。对于统治者而言，哪里有反抗，哪里就有镇压。显然，敖是不能再无视屺他们的存在的。很快，敖就调集了一支装备精良的数十万人的军队浩浩荡荡北上了。我在前面讲到，牧民们的暴动其实是没有付出多少暴力行动的。他们面对这样一支装备精良、训练有素的军队很快就显得束手无策了。敖到达后并没有急着攻打他们，而是发出通牒，让牧民们在七天内选择好是要死还是要活命。他们就这样相互坚持了六天，到了第六天晚上，暴动的两个头领就跑去问屺，他们该怎么办。屺说，杀生起义舍身成仁吧。那两个头领就把屺绑了起来送到敖那儿去了。至于那两个头领在敖那儿是否说了我们是一时糊涂都是屺煽动我们起来暴动的话，伯不得而知。但那场所谓的起义是以敖不动一刀一枪而取得胜利的。

第十章

伯在做他的《屺的哲学思想》论文时遭遇到的这个问题令他十分头疼。一场民心所向的牧民暴动在并没有什么强大的武装力量的情况下何以会那样迅猛地在一个春天席卷整个北方而又消逝得那么迅疾？如果说它的迅速发展是因为屺的思想深入人心，但它的终结意味着什么呢？这场暴动面对敖的镇压居然没有做一丝一毫的抵抗，这是屺的悲哀，还是历史的悲哀？显然，单纯地把暴动的失败归结于牧民们的软弱及暴动组织本身缺乏坚强的领导核心是不对的。但伯觉得除此以外很难找到一种更为合理的解释。屺后来在流放凉州最西端的耶的时候曾写过一篇题为《某某 31 年的悲哀》，提到这场暴动时说历史是不能被诠释的，哲学是一种永远游离于历史之外的腐质，暴动并没有失败，但哲学失败了。伯觉得这也不能对这一事件做出解释。伯后来在论文中小心翼翼地提出了“哲学的虚妄”及“哲学与行为的冲突”的观点，企图以哲学的抽象（虚妄）并不能调和物质世界现存状态的说法来从理论高度上概括这一事件，认为抽象的精神诱惑里没有触手可及的物质诱惑更是它失败的原因，伯是基于以下感性现象而做出结论的：1. 你帮我搬走这块石头，我就给你五个金币或你帮我搬走这块石头，你将会幸福，一般情况，前者才有行为的发生；2. 当一个人处于极端饥饿的状态下，你说帮我搬开这块石头我给你饭吃；或我给你饭吃，吃完后帮我搬开这块石头，后者更具诱惑力；3. 你帮我搬开这块石头，我给你五个金币，并每给我干一件事，我都给你相应的报酬，这才有行为的持久性。

第十一章

屺一生中唯一的一次监狱生涯也就是从那次暴动失败后开始的。在判屺入狱之前，敖杀掉了那两个暴动的首领。刑场布置在凉州南门外的法场上。那是一个非常戏剧化的场面。敖敲响了复国以来的第一次大钟，宣召所有城民到南门外观看这一杀人的壮举，屺被邀请或者说被胁迫也来到这一现场，并和敖坐在一桌酒席前，而那两个首领则被绳索捆绑得像个粽子扔在旁边。从红山回到凉州，城民们很久没见到过杀人了，整个法场周围都挤满了密密麻麻的人。在敖的刑部大臣宣读《告民众书》前，城民们的寂静与敖的谈笑风生形成鲜明的对照。敖不时把盏，不时与左右的臣民们谈说，一会儿又邀屺共饮。敖说，屺，你是我收复凉州以来第一个敢摸我王座的人，人生逢知己和生逢对手都是一大幸事，一个没有头脑的人和一只迷途的羔羊没有什么区别，我敬重有思想的人，请满饮此杯，显然敖对屺当时的愤怒和怨恨毫不在意。《告民众书》大概宣读了一刻钟之久，里面宣读了与之有关的国家法律及那两个首领的十一条罪行以及对民众的告诫，奇怪的是里面居然没有只言片语提到屺。从头到尾屺一动不动地坐在他的座位上，他落拓的风骨，木然的表情完全像一尊塑像。当掌刑官宣布行刑开始，那两个首领的头颅咔嚓一声滚落在地时，屺猛然从座位上站起来，一声不发地转身就走。敖也没有为难他，而是吩咐手下兵卒送他回去。屺在兵卒押送下穿过密密麻麻的人群被送上一辆马车。很多人的目光都一起注视着他，屺甚至感到了其中的疑虑、猜测。但他仍是一声不发。第二天，敖就宣布判屺五年的监禁。

第十二章

伯第二次来到凉州的时候是这年的冬天。凉州虽然北风寒冽，一片辽阔、苍凉，但还没有下雪，因此也显得异常苍劲和悲凉。伯走过一条长长的商贸大街找到叔的时候，叔正坐在暖和的炕上用剪刀在剪贴一大堆纸片和古旧的书籍。他正在着手编一本凉州的地方志。他对伯的出现一点儿也不意外，似乎这都是在他的意料之中。他说自己在编这本令人生厌的地方志时刚好从图书馆的一个积满灰尘的死角里发现了一些关于屺的零星资料，问伯是不是有兴趣跟他到编辑部看一看。伯当然愿意。所以吃完中饭后伯就陪叔去了图书馆（那个编辑部就设在图书馆）。那是一本残缺不全的寺庙记事簿，伯说这记事簿上记载了屺曾在该寺做过布道士吗？叔说，你只说对了一半，你翻开看吧，你会有兴趣的。伯得承认这是一本毫不起眼的书，它是用一种比较粗糙而又脆薄的纸张装订而成的，上面遍布的全是密密麻麻的用毛笔书写的蝇头小楷，字迹工整一丝不苟，但书法确实是太糟糕，既没结构也没风格，像仅仅是为了记事。正如以前叔推测的那样，屺出身于一个贫寒的牧民家庭，他于公元3005 年秋，也就是屺八岁的时候进入该寺院。因为在这本记事簿第 28 页上写道：“屺，敖某某入寺，时年八岁，系西坝牧民戛之子。”伯看就这么简短的十八个字，就对叔说，这对自己已无关紧要了，就这些？叔大概看到了伯失望的表情，说你再看后面第 526 页，只这点我也没有必要请你来这儿了。听了叔这样说，伯理所当然地翻到了第 526 页。这一看，不禁令伯大吃一惊。第 526 页上方赫然写着这样一句话："国王敖夜审屺记录。"伯来不及看其他的，而是先翻到前面去，看这是哪一年的事，待伯翻到前面第 415 页时，伯看清楚了，那是某某 32 年的事。也就是说敖在判屺五年监禁之前对屺有过一场审判。伯看完后感到百思不得其解。我就问叔，敖在杀害暴动的两个头领时把屺奉若上宾，且当时的《告民众书》上又只字不提屺，为何会有这样一场夜审呢？叔说，难道你就没有在这事上发生过怀疑吗？敖作为一个专制独裁的君主怎么会放过屺呢，不然的话，五年的禁监就显得不合情理了。敖之所以在刑场上把屺奉若上宾并对屺的傲慢视若无睹，在《告民众书》上只字不提屺，这都是敖的一个策略。敖想，我就是想让你在这一事件中消失得无影无踪，让你在自己的心中变得渺小、卑微。他从精神上蔑视屺。你不是想颠覆我的王位煽动牧民暴动吗，我根本不在乎，你煽动呀，结果怎样呢，我敖并没有把你当回事，你反而还被牧民暴动的两个首领给出卖了。他想以这种方式从精神上折磨屺，同时又给民众一种错觉：认为敖是惜才的。你想，当一个人雄心勃勃地干了一件事，一丁点儿回音也没有——无论是好的，还是坏的——这令不令人感到寒心和沮丧？

第十三章

那场夜审是在某某 32 年初夏的先觉寺进行的，也就是说屺在这里待了二十多年后又被命运残酷地送回了原地并宣告结束。由于那本记事簿明显地对于屺的言语记载得含糊其词，伯把它进行了一些必要的文学上的处理。敖和屺作为一个在朝的君主，一个草野的牧民，他们首次的精神交锋，伯稍微加强了他们言辞间的对抗性，以便显得更加紧凑和协调。下面就是伯关于这场夜审的叙述。

我们可以设想那是一个凉爽的夏天。在历史上凉州的夏天历来都是凉爽的，这一年的夏天也不例外。敖把审判地点设在先觉寺是有他的考虑的。首先，先觉寺一直是敖从事祭祀活动的寺庙，他在这里有着至高无上的政治和宗教的双重权力——这里的长老们都是他一手扶植起来的；其次，屺曾在这里待了近八年的时间，在这里审判屺更符合他一贯的，你从哪里站起来我就把你在哪里置于死地的习惯。那个夜晚凉爽但并不冷寂，敖令人把先觉寺布置得金碧辉煌。他高高地坐在寺内大厅的上方，参加审判的只有为数有限的几个大臣和他亲信的几个长老，尽管是一场审判，但期间气氛平和，没有刑罚，也没有非常激烈的言辞。“屺，你作为我的臣民竟然煽动牧民造反，按理我完全有权力代理王朝将你处死，但我不想这样做，我想听听你的理由。”审判开始进行的话是由敖先说的。屺披着满头凌乱的长发坐在靠近大厅门口的下首，他听到敖的话后沉默了很久，然后才稍微扬了扬他的头颅，说暴力并不是我所向往的，我向往的是一个理想的、合乎人类道德规范的政府。接着，敖又说我历尽艰辛把人们从红山带回了故土，短短两年时间内就重新建立了一个新的政府，人们也从原先的动荡不安回到了如今的安宁和乐，难道你认为政府还有什么不合理的吗？屺就说一个政府的合理性不仅仅是能生存的问题。它还包括这个政府的人们的精神自由度和文明程度。他们刚开始的对话并没有体现出他们言辞间激烈的精神对抗性，他们就像两个社会学家或者哲学者在讨论关于政府的合理性问题。敖甚至一反他先前暴虐的性格，显得宽容大度和温文儒雅。“我想，一个政府总是在它自身的建设中不断地趋于完善的，如果每一个政府稍有不合理的地方，人们就用暴力去摧毁它，那么这个政府的形态就永远处于一种不完善状态。”敖随后这样说，那语气平和、冲缓，给人感觉是他和屺是推心置腹的朋友。连左右在座的大臣与长老们都大感惊讶。自收复凉州以来，国王几曾和他们这样温和地谈过话？当然，屺没有被敖这种放下国王架子的姿态所迷惑，他仍是那样不卑不亢地坐在那里。“问题并不在这里。”他说，“你前面不是谈到了没有失去凉州前的政府和失去凉州又收复后的政府吗，问题的症结就在这里，没有失去凉州前，人民自由、平等、幸福，信仰自由，整个凉州到处飘漾着一股自由而又浪漫的气息；而收复凉州后呢，新的、理想的政府没有建立起来，反而把以前一切高贵的、美好的东西给打碎了，使一些陈旧的、破的东西重新回到社会的前台，使原先自由的凉州走到了它的反面。比如，残酷的刑罚，各种赋税征敛制度，对舆论和宗教信仰自由的极度的扼制。”屺的整个话语切中要害，与敖故作的平和、冲缓不同，显得异常客观、冷静。屺后面在与敖的言辞交锋中，还广泛地谈及了政府的教育现状、经济发展及对私人依赖、政府的腐败、官员暴敛财富与妇女卖淫问题。由于涉及面太广，伯无法详述，伯只把它大致归纳为以下几点：1. 屺认为政府已不再关心教育，政府把教育这种政府行为推向民间，其结果只会加重民间疾苦，形成一种一代人过去了，一代人还处于摇篮里的局面。而敖认为把教育推向社会和民间将更有利于教育自身的发展。2. 屺说现在的经济已失去了公平竞争，它直接的功利性和目的性带来的是道德的沦丧，尤其是凉州人民世代相传的勤劳品性正丧失殆尽，它带来的后果将是人性的灭绝。而敖则把这一切看成是物质文明的发展的必然产物，不会出现像屺所说的人性灭绝的现象。3. 屺对一部分人依靠政府的腐败暴敛了大量的财富持深恶痛绝的态度，认为这其实是政府在容忍邪恶，即使牧民们不“暴动”，政府也会慢慢瓦解。敖则解释为这是凉州人民正在走向富裕的标志，并非政府的腐败。4. 屺说由于政府对有钱人的青睐，很多女子卖淫并非由于被迫，其直接目的就是贪图一劳永逸，整个社会的廉耻也快没有了，父母送女淫、夫送妻淫在凉州的很多乡下已是不容置疑的事实，他问敖这又作何解释。敖说这是政府制止不力。他们谈论的所有的问题，唯独对吸食罂粟，敖和屺都表示了共同的愤慨，但屺还是一针见血地说这是政府造成的恶果——人们失去了信仰，整个社会道德沦丧，又加之政府各种变相的对金钱的蛊惑，所以贩毒吸毒也就必然的了。一直到最后，敖才说屺你煽动牧民造反，论罪当诛，你知道我为什么非但没有处死你，反而在那天的刑场上把你奉若上宾吗？你不过一介书生，手无缚鸡之力，哼，简直是妄想螳臂当车。我不处死你，我就是想看看你还有什么能耐。敖说这话的时候已是深夜了，审判庭内甚至可以听到回荡在凉州上空的敲更声。屺说，我对我做的一切无悔无憾，我唯一感到悲哀也替人民感到悲哀的是，那场牧民暴动那样快就熄灭在你的威慑之下。然后审判就结束了，敖宣布叛屺五年监禁，在城堡西侧的一座地牢里替国家编撰一部凉州植物志和一部药物志。

第十四章

屺一生只在这个世界上生活了短短的三十二个年头，也就是说屺在他度过五年监禁生涯后的第二年，就被敖秘密地处死在王国城堡两侧的一个庞大的废弃建筑群里。至此，伯觉得他最初关于屺是否曾与那个时代有过对立的存疑已基本上得到解决，接下来的问题应该是弄清敖为什么要在突然间处死屺这一事实。

据伯的了解，自屺被秘密地判入监禁以来，整个凉州一直是风平浪静的——就像一个有着庞大的组织机构的残暴统治有时也会创造奇迹一样——凉州甚至一度出现过国泰民安的景象。然而，是什么原因促使敖在释放屺后不到二年的时间里又把屺秘密处死的呢？伯觉得困惑不解。伯认为起码有以下两种情况可以说明屺之死是有悖常理的：1. 自屺监禁至被杀期间，屺并没有诋毁王国或者煽动民众激情的论著论文在凉州人民中间流传，他的《贫富论》《理想王国》都是他死后才出现的，按照常理，敖是不应该在此时杀害一个一直在与他进行着精神游戏的对手的；2. 在这段时间内，整个王国都在敖的钳制之下，屺不仅替王国顺利地完成了一本植物志《凉州植物类编》和一本药物志《金石本草》，而且按敖的说法五年监禁生涯大大地磨掉了屺的锐意——而这一点正是敖所希望看到的。

于是，就在伯打算全面开始他的《屺的哲学思想》一文写作的当年的春天，伯带着这一疑问第三次来到了凉州。

第十五章

你是说这个时候敖不太可能处死屺？叔说。

春天的凉州依然是凄冷的，虽然春风已越过凉州东南蜿蜒起伏的高原把整个凉州沉浸在一片溶溶的淡绿之中，但由于凉州的廖廓、旷远，由于凉州几个世纪以来未曾有过多少改变的古朴地貌，春天带来的生机反而使它显得冷寂、荒凉，就像一尊古铜器和它周身已经生锈的霉绿。

伯说自己对敖处死屺的原因心存疑虑。敖自收复江山以来一直把“圣教”给予他的至高无上的权力用来贬低人民的概念，敖是不会就这样放弃对屺的精神折磨的。

为什么不可能呢？一个人与一个时代的对抗，不，一个人与一个王朝的对抗——叔说。叔说着说着就垂下头，垂下眼睑，好像沉浸在无穷无尽的回忆之中。

其实对敖而言，处死一个人是不需要任何理由、任何原因的。敖之所以要处死屺，是因为他和屺在这场精神的对峙战中，生命的丧钟已先在他头顶上敲响了。据历史上记载，敖死于某某 39 年，你没察觉到敖死亡的时间和屺被秘密处死的时间的间隔吗？它们之间相差只有八个月。也就是说敖在做出要处死屺时他知道自己的生命已快走到尽头了。敖要死了，显然，他无法容忍他的对手还活在这个世界上，所以敖就在他还没死之前先把屺秘密处死了。这也是《世事补遗》未被发现之前人们对屺的死一直流传着几种说法的原因，屺于这一年被秘密处死，而他的一些重要论著，诸如，《贫富论》《理想王国》却是在他死后几年或者十几年才在民间神秘地出现，故人们说他是“自动消隐于这个世界”或“逃亡邻国继续发展他的学说”也就顺理成章了。屺是这场精神对峙中的最后胜利者，他被秘密地处死在那座废弃的建筑群里，现场只有一个典狱长和二个刽子手，敖连对屺的死也不敢面对，这本身就意味着敖的失败。屺死了，但他赢得了更为辉煌、更为彻底的胜利。

叔说这最后一句话时，伯看到他的身子几乎是战栗的，他的面部再一次呈现出他第一次与伯谈到屺时的激动与悲愤的表情。

第十六章

伯想这一切正如叔所说的一样。

至于屺还有一段短暂的婚姻生活，则完全是伯在继续他的《屺的哲学思想》这一论文时由于一时突发之奇想而偶然发现的——

伯从凉州返回之后，由于获得了关于屺与敖之间这种精神交锋的一些翔实的，甚至是历史上还未曾披露的材料，他感到非常欣慰。他认为这样一来他的论文《屺的哲学思想》就有一定的力度和厚度了。他甚至想把论文的题目改为《一个人与一个时代的对抗——屺哲学思想评价》。但由于论文还有一节涉及屺的婚姻、家庭观，伯就想，屺是否真的不曾婚娶呢（当时史书上的记载均说屺一生不曾婚娶）？自己还是再查一些当时的稗史野闻吧。他的根据是历史上关于屺的死亡之谜，后来在《世事补遗》这样的志怪书中找到了答案。于是，他就着手查找了一些诸如《世事补遗》之类的古籍。哪知经过一番淘拣，伯在一本名为《蓑翁曝语》的奇闻趣事书中果真发现了关于屺的婚姻状况的记载。

这段文字是这样的：

屺，敖王朝时哲学家、神学家，形貌落拓不羁，世之大丈夫也。

屺二十八以《论政府的良心》行世，引发某某32年牧民暴动，时言一文下一城。某某33年入狱，历时五年著天下奇书《金石本草》和《凉州植物志》各三卷。某某43年著《贫富论》，世人争相传阅。然此等皆不及屺之《性与婚姻》也，《性与婚姻》系屺与杭氏婚后一年所著，亦世之奇书。

传此书成而杭氏愤而自缢。

此亦即后人言“一文以动朝政，一文谪妻”也。

第十七章

至今，伯的论文已经完成。伯想屺是应该留有子嗣的，他这样想着想着眼前就出现一个人的幻影，很像叔，落拓，风骨铮然。

叔？一个愤世嫉俗的人。他这样自言自语地说道，天就黑了。

尾 词

伯一直回避谈到这个王朝，很多年

很多人一直以各种方式在谈论

谈封疆大吏，江湖风雨、后宫争宠

谈君王专权，屈辱的文字狱
也包括士人的清谈，但伯一直回避谈到它
谈到官府的明火执仗，百姓的穷困潦倒
谈到它如何让一个民族曾经的荣耀
毁于一旦，伯也羞于谈到
那一年凉州的革命、流血和牺牲
民主像一面蒙尘的旗帜
缺乏来自大地深处劲风的吹拂
它驱逐了什么，埋下了什么种子
伯也羞于谈到它的自由
它在什么时候让人们热血沸腾
又在什么时候如同对那个时代的反讽
一个漫长的王朝结束了
还有什么没有结束
——并且蔓延到了现在

1997 年 1—5 月

◇ 作者简介 ◇

剑男，原名卢雄飞，1966 年生，湖北通城人，1988 年毕业于华中师范大学中文系，20 世纪 80 年代末开始文学创作。在《人民文学》《诗刊》《作家》等 40 余家报刊发表有诗歌、小说、散文及评论，有诗歌获奖、入选各种选集及中学语文实验教材，著有《激愤人生》《散页与断章》《剑男诗选》。现在华中师范大学文学院任教，华中师范大学诗歌研究中心副主任，《语文教学与研究》杂志主编。

《泷冈阡表》的背后

林 岩

宋神宗熙宁三年（1070）四月十五日，欧阳修根据早年的一篇旧稿，完成了《泷冈阡表》的写作。随即命人将这篇文字刻石立碑，并派人护送至吉州老家，竖立于父母的坟墓之前。泷冈，乃是欧阳修父母在吉州的安葬之地，位于今天吉安市安丰县南面的凤凰山；阡表，即是指坟墓之前立的这块石碑。当欧阳修做这件事的时候，他已经 64 岁，正是桑榆暮年。虽说已是一位迟暮老人，但他却始终无法忘却父母的养育之恩，因而才会如此郑重其事。。

《泷冈阡表》是一篇感人至深的悼念文章，充满对已逝父母的追思之情和感恩之心，千载之下依然足以打动读者，因而成了古今传诵的名篇，今天我们在《古文观止》中仍可读到这篇文章。在这篇纪念性的文字中，欧阳修详细追述了父亲的生平行事与母亲的谆谆教导，并将自己后来的成就归功于父母的这些遗教。然而在这饱含深情的文字背后，却也有许多未被欧阳修触碰的记忆，这些记忆或许有些苦涩，却是欧阳修生命中无法泯灭的一部分。

一

欧阳修四岁的时候，他的父亲欧阳观便已去世，因此，欧阳修对自己的父亲并没有留下太多的印象。因此之故，在这篇《泷冈阡表》中，他主要是借助母亲郑夫人的口述，来重建父亲的形象。

根据郑夫人的描述，他的父亲首先是一位孝顺的人子。在欧阳修的祖母去世之后，每逢祭祀的时候，他的父亲总会流着眼泪说："祭祀再丰盛又有什么用呢，总不如老人家还好好地活着，哪怕我们穷一点儿，只能给予微薄的奉养。"有时面对着桌上丰盛的酒水、食物，他的父亲也会流泪说："过去奉养老人家时，家庭条件不好，没能给予很好的照料。现在条件好了，可惜老人家却不在了。"而且终其一生，他始终对此念念不忘。所以，郑夫人坚信欧阳修的父亲是一位能够尽心奉养父母的孝子。

欧阳修的父亲欧阳观，于真宗咸平三年（1000）考中进士，当时已经四十九岁，不大可能再在仕途上有多大的上升空间，所以只在湖南、四川、江苏等地做过几任小官，最后死于泰州判官的任上，可以说他在政治上并无什么显著建树。然而，在郑夫人的口中，欧阳修的父亲却是一位廉洁好施且宅心仁厚的官员。作为负责案件审理的官员，欧阳观总是试图在浩繁的卷宗中为那些可能被判死刑的因犯寻找一线生机。他说："如果这个人确实该判死刑，没有任何办法可以拯救他，那么这个人死了，我和他都没有什么遗憾。但是如果这个人的案件有疑点，我不去拯救他，那么死去的人就会有怨恨。通常情况下，我试图去拯救的这个人，最终往往会被判死刑，何况有些人在审理案件中常常欲置人于死地呢。"众所周知，在古代社会中，由于官员的疏忽大意，草菅人命的冤假错案时有发生，像欧阳观这样能审慎处理案件的官员，确实难能可贵。

显然，郑夫人为年幼的欧阳修树立了这样一位父亲的形象：一个孝顺的儿子、一位仁厚的官员。而且她还总结说："夫养不必丰，要于孝；利虽不得博于物，要其心之厚于仁。"以此作为他父亲的遗教。意思是说：奉养自己的父母，不一定要提供丰厚的物质生活，但一定要将孝顺存在心里；作为官员，为百姓谋利，虽然限于条件，不能面面俱到，但重要的是要有深厚的仁爱之心。

这两点无疑对欧阳修产生了深刻的影响，因为在他身上都得到了体现。一方面是他奉养自己的母亲活到七十二岁，这在古代已算高寿，而且在母亲去世后，他亲自护送其灵柩到吉州老家安葬，这可谓是"孝而能养"。而另一方面的影响则体现在为官从政上。欧阳修从政，尤其是在担任地方官时，他所遵循的原则就是崇尚"宽简"。他说："吾之所谓宽，不为苛急尔；所谓简者，不为繁碎尔。"意思是说，我作为官员，不为了追求政绩，去增加百姓的负担，尽量不去骚扰百姓；同时也尽量简化行政事务，不使之过于繁杂琐碎。

所以，在这样一位官员的治理下，百姓们自然能够安居乐业。他在滁州、扬州、颍州做地方长官时，都很受当地老百姓的拥戴。所以后来朱熹评价说："公为数郡，不见治迹，不求声誉，以宽简不扰为意。故所至民便，既去民思。"这种以"宽简"来处理政事的原则，无疑是出于欧阳修的仁厚之心，同时也多少体现其父亲遗教的影响。或许我们可以说，虽然欧阳修很小的时候就失去了父亲，但是在其母亲的熏陶下，他父亲立身处世的原则却深深烙印在他幼小的心灵里，成为他今后的人生指南。

在欧阳修的笔下，他的父亲几乎具有完美的人格。然而，在宋人的笔下，却为我们描绘了另一种形象的欧阳观。在宋人龙衮所撰的《江南野录》中，有一篇欧阳观的传记。在他的笔下，欧阳观不仅性格狂傲，在泗州任上曾经得罪长官，因而被调任四川，而且更令人惊讶的是，欧阳观还曾经有出妻的行为，也就是与妻子离婚，将其赶出家门。不仅如此，据其所说，欧阳观与前妻已经有了一个儿子，在把妻子赶走后，这个儿子就与前妻一起过活。这大概是欧阳观考中进士之前发生的事情。后来，当欧阳观登科之后，他的这个儿子前来投奔他，但欧阳观对这个儿子却很无情，对他不管不问，即使到了冬天，这个孩子还穿着单薄的衣服。直至欧阳观去世，他这个儿子都没能和他同桌吃过饭。但是在他死后，这个没有享受到父亲关爱的儿子却为其收敛骨殖，送回家乡安葬。可以说，这么一写，欧阳观简直就变成了一个无情无义的人物。

因为在欧阳修的《泷冈阡表》中没有提及此事，所以当时就有人怀疑龙衮的记述是不是带有诽谤的嫌疑。然而经过南宋著名史学家李心传的考证，他发现此事确有相当的可信度。李心传的依据有这么几条：一是他通过年龄推算发现，欧阳观去世的时候，已经五十九岁，而郑夫人才二十九岁，两人相差近三十岁，所以断定郑夫人大概不是原配，因而出妻之事实有可能。二是在欧阳修自己撰写的《欧阳氏谱图》中，提到欧阳观有两个儿子，一个是欧阳昞，另一个就是欧阳修本人，所以这个欧阳昞很可能就是欧阳观前妻所生的孩子。三是在欧阳修一篇祭祀曾祖父母、祖父母的《焚黄祭文》中，曾提到派他兄长的儿子、时为庐陵县尉的欧阳嗣立代行祭奠仪式。四是在他给皇帝所上的一份章表中，曾说自己“同母之亲，唯有一妹”，所以这个兄长欧阳昞只可能是异母所生。应该说，这些考证都有相当坚实的证据，无疑可以成立。所以，我们似乎有理由相信，欧阳修的父亲确曾有过一段婚姻，后来离婚后又再娶，而欧阳修的母亲郑夫人就是欧阳观的第二任夫人。这也就足以解释，为什么欧阳观五十九岁去世时，欧阳修才只有四岁。

至于欧阳观为何与前妻离婚，由于史料有缺，我们也无法深究。古人有“七出”之条，说不定欧阳观的前妻确有过失，欧阳观是被迫离婚，也是有可能的。至于他对前妻之子的薄情，也许是因为当时欧阳观已经重新组建了家庭，所以才会如此吧。尽管如此，欧阳修后来却与这位异母兄长一直保持长期来往。当景祐三年（1036），欧阳修因为替范仲淹辩护，被贬逐夷陵的时候，当他经过湖北黄陂时，还曾与暂居此地的兄长欧阳昞有过短暂的聚会，不仅与他一起饮酒，晚上还住在他的家里。两年后，他又与欧阳昞在荆州再次相聚，还把欧阳昞在荆州住所修建的亭子命名为“游鯈亭”，并写下了一篇《游鯈亭记》，记中说他的这位兄长“为人慷慨喜义，勇而有大志”，给予了很高的评价。

回过头来，我们再看《泷冈阡表》，我们就能明白欧阳修为何对父亲的生平隐约其词。一是他虽然知道父亲有过离婚的经历，但这毕竟是段难堪的往事，作为人子，他是无法说出口的；二是他愿意将这个自己并没有多少深刻印象的父亲作为美好的记忆留在自己的心底；三是他母亲对于其父的表彰，也给了他很大的影响。

二

在《泷冈阡表》中，欧阳修并没有太多涉及他母亲的生平行事，但是当丈夫去世后，却是这位郑夫人承担起抚育孩子成长的义务，而且也是她向欧阳修灌输了其父为人处世的立身原则。可以说，欧阳修后来有所成就，与这位母亲的教诲有着极大的关系。

作为欧阳观的续弦之妻，她一共生过三个孩子，第一个孩子不幸夭折，只留下一个男孩和女孩，即欧阳修和他的妹妹。丈夫去世的时候，郑夫人才不过三十岁。但是郑夫人既没有改嫁，也没有返回吉州老家，而是去投奔了丈夫的弟弟欧阳晔，依靠他的庇护来抚育孩子成长，也许她觉得只有依靠这位丈夫的弟弟才能给孩子们提供较好的生活和教育条件。

因为欧阳晔在随州做官，所以她就把家安在随州，并在此生活了将近二十年。随州在现今湖北省的东北部，在宋代的时候，是一个比较偏僻落后的地方，生活条件比较艰苦。但是郑夫人却能克服困难，“自力于衣食”，也就是尽量通过自己的劳动来换取生活必需品。而且更为重要的是，即使在这么艰苦的条件下，她也坚持让孩子接受良好的教育。一个被后人传为美谈的故事就是，因为家里比较贫穷，郑夫人就折断芦管，用芦管在地上写字，以此来教欧阳修认字。同时她还教会欧阳修背诵许多古人的诗歌，并要求他跟着学作诗。这种艰苦环境下的启蒙教育，无疑给了欧阳修很大的精神激励，因而在学习上进步很大，以至于他的叔父欣慰地对嫂子郑夫人说：“嫂无以家贫子幼为念，此奇儿也，不唯起家以大吾门，他日必名重当世。”后来，欧阳修果然不负期待，早早就高中进士，走入仕途。

因为丈夫早逝，家庭贫困，寄人篱下，因而养成了郑夫人治家勤俭、节约的习惯。后来，随着欧阳修走上仕途，家庭生活越来越富裕，她也仍然保持了这种朴素的作风。而且还意味深长地对家人说：“吾儿不能苟合于世，俭薄所以居患难也。”也就是说，她对欧阳修的入仕，不指望其一路升迁，能安享荣华富贵，却做好了欧阳修被贬官后经受磨难的准备，因为她知道自己的儿子是一个性格刚直的人物，绝对不会在官场中同流合污，苟合于世。这无疑为欧阳修砥砺个人名节，在政治上勇于担当、敢于说话的行事作风提供了坚强的精神后盾。所以，当欧阳修被贬谪夷陵的时候，她能够泰然自若地对欧阳修说："欧阳家本来就是一个贫贱的家庭，我已经安之若素，早已习惯，如果你能安于这种现状，那么我也就能泰然处之。"这种坦然面对逆境的胸怀，无疑会给失意中的欧阳修以巨大的精神鼓舞。用我们今天的观点来看，郑夫人无疑是一位很有见识的老太太，她对于宦海沉浮看得很淡，并不因为自己的儿子做了官，就准备着去享受，而是一直保持勤俭、节约的家风，做好儿子官场失意时经受生活困顿的准备。这可以说是一位伟大的母亲。正是有了这样的母亲，才使欧阳修在政坛上表现出一往无前、勇于担当的政治家风采。

郑夫人十分高寿，活到了七十二岁，于皇祐四年（1052）去世。次年，欧阳修亲自护送母亲的灵柩回到吉州老家，安葬在父亲的坟墓旁。也就是在那一年，欧阳修写下了《先君墓表》一文，记述了父母对于自己的教诲和养育，并表达了对父母的感恩之情。但当时这篇文字并没有刻石立碑，而是成了《泷冈阡表》的底稿。我们今天见到的《泷冈阡表》就是在《先君墓表》的基础上删削、修改而改成的。但是在时间跨度上，却前后相隔了十七年。然而欧阳修始终没有忘记为父母立碑的事，终于在他生命结束的前两年完成此举。

在欧阳修的成长过程中，另有一个重要人物不能不被提及，虽然他没有出现在《泷冈阡表》中，但是在某种程度上他却代行了欧阳修父亲的角色，那就是欧阳修的叔父欧阳晔。欧阳晔与欧阳修的父亲相差七岁，却是同一年登科，都在真宗咸平三年（1000）考中进士，由此走上仕途。终其一生，也不过只做到中级官僚，在政治上不算是什么赫赫有名的人物。然而他却是欧阳修父亲去世后，庇护欧阳修顺利成长的关键人物。据说他和欧阳修的父亲长得极其相似，以至于郑夫人曾对幼小的欧阳修说："如果你想知道你父亲长什么样，看看你叔父的样子就是了，他们在外貌特征和行为举止上几乎一模一样。"或许从叔父的身上，欧阳修能找寻到一点儿父亲的影子。

由于常年在外做官，欧阳晔未必能做到对欧阳修照顾备至，但无疑在很大程度上，他为欧阳修的成长提供了必备的物质条件，而且也一定会在欧阳修的教育方面有所指点。对于这样一位庇护者和亲人，在他去世的时候，欧阳修却未能及时赶回来为其送别。因为欧阳晔去世的时候，欧阳修正遭遇贬谪，在夷陵做县令，而夷陵远在湖北西部，与随州相距甚远，他一时无法赶回。后来，欧阳修在祭文中说自己"哭不及丧，而葬不临穴"，表示了极大的遗憾。为了报答叔父的养育之恩，在他身居高位之后，欧阳修曾特地向朝廷请求了一个官衔，来封赠已故的叔父。在古代社会，为死去的亲人加官晋爵，是只有高级官员才能享有的特权，可以给死者带来极大的荣耀。欧阳修就是以这样一种方式，来表达自己的感激之情。

客观地说，在欧阳修的成长过程中，一方面得力于母亲郑夫人的教诲甚大；但另一方面在物质方面的资助，却离不开他叔父的功劳。应该说，是他的母亲和叔父，一起抚育他成长。也正是因为依靠他叔父的缘故，所以欧阳修虽然是江西吉州人，他却没有在吉州生活过，甚至都很少回去。欧阳修成长最为关键的青少年时代，却是在湖北随州度过的，这一点可能未必所有人都知道。

三

皇祐五年（1073），欧阳修护送母亲郑夫人的灵柩回到吉州老家，将其安葬在父亲身边。与此同时，他将自己早逝的两任前妻：胥夫人和杨夫人也安葬于此。并同时为两位前妻撰写了墓志铭。

欧阳修的第一任妻子胥夫人，是翰林学士胥偃的女儿。而胥偃正是赏识欧阳修才华的第一个伯乐。欧阳修虽说早年读书聪颖，但他也是参加了三次科举考试才能登科成为进士。而他第三次之所以能顺利考中进士，这其中也离不开胥偃的提携。

这里需要简单介绍一下宋代的科举考试。宋代的科举考试分为三个等级：第一等级称之为“解试”，是在各个州、郡举行，相当于现在市一级行政区划内的考试，这主要是一个获取资格的选拔考试，为的是拿到地方政府提供的解送文书（称之为“取解”），以便参加京城举行的全国性考试。第二个等级称之为“省试”，因为它是由尚书省礼部举行的考试。这级考试汇集了全国各地选送的考生，只要通过了这次考试，基本就功名有望了，所以竞争相当激烈。第三个等级是“殿试”，名义上由皇帝亲自主持，但一般是由大臣代为考选。通过省试的考生，在这级考试中一般不会遭到黜落，但他的名次和等第会按殿试成绩重新编排。宋代的科举考试一般三年举行一次，在仁宗朝的时候大体固定下来。

欧阳修十七岁的时候，就开始参加科举考试。但第一次他连解试都没通过。三年后，他又参加科举考试，这次通过了解试，但是在京城的省试中落榜，遭到淘汰。于是，他在参加第三次科举考试之前，就带着自己平日写好的文章专门去拜访在湖北做官的胥偃，希望得到他的指点。胥偃当时是汉阳郡的地方长官，他一见到欧阳修的文章，就大为欣赏，说：“子当有名于世。”于是，就把欧阳修安顿在自己的府中，让他专心准备应考。没过多久，天圣六年（1028）的冬天，随着胥偃调任京城，他就把欧阳修带到了首都开封，并在他的保举下，让欧阳修进入了京城国子监的“广文馆”。当时的国子监下设广文、太学、律学三馆，主要招录的对象都是七品以上官员的子孙，“八品以下至庶人子孙例不收补”。所以，如果没有胥偃的关系，欧阳修大概连进入国子监读书的资格都没有。果然，欧阳修不负所望，在天圣七年（1029）春天的广文馆入学考试中，他考了个第一名。欧阳修的运气实在好，进入国子监读书不久，碰巧这年秋天，就是科举考试的年份，欧阳修在国子监举行的“解试”中，又考了个第一名，顺利拿到了参加省试的资格。然而谁也没有想到的是，紧接着，在次年春天的省试中，欧阳修居然又考了个第一名。随后他在殿试中以第十四名的成绩顺利登科。因为欧阳修在广文馆入学考试、国子监解试、省试这三次考试中，连续取得第一名的成绩，一下使他的名声传遍了整个京城，从而引起了世人的瞩目，可以说从这一时刻起，欧阳修就成了明星式的人物。

我们看到，欧阳修第三次参加科举考试，走了一条与前两次应考完全不同的途径。他这次不是通过地方州、郡的解试，而是通过参加国子监的解试，来取得省试资格。这在当时可谓是一条快捷通道。因为国子监招录的主要是官员的子孙，为了便于他们通过解试，朝廷给予了相当的优待，让国子监享有较多的录取名额，从而竞争也就不那么激烈，通过解试的机会也就特别多。所以，让欧阳修这么一个天资聪颖的贫寒考生去与周围的官宦子弟竞争，他能脱颖而出，是可以想见的。

胥偃无疑是慧眼识英才，看出欧阳修大有前途，所以才利用自己的地位，通过这样一个便捷通道，让欧阳修脱颖而出。如果没有胥偃的帮助，欧阳修恐怕不会如此顺利地登科成为进士，如此迅速地引起世人的瞩目。顺理成章的，欧阳修也就成了胥偃的乘龙快婿。

胥夫人嫁给欧阳修的时候，才十五岁，欧阳修已经二十五岁。年龄虽然有些差距，但婚后生活却相当甜蜜，据说欧阳修专门写了一首词描写新婚宴尔时的情景：

凤髻金泥带，龙纹玉掌梳。走来窗下笑相扶，爱道画眉

深浅入时无？　　弄笔偎人久，描花试手初。等闲妨了绣功夫，笑问："鸳鸯两字怎生书？"

美丽的新嫁娘，打扮停当后，走来窗下，询问夫君自己的眉毛描画得是否入时；依偎着新婚的丈夫，摆弄桌上的笔墨，尝试着去描绘花卉，暂时把女红丢在了一边，有时还带着娇嗔的深情，让夫君告诉自己"鸳鸯"两个字如何写。这是何等风流绮丽的闺阁风情！

婚后两年，两人生下一个男孩，这原本是一个非常令人高兴的事。但或许是难产的缘故，生下孩子一个月后，胥夫人就因病去世了。而且更不幸的是，在这个孩子长到六岁的时候，也夭折了。所以，欧阳修与胥氏夫人只在一起生活了两年，而且也没能留下孩子。

欧阳修的第二任妻子杨夫人，也是出自名门之后，她是真宗朝著名文臣杨大雅的女儿。但是欧阳修娶杨夫人的时候，杨大雅已经去世一年多。杨夫人和欧阳修在一起生活的时间也很短，仅仅十个月，她就因病去世。

胥、杨两位夫人和欧阳修共同生活的时间都不长，就都早早地撒手人寰，撇下了欧阳修孤单一人。最终陪欧阳修走完生命全程的是他的第三任妻子薛夫人。薛夫人是参知政事薛奎的第四个女儿，据说在薛奎活着的时候，就曾有意将女儿许配给欧阳修，但当时欧阳修已经和杨大雅的女儿定亲，而且薛奎很快就去世了，此事就此作罢。但谁也没想到，杨夫人嫁过去十个月就因病去世，于是薛家又把女儿嫁给了欧阳修。这真可说是姻缘天注定。

当薛夫人嫁给欧阳修的时候，欧阳修因为被贬谪，只在夷陵做一个小小的县令，身边还有胥夫人留下的一个幼子，可以说境况很糟糕。但薛夫人的母亲毅然遵照丈夫的意愿，将女儿嫁给欧阳修。在成亲数日之后，薛夫人就跟随丈夫到夷陵居住，并照顾随同赴任的婆婆郑夫人。虽说薛夫人出身富贵家庭，但是对婆婆郑夫人却照顾得十分周到。可以说，薛夫人从一开始就和欧阳修是患难夫妻。

欧阳修和薛夫人在一起生活了三十五年，可以说是终身伴侣。而且她还为欧阳修生育了不少的儿女，一共生了八个男孩三个女孩，但最终只有四个男孩存活了下来。这位薛夫人不仅贤惠，而且十分能干，很会料理家庭。家里的各项日常开销支出，以及田产经营等大大小小的事务，都是交给薛夫人来处理。因而欧阳修根本不用操心这些俗务，可以一门心思用于处理朝廷事务。她真可以说是欧阳修的贤内助。

这位薛夫人得享高寿，活到了七十三岁，比欧阳修整整多活了十七年。在欧阳修去世后，薛夫人从此不戴珠宝首饰，也不穿丝绸的衣服，一直穿着布衣，直至去世。在这十七年里，薛夫人一直操持家庭大政，指导媳妇、教育儿子，享有很高的威信。她死后，苏辙为她撰写了墓志铭，给予了极大的赞誉。

四

欧阳修四十七岁的时候，他的母亲郑夫人去世，他亲自护送灵柩回到老家吉州安葬，同时安葬了自己早早去世的两位前妻。但从此之后，他再未回过故乡，甚至在退休之后，也选择在颍州定居，而不是回到吉州老家。

虽然如此，我们仍可以说，故乡的泷冈，这块父母与前妻的安葬之地，有着欧阳修本人半世的记忆，早年生活的点点滴滴也一定时时萦绕在他的心间，所以才会在时隔十七年后，他六十四岁的时候，又写下《泷冈阡表》，并立碑安放在父母的墓前。

据说欧阳修在安葬母亲的时候，曾指着山中的一块土地说："此处他日葬老夫。"也就是说，他也曾设想着在自己百年后，回到吉州安葬，陪伴在父母的身边。但最后的结果，竟事与愿违，他死后被安葬在了京城开封附近的新郑县（今新郑市）。陪他长眠于此的，则是第三任妻子薛夫人。

或许我们可以说，在《泷冈阡表》这充满深情的哀悼文字背后，隐藏着许多未被欧阳修倾诉的记忆，而了解其背后的故事，对于认识欧阳修今后的人生走向却有着重要意义。

◇ 作者简介 ◇

林岩，1974年生，南京人。华中师范大学教授。于吉林大学文学院、南京大学中文系、复旦大学中文系，分获文学学士、硕士、博士学位。南京师范大学博士后出站后，于2004年进入华中师范大学任教至今。曾赴康奈尔大学、哈佛大学访学。纽约州立大学奥斯威戈分校进修学员；浙江大学人文高等研究院驻访学者；日本大阪大学特任准教授。主要研究领域为：宋元文学史、中国科举文化史。出版专著《北宋科举考试与文学》。

第五辑　乡关何处

异乡的召唤

张三夕

天阴沉而惨白，像一堵巨大无边的石灰墙。空气中不时传来一阵鞭炮声。

1993 年 2 月 22 日，大年三十的早上。

我和几个朋友到武昌火车站送一位女博士及其女儿去广州安家落户。女博士之所以选择年三十起程，是估计这一天人们都在家过年，乘车的人少。哪知到了火车站，情景大大出乎意料。站前广场，一片黑压压的人群；候车室里，也是一片黑压压的人群。放行的栅栏门一打开，人群就像泄洪般地冲向地下通道。

女博士的女儿是位文静的高中生，被挡在门口好久不能进来。我和马君抬着一台彩电，艰难地挤进栅栏门。

地下通道刚被水冲洗过，到处都是湿漉漉的，又黑又潮。脚步声噼噼啪啪，脏水四溅。背着大包小包的民工，奋不顾身地冲向四站台。几个十六七岁的乡下姑娘，驮着行李，跌倒在水里，没有叫喊，顾不得擦擦脏衣服，马上爬起来向前跑。我们身不由己地夹裹在这股早行的南下打工的“盲流”中，切切实实地感受到被一股巨大的力量在驱赶。事后很长一段时间，这种感受越来越强烈。

是什么东西驱赶着人们背井离乡，像牲口一样在非人的旅途中度过中国人最看重的节日——春节呢？

异乡的召唤？！

在异乡的召唤下，“盲流”与女博士都搭乘同一列火车，奔向同一目的地——南方。

作为异乡象征的南方，近年来不断召唤着内地背井离乡的人们奔向它的怀抱。

异乡——南方的召唤何在？异乡——南方，对于火车站前或火车厢内涌动的“盲流”来说，意味着“能挣钱的地方”。异乡的召唤，首先是钱的召唤。钱的召唤，看上去目的明确，但为什么又叫作“盲流”呢？我一直在琢磨“盲流”这个词。

从字面上讲，“盲流”就是人盲目地流动。大量的中国农民和城镇剩余劳动力，怀着挣钱的愿望，盲目地流到南方去。他们以为南方能挣钱，运气好或者能挣大钱，结果往往事与愿违。“盲流”中确实有人挣到了钱，但多数人却是像没头的苍蝇一样东奔西窜，毫无目的地廉价出卖劳动力。一群群蓬头垢面的流民、打工仔，就如难民。他们宁愿流离失所，露宿街头，也要待在异乡。为什么？因为异乡是充满希望之乡，而家乡已经成了失望之乡，除了贫穷还是贫穷。

总之，“盲流”是怀着希望流向异乡。

人原本是受希望牵引的盲目流动的动物。

在这一点上，民工与女博士，似乎没有什么太大的区别。

我好歹也是一位博士，在送走女博士不久，也满怀希望地来到异乡——海南。其实，跟“盲流”差不多。说得文雅一点儿叫“调动”或“移民”。

异乡召唤着移民。

移民就是从家乡移居到异乡。本来，中国人对迁徙有种本能的抗拒心理。金窝银窝不如自己的狗窝。在中国漫长的历史中并没有多少异乡的召唤。了不起的是少数读书人，为了仕途宦游到异乡。像玄奘那样真正能够听从异乡的召唤历经艰辛到西方去取经的人可谓凤毛麟角。由几千年农耕文明培养出来的中国人，被封建制度束缚在家乡的土地上，一向安土重迁。他们听不到异乡的召唤声，只觉得世界上一切事物都是家乡的最好。家乡的山最青，水最甜，月亮也最圆。当然最好的还是家乡的人最亲。离开家乡，来到异乡，难免有客人的味道，古代文人把居住在异乡叫作“客居”，反映出他们与异乡保持距离的真切感受。“独在异乡为异客，每逢佳节倍思亲”，是古人很普遍的异乡情绪。

从20世纪末到21世纪初，中国人开始慢慢远离家乡，到异乡去谋生。早期的华侨，是移民中苦难的先行者，早期的留学生带给家乡许多客观的异乡信息。异乡，成了中国走向世界的标志之一。

真正的大移民、大迁徙（有人叫大串联）是在 20 世纪 80 年代。中国人的家乡观念似乎一下子淡薄起来。异乡开始吃香。首先是出国留学大移民，一浪高过一浪。

成千上万的有文化的没文化的中国人，不惜变卖家产，不惜远嫁海外，不惜申请难民，纷纷像蝗虫似的涌向欧美，涌向澳新，涌向日本，涌向苏联，甚至涌向拉丁美洲以及斐济这样的弹丸之国。凡是有希望挣大钱或者说收入高于国内、生活水平高于国内的地方就有黄皮肤的龙的传人。世界瞪大眼睛注视着这股有增无减的“黄祸”。

说来奇怪，异乡帮助中国人恢复了勤劳的本色。中国人自称是勤劳的民族，但是几十年“大锅饭”的体制，把中国人养懒了。很多人在家乡干活儿，挑肥拣瘦，可是一到异乡，什么都能干了。端盘子洗碗，扫地做饭当保姆，工厂码头出卖劳力，殡仪馆里背死尸，甚至卖笑沦落风月场，反正什么活儿能赚钱就有中国人去干。许多在家乡不屑一顾的“下贱”事，在异乡不管有身份没身份的都抢着干。因为在异乡没有“大锅饭”，谁不去挣钱打工，谁就交不起房租、喝不起牛奶，买不起面包，只好卷铺盖回家。

什么都行，就是回家乡不行。于是一批又一批中国人，经过艰苦的努力，终于在异乡定居下来。

其次，便是“南下”大移民。数以万计的内地人，不管有文化的没有文化的，都带着开发“南部”的热情，带着淘金的梦幻，带着干一番事业的雄心，带着开辟新生活的理想，奔向南方。那气势比当年解放军百万雄师下江南还要雄伟壮观！

有携妻扶幼的，有只身闯海的，有停薪留职的，有毕业分配的，有亲友推荐的，不管有身份没身份的，都大胆地往南走。那些装满破旧家具的集装箱，每天都从内地发往汕头，发往广州，发往珠江三角洲，发往深圳，发往海南。这股移民大潮来势凶猛，没几年工夫就使深圳成了一座百万移民的新城市。你在深圳的街上，写字楼的电梯里，到处可以听到各地的方言："昨晚那小妞特漂亮，纯了！""阿拉上海林。""今天到哪里去耍了？""你慌么事吵！"

出国与南下，作为异乡召唤的两个社会表征，搅乱了国人几千年来安于故土、安于现状的平常心。

当代中国人，已经没法无视异乡的召唤，听从也罢，诅咒也罢。异乡的召唤，实实在在地回荡在我们的头上。

异乡的召唤力何在？表面上看，是异乡比家乡好，在异乡挣的钱比在家乡挣得多，把异乡的召唤先视为金钱的召唤，这并没有什么不好。至少，在打破中国长期小农经济和原始共产主义所形成的固若金汤的社会结构、权力体系以及制度人身依附等，目前没有比金钱更有力的武器。

从更深的意义上看，异乡的召唤实质上是精神的召唤，异乡不仅仅是地理上的异乡，它更内在的是精神上的异乡。

比如金钱的召唤，说到底也是一种价值观的召唤。它属于精神层面上的一种力量。异乡，意味着新的价值体系，新的生存环境，新的社会风貌，新的人际关系，新的语言氛围，新的生活方式。

总之，异乡是与家乡迥然有别的精神之乡。

正因为精神的力量，才使得人们服从异乡的召唤成为自愿和主动。20 世纪 80 年代的人迁往海南，完全不像 20 世纪六七十年代上山下乡运动中的知青，是被迫和被动的。异乡的精神，才是异乡真正的魅力所在。

既然异乡的召唤有地理和精神两方面的因素，那么，人们对异乡的领会就有很大的差别。一般来说，人们对异乡的领会应身临其境，化作异乡人。就像诗人苏东坡对海南所自称的“海南万里是吾乡”一样。

不过，有的情况也不尽然。

在异乡的召唤下，如果一个人仅仅满足地理位置上的迁移，而缺乏对异乡的精神领会，那他往往就是“身在曹营心在汉”，住在异乡与住在家乡没有什么区别，就好像一辈子住在外国却不会说一句外国话的老人。异乡的语言，或者说异乡的精神，对他永远是陌生的。

人与异乡很容易发生精神上的隔膜。

相反，有的人，尽管因种种原因没有从地理上迁往异乡，但他读了很多异乡的书，或者懂得异乡的语言，加上超常的理解力，也许比那些亲身迁往异乡的人对异乡有更深刻的认识。

一个没有到过美国的思想家，很可能比一个在美国多年的移民更了解美国，这并不奇怪。

然而，即使如此，我个人也不主张对异乡的召唤采取“秀才不出门，便知天下事”的中国传统的“卧游”方式。对异乡的感性直观，往往在很大程度上影响着对异乡的精神领会。

毛泽东同志就是一个典型的例子。

他除了短期到过苏联两次，一辈子没有到过西方。一个领导数亿人口的大国领袖，居然从不到外国去访问，去亲身看一看，这在20世纪的政治史和外交史上都是很独特的一页。毛泽东同志博学多才，由于他一生也许不大听从异乡的召唤，没有对外国身临其境的感知，所以他对西方的了解和借鉴，远远不及在西方长期居住过的周恩来同志、邓小平同志等人。改革开放的国策，由早年在法国勤工俭学的邓小平同志来设计和推动，绝不是偶然的。邓小平同志对异乡——西方是有精神领会的。至于领会的深度如何，那是另外的问题。

对异乡的召唤，确实需要精神领会，需要身临其境的精神领会。

对异乡召唤的精神领会，还体现在一种宗教情怀上。任何宗教都关注人们的死后世界，千方百计地为人的死后世界做出精心的安排。天国、天堂、极乐世界等，是以虚幻的形式表现出来的人的最终异乡。

在宗教的意义上讲，异乡的召唤就是神的召唤。

人在世时以自己的心灵来回应神发出的异乡的召唤。

人去世时以自己的灵魂来回应神发出的异乡的召唤。

我不是神的虔诚的信徒，对神的异乡的召唤，我从精神上领会远相差十万八千里。因此，我不能在此饶舌，否则就会犯下渎神的罪过。

人服从异乡的召唤，并不是要把异乡与家乡对立起来，并不是要抛弃家乡一切美好的东西，并不是儿子长大了不认娘。事实上，异乡的召唤常常与对家乡的回忆交织在一起。对人生产生持久的影响力。

异乡的存在，提示着家乡的存在。人如果老待在家乡，对家乡就会习以为常，只有到了异乡，才会对家乡有更亲切的感受，更新的认识。

异乡的召唤，同时也唤起对家乡的回忆。

近年来，我个人有一种体验。一方面，总是感到异乡在不停地召唤我去，因此，我时常与朋友们不停地筹划如何“南下”；另一方面，我又总是比往常更加怀念家乡。家乡的一切比往常更清晰地出现在我的脑海，我的梦中。

我的祖籍是湖北鄂城，打祖父出来后我家就再也没有人回去过，老家也没亲戚了。因此，鄂城（现在叫鄂州，地道的武昌鱼的产地），成了籍贯意义上的家乡，供填表用，或者寻根用。我实际生长的家乡是在一个大城市的城郊接合部，那个地方老名叫“刘家庙”。当地人原先都姓刘，我祖母姓刘，刘家世世代代住在那里。附近有一条街，是从乡下进城的第一条街，因此名叫“头道街”。头道街旁边有很多河南移民，他们当时住房简陋，人们称之为“河南棚子”。女作家方方的小说《窗口》，好像就是以这里的地理环境为背景。我们那个地方的大名叫“江岸”，顾名思义就是长江的岸边。我小时候，刘家庙一带乡下味很浓，可好玩了。

有一些早年生活的情景，仿佛天上的星辰，永远在我心上闪烁。

中间一条长长的田埂隔断着两个大大的池塘。儿时的伙伴光腚在池塘里游泳、嬉闹，好不开心。当地的孩子都是在池塘里无师自通地学会游泳，然后轻松地去横渡长江。我们那里热天时间长，所以孩子们泡在池塘里的时间也很长。当地的方言把游泳叫“玩水”。“玩水”这个词眼很好，比“游泳”一词过瘾多了。我玩水时常过了吃饭的时间，于是便听见祖母在当地出了名的、洪亮的叫声：“三夕哎——回来吃饭！你这个促狭子的嘢！”长长的尾音几里之外都听得一清二楚。儿时的伙伴，一听见我祖母的喊声，连忙躲到田埂后面不出来，一排小小的屁股趴在那里，一动也不动，好像晾晒的鱼干，通常祖母召唤不应时，爱护性地骂两声就回去了。祖母性格刚强，脾气很大，在当地很有名。但她从来不打我，顶多只是咬牙切齿地骂一阵儿就算了。

我们那里的乡亲邻里，关系和睦，亲如一家。一到吃饭的时候，孩子们就窜东家走西家，看到哪家菜好吃就到哪家去吃。有的人家做了好吃的菜也召唤隔壁左右的小孩去吃，我祖母就经常这样。家家户户的大门，都互相敞开着。没有人“杜门谢客”，不需要电话预约（压根儿也没有电话），没有人斤斤计较，更没有听说过乙肝，自然也就没有乙肝传染的恐惧。

遗憾的是，后来随着工业的发展，那两个大池塘早已填掉盖了厂房。随着旧城区的改造，马路加宽，刘家庙那一片虽然显得陈旧但充满温情的房屋，如今已面目全非。老人们都过世了，老邻居也都搬走了。等我再去寻找儿时的梦幻，少年的欢乐时，只剩下一片茫然和惋惜。

家乡在哪里？人其实很容易失去家乡。

异乡在哪里？人真的很容易进入异乡吗？

我服从异乡的召唤，终于不远万里来到了海南。

我确确实实踏着异乡的泥土，闻到异乡的气息。我仿佛置身东南亚，置身越南。

椰林、阳光、沙滩、海水。

不时发出蝙蝠似叫声的壁虎，在墙上自由自在地爬行。

飞翔力极强的红色大蟑螂，穿门而入，越窗而逃。

饭店酒楼林立，宾客满堂，生猛海鲜，虾蟹龟蛇，觥筹交错，KTV包房，灯红酒绿，佳丽如云，老板经理们一掷千金。

朋友们天天在谈发展项目，天天在写可行性报告，天天在炒房子、炒地、炒股票、炒美元，天天在搞策划咨询，天天在注册公司。

这就是我来两个月所见到的异乡——海南。

一切都很新鲜，一切都不乏刺激，但这些究竟对我意味着什么？

我真正领会到异乡的精神了吗？我应该如何领会异乡的精神？

说不清楚。

我确确实实踏着异乡的泥土，让海风吹拂我那“苍凉的胸膛”，让炽热的阳光，晒黑我的手臂和脸庞。

我确确实实在异乡的路上，可是心里总有某种漂泊不定的感觉。

我不知道在海南会待多久，何时会离开海南。朦胧中、潜意识里似乎有一种异乡的声音在召唤着我。

这个异乡在哪里？这世界有没有属于我的异乡？

眼下，我还不清楚。

◇　作者简介　◇

张三夕，1953年生。1983年考入华中师范大学历史文献研究所攻读历史文献学专业博士学位，师从张舜徽先生，是华中师范大学培养的首届博士。现任文学院教授、博士生导师、国学院副院长、中国历史文献学研究会理事。主要研究领域为古典文献学、古代文学、文化传播学。专著有《批判史学的批判》《死亡之思与死亡之诗》《20世纪的“最后性文本”》《现代性与当代艺术》等，随笔有《在路上》，并主编《东方文化与现代文明》《中国古典文献学》等教材。

万山石头记

晓 苏

一

如果你喜欢看石头，那你就去万山群岛吧。在我看来，万山群岛的石头，是天底下最好看的石头。真的，我不骗你。

其他地方也有供人看的石头，但那些石头都不像石头。它们有的像人，有的像兽，有的像鬼。当地的人为了招徕游客，往往还煞费苦心地给那些石头命了名，比如，望夫石、领袖石、罗汉石；再如，乌龟石、金猴石、卧牛石；又如，山鬼石、河神石、水妖石。五花八门，不一而足。说实话，我不喜欢这些蹩脚的名字，这都是些骗人的把戏，而且骗得又极不高明，像哄三岁小孩。我也不喜欢看这类石头，它们像这像那，唯独不像石头，没什么看头。乍看还有一丝兴奋，但看过之后，心里却有一种说不出的味道，那种感觉有点像看泰国人妖。

万山群岛的石头，是真正的石头。它们不作秀，不扭捏，不变态。

它们什么都不像，只像石头。事实上，它们也不愿意像别的什么东西，只愿意像石头自己。它们很真实，很纯朴，也很自信。它们觉得石头就是石头，天生如此，理应行不更名，坐不改姓，没必要遮遮掩掩，羞羞答答，更没必要去装神弄鬼，乔装打扮，模仿其他什么玩意儿。正因为如此，我才认为万山群岛的石头是天底下最好看的石头。它们经看、耐看，看了还想看。

二

万山群岛上的石头，铺天盖地，不计其数。假如你有本事，能把岛上的石头统计出一个准确的数字来，那我就封你为岛长。要是当上了万山群岛的岛长，那你可就幸福死了，每天都可以吃海鲜，沐海风，听海涛，还可以随心所欲地看岛上的石头。

我发现，万山群岛的石头，无论大的还是小的，无论站着的还是躺着的，无论成群的还是落单的，它们都有一个共同的形状，那就是圆。这个圆，不是圆滑的圆，而是圆满的圆，圆润的圆，圆熟的圆。在其他地方，我还从来没见到过这么圆的石头。其他地方的石头，大都是奇形怪状的，要么瘦骨嶙峋，要么百孔千疮，要么张牙舞爪，让人看了感到陌生，感到忧虑，甚至感到恐惧。而万山群岛上的这种圆石头，它们给人的感觉是平易近人，和蔼可亲，老实厚道，安全可靠。你可以随便地摸它们，它们温顺而细腻，手感好极了；你可以放心地坐它们，它们坚实而光滑，绝对不会扎屁股；你可以任性地骑到它们身上，它们宽厚而本分，比骑马、骑骆驼还要舒服；你可以慵懒地睡在它们上面，它们平展而稳当，比睡床、睡沙发还要惬意……

倘若要问，万山群岛的石头为什么会这么圆？我想，这一定与大海有关。开始的时候，它们也许是有棱角的，也许是凸凹不平的，也许是怪模怪样的。后来，因为身临大海，它们不可避免地要经受惊涛与骇浪的拍打。日积月累，地老天荒，它们就没有棱角了，就不凸也不凹了，就改变模样了，就圆了。

三

接下来，我要给你描绘一下万山群岛石头的颜色。作为一个旅行家，作为一个观光客，作为一个喜欢游山玩水的人，你一定要好色。请你别误会，我这里所说的色，并非女人的姿色，而是指大自然的颜色，当然包括石头在内。

每个地方的石头都是有颜色的。在别的地方，我见到过的石头大致有三种颜色。一种是密林中的青石，呈黧黑色，看上去阴森、坚硬、冰冷，有点像黑社会老大，让人看了浑身发凉，不寒而栗；另一种是山坡上的麻壳石，呈烟灰色，看上去黯淡、深沉、诡秘，颇似那些跑江湖的算命先生，让人看了心生疑窦，忐忑不安；还有一种是河滩上的鹅卵石，呈月白色，看上去皎洁、亮丽、妩媚，犹如风月场上抹了粉的女子，让人看了心慌意乱，欲念丛生。对我来说，上述三种颜色的石头都不好看。看它们，你很少会产生美感，更多的是刺激。

万山群岛石头的颜色，与其他地方的石头迥异。我该怎样描绘它们的颜色呢？我苦思冥想，搜肠刮肚，也找不到一个合适的词语。在万山群岛的石头面前，我头一回感到了自己的平庸与弱智。不过，有一个文人们常用的形容词，倒是可以勉强一用。这个词就是红。当然，万山群岛的石头不是一般的红，既不是大红也不是微红，既不是深红也不是浅红，既不是紫红也不是绛红。火红、殷红、赭红，这些词都用不上。怎么说呢？我给你这样说吧，它们是朝霞与晚霞打破时空相互交融的那种红。这种红是烈日晒出来的，是狂风吹出来的，是海潮舔出来的。它红得绚烂，红得瑰丽，红得透彻，红得纯正，红得大气，红得有沧桑感，红得有美学意味。

看着万山群岛石头的颜色，你会感到无比温暖，你会感到无比宁静，你会感到无比自在，你会感到你的胸怀突然被扩大了，你会感到你的灵魂突然被净化了，你会感到你的境界突然被提升了。

四

万山群岛的石头，不仅形状好，颜色好，而且性格也好。多的不说，这里我只给你说一点。不过，在说石头之前，我想先说一下你。

你有个毛病，既忍受不了寂寞，又承受不了喧闹。所以你总是很痛苦，还常常给别人带来不快。万山群岛的石头可不像你，它们既能群居，也能独处，性格好得不得了。

万山群岛由三百多个岛屿组成，其中最著名的有东澳岛、桂山岛、外伶仃岛，还有万山岛。万山岛上有个地方叫浮石湾。那是一个半月形的海湾，湾里聚集了成千上万的石头。乍一看，这里仿佛正在举行一个岛上最大规模的石头会议，每个岛上的石头都赶到这里来了。最让我惊诧的，还不是这里的石头如此多，而是这些石头的性格。它们虽然大小不一、高矮有别、胖瘦各异，但它们有一个共同的特点：合群。这么多的石头聚在一起，居然如此亲密，如此团结，如此和谐，像是一个妈生出来的。你看它们，挨得多么近，贴得多么紧，简直是一种偎依状。是的，就是偎依。它们相互偎依着，相互支撑着，相互温暖着。

在东澳岛漫步的时候，我迎面遇到了一个巨大的石头。它雄踞海边，巍峨挺拔，看上去粗犷而豪放。坦率地说，我对那些过于阳刚的东西不是太感兴趣。可是，我正要匆匆走开时，却猛然发现这个巨大的石头上面还有一个小石头。小石头比大石头小很多，就像一个弱小的孩子坐在一个壮汉的肩上。由于这个发现，我又停留下来，仔细打量这一大一小两个石头。小石头显然不是从大石头上生长出来的，它的形状和颜色都与大石头有着细微的差别。但是，大石头对小石头却非常亲。我一眼看出了它对小石头的温情与暖意。更重要的是，我欣喜地看到了大石头温柔的一面。

我在外伶仃岛上住了一夜，住在山顶上的别墅里。在临近别墅的小路旁边，有一个浑圆的大石头，至少有撑开的帐篷那么大。显而易见，它是被当作观赏石从海边运到这里的，四周除了花草和树木，再也看不见第二个石头。它孤零零地坐落在路边，形单影只，身边连一个伴儿也没有。按说，这个石头是孤独的。但是，它丝毫不感到寂寞，更不感到忧伤。相反，它很乐观，很开朗，很悠然，好像还在尽情地享受着这份孤独之美。暮色四合时，花草和树木都暗了下来，而这个孤独的石头却还亮着。凌晨，花草和树木都还在朦胧之中，而这个孤独的石头却早已亮了。

五

如果你真要去万山群岛看石头，我想给你一个建议。看石头的时候，你一定要怀着一颗平常心，眼光也一定要是平常人的。我的意思是说，你一定要把石头当石头看，千万不能学那些酸溜溜的文人，看石头时心猿意马，总想从石头上看出点儿其他什么来。石头就是石头，尤其是万山群岛的石头。如果你把万山群岛的石头看成了其他什么，那你肯定看走眼了。

看万山群岛的石头，你就认认真真地看，老老实实地看，规规矩矩地看。只有这样，你才能看出它们的美来。你没必要想入非非，故作高深，硬把自己往思想泥沼里逼。你更没必要像文人们那样搞什么修辞，又是比喻，又是引申，搞得酸溜溜的，让人肉麻，甚至起一身鸡皮疙瘩。实话跟你说吧，文人们搞修辞，是因为他们的眼睛有问题，许多事物，他们都看不明白，看不清楚，看不懂。无奈之下，他们只好借修辞来虚晃一枪，吓唬一下普通老百姓。

在文人们惯用的各种修辞伎俩中，最让我讨厌的是拟人。我们省里有一位文人，先我去了一趟万山群岛，回来之后写了一篇游记刊于报端。在那篇文章中，他也写到了万山群岛的石头。令人恶心的是，他居然用拟人化的手法，借石头把自己好好美化了一番。我觉得，他真是恬不知耻。在现实生活中，他虚与委蛇，追名逐利，贪得无厌，哪有资格与万山群岛的石头相提并论呢？不仅他没有，我认为天下所有的人都没有这个资格。在我看来，人是世界上最坏的东西，压根儿比不上石头，更比不上万山群岛的石头。

如果有下辈子，我发誓再不做人。我要去万山群岛做一个石头。

◇ 作者简介 ◇

晓苏，华中师范大学文学院教授，博士生导师。国家一级作家，湖北省作家协会副主席。湖北省人民政府参事。先后在《人民文学》《收获》《花城》《作家》《钟山》《天涯》

《北京文学》《上海文学》等刊发表小说五百万字。出版长篇小说5部，中篇小说集2部，短篇小说集13部，散文集1部，学术专著3部。作品被《小说月报》《小说选刊》《新华文摘》《中华文学选刊》等刊转载40余篇，并有作品被译成英文、法文、德文和西班牙文。曾获湖北省第四届“文艺明星”奖、蒲松龄全国短篇小说奖、林斤澜短篇小说奖、百花文学奖、北京文学奖、湖北文学奖、屈原文艺奖、汪曾祺文学奖。

青龙嘴上

邹建军

在几天以前，也就是清明节的前两天，我们一家大小在多次商议之后，终于回到了我的出生地，唐家沟最里端的那个大坡之上，那时已经是下午五点，不过由于是时区的关系，太阳似乎正在高空，温度也还没有散去。

记得是近一个月以前，老父过世的那一天，我也是在连夜狂奔之后，终于在当天的早上五点，赶回了黄荆屋基，而就在十点过五分，他老人家终于落气，走完了八十六年的生命历程，离开了我们而进入了另一个世界。不知为什么，总是五点？上次是五点赶到，这次是另一个五点回来。

如果高速公路上没有堵车，如果没有清明期间的免费通行，如果中国人没有这么多车，如果东方大陆没有这么多人，早上十一点就可以到家吃饭了。可是，我们不可能总是完全按自己的意愿行事，也不可能完全我行我素，像有的人那样天马行空，独来独往。

然而，我们终于还是回来了，见到了我已经年近九十的母亲，在家操劳已经一月有余的长兄，还有五弟泽民与他的夫人，还有我的舅爷和舅娘，好多好多的亲人，好多好多的乡邻，好多好多的花草树木，好多好多的梯田与石头。他们许多人都常年生活在这里，有的已经有半个世纪，有的已经有七十多年，而年纪最大的，还是我的母亲。

我的女儿，武汉理工大学外语学院的教师，见到了她的祖母，显然也很高兴，虽然她对这个地方并没有很深的印象，因为她并不出生在这里，也没有真正地在这里生活过。她拿出一个事先准备好的红包，递给了老人，算是尽了一份孝心。她问我，我们不是要上青龙嘴吗？青龙嘴在哪里呢？我便往后山指了一下，说：就在黄荆屋基的后面，有一点儿远。然而我们今天，还不能上去。

为什么还不能上去呢？因为外地的亲人们还没有完全回来，他们约好在明天上午回来，然后一起上青龙嘴上祭祀祖先，我们是从一个院子里走出来的一大家子人，大家一起上去，比较方便。祖先之陵园，放在青龙嘴之上，并不是自古而然的。

我只记得，在左面高山那边的营盘山下，也有我们的三个祖坟，据说其中之一是时时被人观看的，有风水先生认为那是邹家起家的根本，后人众多，也还算吃得起饭。自爷爷那一辈之前，邹家已经搬离了那个地方。因为我们没有自己的土地，与那里地主租种土地的租期已到，只好搬到了右手上面的玉林寺，租种了另一家地主的土地，我的父亲不是出生于营盘山下，而是出生于玉林寺外。

那几间老屋我也去过，上初中那一年，我每一天都要经过那里，后面是俩母山地区的第二高峰，对面是远近闻名的马鞍山，右面是远近闻名的鸡冠石，而祖辈中为什么没有将军，也没有进士或举人呢？我当时觉得有一点点奇怪。后来，也可能是由于租期已到，我们一家老小才搬到了现在黄荆屋基对面，一个叫桐梓堡的地方居住，租种了王家大地主的土地。

可能还没有到期，共产党就来了，土改工作队要我们搬到黄荆屋基住，而让地主一家搬到邹家的土房，当地社会发生了很大的变化。正是从这个时候开始，黄荆屋基才与我们有缘，而我的爷爷与奶奶，才可以在去世之后，于屋后的青龙嘴上，选择了安身之处。自此以后，那里成了我们邹氏家族的陵园。到现在为止，共有六位祖先，长眠在那里的树林之中。据风水先生考证，那里正是青龙嘴的正脉，可是历代以来，并没有引起人们的重视。我把当地的历史告诉女儿的时候，她多半表示怀疑，最后她郑重地说，你刚才所叙述的，完全是胡扯。

第二天，我们一早就起来了，因为天已经亮了，多少年之后再回到黄荆屋基，他们总是感到特别稀奇与新鲜。我说，我带你们到对面圆山上看一看，早上的空气与光线，都还不错。加上五弟与他的夫人，一行数人从黄荆屋基的右边北门出来，没有几分钟，就来到了桐梓堡，我们爷爷原来居住的地方，父辈们从小生活过的地方，现在早已经是黄姓人家的住所。从那里回过头来，正好可以看到黄荆屋基的全貌，真是山势起伏、高低错落，云雾奔腾，气象万千，而在它背后的山上，正是所谓的青龙嘴了。只见一条青龙从山顶蜿蜒而下，顺着对面的大坡而游动，一直到老屋之后，才转了方向，南行而下，绕屋半周，而到了屋外的山脚之下，以至于游进了青龙水中。女儿说，真还是有一点儿像啊，而我们昨天在屋里的时候，为什么没有这样的感觉呢？我说："不识庐山真面目，只缘身在此山中。"东坡先生早就提醒过我们。我们现在还只是在桐梓堡看，如果到老屋对面的山上看，那就是另外一番景色了。她看了一下右面的远山说，今天不想走了，太远了。于是我们就回来了，前后不足半小时。

十点左右，远近的兄弟姐妹都陆续回到黄荆屋基，大家就站在一起聊天。许多人都不认识了，特别是后一辈都已经长大成人了，有的上了小学与初中，有的上了高中，有的正在读大学，有的已经工作了。大家都在外地，平时很少见面。我从 15 岁去威远一中开始，后来上大学，毕业后又在武汉工作，就很少回老家了，所以许多人我都不认识，许多人也不认识我。但是只要一讲，就会知道他们是哪一家的后代。祖父他们有几个弟兄不是太清楚，父辈们共有五个弟兄、两个姐妹，他们各自都有很多后代。不说他们五弟兄，光是大姑就有三个儿子、六个女儿；幺姑也有五个儿子、四个女儿。按照当地的风俗，他们今天不会到来，因为他们各自有自己家族的祖先，需要拜祭。十点半的时候，德成兄他们三弟兄及其家人回来了，于是全家人除本来没有准备回来的以外全部到齐，我们就要准备上青龙嘴了。大家把香蜡纸钱、爆竹酒肉、香瓢火柴等放进背篓，就一路上浩浩荡荡，而又静悄悄地向青龙嘴进发了。

还是从黄荆屋基的北门开始，从后面的竹林往右绕屋一周，又倒左而上山了。开始还比较好走，坡不是那么陡，路也还是像路，可能是因为平时有人在走；可是当我们到了王二爷大土的时候，再往上走，就有难度了。一是坡越来越陡；二是路越来越窄，没有石头做成的台阶；三是路上没有了石头，几乎全是泥土，有些路段有一点儿打滑，因为有一点儿水流。于是，我们只好走几步就歇一下，看一看眼前的风景。虽然还没有走得很高，都真还有一些难得一看的风景。左对面的天马峰，气势很大，从左到右下来，就是一溜儿圆山，蜿蜒至老屋的右前方。在我们的近处有许多株高大的梨树，已经是满树繁花，正是一片春天的景象。没有想到在这里，还可以看到这样美好的风景，大家也就不觉得很累，在我的鼓励之下，再往上走了数十步，就到了当地有名的刘家坟。刘家，王姓大地主之前的本地地主，没有多少年就从本地败退了，但祖坟还是留了下来，据说当时还有一片大森林。

大家来到刘家坟，没有想到幺爷已经坐在坟前的那个坡上，看样子已经很久了。我说，你老人家这么早就上来了？他说，我怕走不过大家，所以就先行一步，已经到了半个小时了。看见前辈都在前面，于是大家很高兴地，又往上走了几十步，来到了牛石头原来所在的地方。活灵活现的牛石头虽然是看不见了，它的消失，应当在 20 世纪 70 年代后期，当时有的人打下做了粮仓。可是，从这里可以看见上面有一个大石头，在树丛里隐隐现现，生机盎然，气势雄伟，面向周围的山川，观察风水可能是当地的最佳位置，风水先生将此石命名为风水石，任何人都不得不敬畏有加，更是不敢破坏。我就对女儿说，快到了，大石头上面就是青龙嘴之所在。于是，没有几分钟，我们就都到了大石头上面的那一层，只见上面还有山岩，气势自上面而来，不知起于何处，当然不知究竟。

没有想到，这个时候已经到了很多人，加起来可能有三十多个，他们都是我们的下一代，多半是从外地回来的。他们见到自己的祖坟似乎也并不陌生，还是与平时一样的有说有笑，似乎是到了一个风景区，都想往周围望一望，看一看青龙是从何而来的，看一看它又是如何下山的，可是也不容易看得清楚，因为周围都是大树。长得最大的也许是祖坟前面的五棵松树，它们生长于四十二年前，人们说十年树木、百年树人，其实现在看来，十年也长不了什么巨木。大家看到周围山环水绕的环境，祖先们都静静地生活在树林之中，前方有两个很大的石头耸立，似乎都感到十分稀奇，没有想到在高山之上，还有这么一个平衡而温暖的居处，有的人不时地发出笑声。

这时，长兄德安提议，由幺爷带头，按祖父、祖母、大爷、二爷、四爷的顺序，排队一一地给祖先们焚香、烧纸、上蜡、奠酒，于是自己找到了位置，一一地站在了坡上，面向祖坟，背面开阔的山川。中国传统社会最讲究长幼有序，本来讲自由的我们，也不得不加以尊重。这样的仪式进行得很顺利，也很热闹。因为纸钱燃得很旺，大家认为祖先们都很高兴，于是大家都很高兴。当我把酒倒在正在燃烧的钱纸上的时候，就会燃得特别旺盛，火苗蹿得很高，差一点把坟上的野草也燃起来了。国宇说，你看爷爷真是很好酒的啊，一闻到了酒香，他多高兴啊。我说是的，你也是一样地好酒，我劝你少喝一点儿。这时我觉得我们平时回来得太少了，只有清明和春节，才有机会回来，与祖先们共度节日。那就让他们多喝一点儿吧，于是我把酒全部倒了出来，一个一个地分别敬了他们，这时，整个山上弥漫着一股酒的清香。

由于父亲过世不到一个月，大家略有感伤之外，对于其他祖先们，大家都觉得放心，他们居住的地方很好，生活环境也不错，关键是他们的后代都发展得不错，几乎全部在外地工作，成为各方面的重要人才。我们以及下一辈，有的在加拿大工作，有的在日本留学，有的在大型国企工作，有的在著名大学任教，有的任职国家公务员，有的任中小学教师，都还各有所长，各有所重。因为爷爷已经过世四十二年，祖母也已经过世三十四年了。二爷和四爷也过世多年，而今天看见他们都处在一个山坡的高台之上，父子、母子们死后生活在一起，当是一件很有福气的事情。而我们这一辈，在我们过世之后，要不要回到这里，与祖先们长眠在一起，就像我们的生前，与他们在一起度过的日子一样？我想也会的，我曾经与长兄讨论过这样的问题，不过他说，现在来考虑为时尚早，根据我们祖先的生活方式，再有家族的遗传基因，我们以及我们的子孙都会长寿，就像我们在仁寿所暗示的那样。

正在沉思之时，我见大哥与幺爷说，你看这个地方不错，正好空了一个位置出来，可能是百年之后的一个好居处。他回答道，似乎小了一些。我看了一下，是稍微短了一点点。因为后面是杨老辈子的坟墓，往前来了一点点，如果把整个坟墓再修出来十来厘米，并不是不可以。看来前辈对于生死并不在乎，把生与死都看得比较淡，正是这样的自然思想，反而让他们可以长寿。当地许多人在四十来岁的时候，就把自己的后事安排好了，家父就是一个典型代表。

在青龙嘴上，反而看不见青龙的样子了。在青龙嘴上往外面望，真是了不起的开阔与大气，自左到右，都是重峦叠嶂、山环水绕，所有的山山水水，似乎都为此而生；所有的天地上下，似乎都为此而成。说起来也很奇怪，这里可以听见山下的人讲话，很远地方的人讲话，似乎都听得很清楚。在祖坟的正前方，一左一右两个大石头，护卫着这里的一切。在这里似乎看不见它们有多大，刚才在下面的时候似乎也看见它们有多大，但是凭我们的感觉可以知道，它们正是远近皆知的风水巨石，从此可以瞭望从左到右山山水水的全景，而所有的山水似乎都与此相关，这正是青龙嘴之上位，为历代风水先生所未知。

而爷爷去世之时，为何会选择此地，至今也不得而知。据家父说，是因为在山下选不出风水之地，而偶然听人说，青龙嘴上乃古今风水之大地，却未被人所识，虽然历代风水先生都相信青龙嘴有大地，从前王姓地主也常年请来风水先生观察，但没有一个风水先生去过青龙嘴之上，因为当年是大树与野草丛生，没有任何的道路，根本就上不去。

让人感到特别奇怪的，是祖坟后面的右边有一个大石头，色彩鲜艳，生机勃勃，诸多野草与青藤生长在上面，如一颗巨大石印。而就在这个石头的前面，自左到右，周围所有的山脉与河流，可以尽收眼底。从左边的肩膀岩一直往下，十二座小山头一字排开，一直延续到了祖坟的右边，就像十二颗圆润的珠玉，列在我们的眼前，也许是一种什么样的象征，只是我们不得而知。

所有的仪式进行完毕，我们一行三十多人，依次而沿上来的路线下山，没有多久就回到了老屋，也才十二点半左右。我问女儿，你看见青龙嘴了吗？她说，不就是一条山脉吗？我说，可不是一条普通的山脉，它是我们邹家的龙脉所在，我们的后代都要靠它的保佑。她说，你完全是胡扯。当然，在她看来不符合科学的理论与说法，当然是没有道理的。然而中国古代的许多东西，可能都不符合科学，然而它们并不是没有道理。在青龙嘴上我们寄托了对祖先们的敬仰，表达了对祖先们的思念，也体现了我们一家人的共同心声，就是希望祖先们能够在此地终身安宁，也护佑我们每一位后代，身体健康、事业发达、一生顺利、前程似锦。

青龙嘴上，我们的祖先在此长眠；青龙嘴上，我们的心情在此沉重；青龙嘴上，我们的意气于此风发；青龙嘴上，我们的意志于此坚定。相信每一年的清明节，我们的子孙后代，无论在什么地方，都会不约而同地回到黄荆屋基，来到大坡之际的青龙嘴上，举行与今天同样隆重的仪式。不过，一辈一辈人也会在此长眠，一代一代人也会于此成长，像眼前的山水一样，如天地间的云雾一般，以至于无穷，以至于永远！

2016年4月12日星期二　江南云台

◇　作者简介　◇

邹建军，1963年出生，四川省威远具人。笔名邹惟山。现任华中师范大学文学院教授，博士生导师，《中国诗歌》副主编。主要研究比较文学、外国文学与中国现当代文学，学术成果集中在文学地理学、文学伦理学和比较文学学科理论。出版《现代诗学》《多维视野中的比较文学研究》《“和”的正向与反向：谭恩美长篇小说中的伦理思想研究》《江山之助：邹建军教授讲文学地理学》等学术著作；主编教材《外国文学作品精选》《比较文学与世界文学阅读系列教材》等。同时从事文学创作，集中在十四行组诗、拟寒山体、二十行体、辞赋和山水散文，出版诗集《时光的年轮》《邹惟山十四行抒情诗集》《邹惟山十四行诗选》等多种。

给爱水的孩子

王洪涌

我对女儿小番茄说：书上说，仁者乐山，智者乐水，你是喜欢山还是喜欢水？

小番茄答曰：当然是喜欢水啦。你没见我冬天想滑冰，夏天爱游泳。

我说：那我们就去看水吧！

我们去看南湖。在民大的南湖旁放风筝，那风筝飞得比学校的图书馆楼都高。风筝和楼的倒影在水里，往湖里看，觉得湖水比天还要深。

我们去看东湖。从卓刀泉南路一下来，过了十字路口，就闻到东湖的味道了。八一游泳场，半侧山，武大的凌波门……这东湖不是买了门票看到的那一小块东湖，这是长长地、温柔地环绕了半个武昌城的东湖。即使你什么都不想做，在黄昏的湖边静静地坐一坐，也是好的。

我们去看长江。汉口的江滩上摆满了风筝，花花绿绿的，成了长江边一道色彩绚丽的背景。在这里打水漂，你不用担心找不到小瓦片什么的。江水冲刷上来的很多瓷碗的碎片啊、薄石块啊，多的是呢。如果你以 20 度的最佳角度打出去，没准儿你比旁边那个带孙子的老爷爷打得还要好，说不定还能打出个 39 漂的新吉尼斯纪录！

坐上"呜呜——"叫的轮渡，到了武昌的江边。一级级的台阶伸到了江水中，如果有轮船经过，掀起的大浪不小心就会打湿你的鞋子。有个人带了一只大狼狗来，他向江中扔了一个空瓶，让狗去捡，那狗下水试探了一下，返身跑上去了。……漂啊漂，一只泡沫做的小船居然装了满满的小石块、瓦片漂过来了。呵呵，正愁这里不能打水漂呢，现在有人给我们送货来了。

小番茄问我，天池是什么意思？我说，是山上的湖。她说，山上怎么有湖？水怎么会流到山上去？我说，我也不知道。我们去看看吧。

我们一路颠簸，来到了黄陂的木兰天池。大天池真的是在很高的山上。迎着一路流下来的泉水，我们走走停停，上上下下，看山上的绿树，看路旁的野花，看或大或小的瀑布，渴了吃一根农家的黄瓜，累了掬一捧泉水洗洗脸，顿时神清气爽！

我对小番茄说，武汉这座城市，水很多，有泉有池，有江有湖。你很快就长大了，也许长大了你会到别的地方读书。不过，你以后会记得武汉的这些水的。我当然希望你成为智者，不过，这不重要。

重要的是，带一颗欣赏的心去生活。

小番茄点点头，似懂非懂。

◇　作者简介　◇

王洪涌，女，副教授，硕士生导师，在华中师范大学文学院先后获得学士、硕士、博士学位，主要研究方向是汉语言文字学。2000年起在华中师范大学文学院工作至今，教授古代汉语、古代汉语词汇研究、中国语言学史等课程。曾在美国孟菲斯大学和纽约州立宾汉顿大学进行汉语教学和访学，现从事汉语作为第二语言教学的相关教学和研究工作。在湖北电视教育频道主讲日播节目《汉字解密》，每集解读一个汉字，现已讲了五十多集，受到观众好评。

风土记

郑保纯

乡村夜气

最近常常深更半夜由孝感市回家。有时候是因为与姐姐姐夫、妹妹妹夫他们吃晚饭，喝一点儿谷酒，讨论城区房价涨落到十点钟，才能将酒气消磨掉去发动车子。有时候是被税务局的勇军兄拖去讲王阳明，我一个大外行，也只好听他兴致勃勃地格物致良知，大概得等到勇军嫂顶着臂包夜跑回来才能散，好在他藏的明前茶又多又好，其言昏昏，其茶昭昭，也能抵挡一阵子。夜深人静的城市，灯火灼灼，车稀人少，北京路、城站路、航空路，明明灭灭的红绿灯都好像比平时要有耐心，一直将我送到转回乡下的宝成路，右拐向北十余公里，树巷森森，漆黑如墨。

我特别喜欢在这条乡村公路上开车。水泥柏油的两车道油光水滑，像鲇鱼的肚皮，白杨密密匝匝，在路两边排队，树冠朝上交织在一起，向前簇拥成幽深绵长的树洞。下雨的时候，树叶会将白雨挡在外面，里面只剩下势头微弱的线雨，晴天可以由树影里看到点点星光，月亮有时候也会由树影间跳闪出来，当然，最好是刮风的晚上，每一棵白杨都是管风琴转世，成千上万的白杨树被三四级以上的风摇响，那样的声势，就是万物以息相吹的天籁，这时候，我一定会将林忆莲、王菲、许巍、郑钧他们的歌都掀灭。深山里，松涛如同龙吟，我爱听；平原上，荒草何茫茫，白杨亦萧萧，也令人魂销。开近光灯行车，有一点像提灯笼、打手电在树巷里走，打开远光灯，光柱就会像剑一样，将婆娑树丛穿透，因为是走了千百遍的回乡路，拐弯抹角都晓得，我提个灯笼也就够了。好几次，我都想将车灯全关掉，这样，就可以在星月的微光里赶路，好像魏家河的瞎子拄着拐杖走。但这样黑灯瞎火的，即便是老司机，万一遇到对面的会车，或者路边有骑自行车、步行晚归的人，都会出麻烦，路渠中的黄鼠狼与本地土黑狗横穿马路，也会非常危险。

过小澴河桥，再向前三四百米，会离开白杨树巷，左拐进入我们村的单行村道。好几次，我将车头在灰白狭窄的土路上摆正，就看见新月如钩，挂在前面乡塆的村树上，又堂皇，又寂寥，掩映着群星，好像在等我回来。萧萧白杨之外，其实并非茫茫荒草，路边的稻田里，一季稻萌蘖扬花，稻秧间青蛙打鼓、蟋蟀奏琴、小龙虾肥泥鳅啪啪弹水，村树中嘶嘶鸣蝉，好像村庄中的男女老少、鸡鸣狗吠消停下去之后，星月下草木长、鱼虫鸣，一个幽微的世界浮现出来，又神秘，又静谧，又熟悉，又陌生，有时候，我会在这幽微的声色里，关掉车灯，发呆很久。小澴河在我身后流淌，堤下挨挨挤挤的坟地里，祖先长眠，宝成路上的杨树，是我考上大学那一年栽的，而今生长俱足，已有近三十年的树龄。我由武汉到孝感，由城市到乡村，兜兜转转，一路奔驰，现在终于停车在寂静与黑暗里，停车在泥土、星斗、流水与荒野中，停车在我生命的原点上。

这样的黑暗与寂静，是晚霞沉寂后，由宇宙与星辰运转，由田野与河水吞吐，由植物与动物分泌出来的。一户乡民家的灯亮了，一颗辰星变暗了，一点萤火消失了，黑暗会不增不减。一只蝉加入合唱，土狗在村口吠叫，青蛙与蟋蟀将声音憋在嗓子里，寂静也会不增不减。不需要眼罩与窗帘，也没有挥之不去的白噪声，没有不停歇的工地与照明。这是让孩子产生恐怖与畏惧的黑夜，出产鬼故事、狐仙，相信地狱与轮回；这是动植物生长的黑夜，捕食、交配、产卵，分解出汁液，张开子宫与花房；这大概也是令爹爹婆婆们逝去的黑夜：“虽然智慧者临终时懂得黑暗的正确，\因为他们的话已迸不出闪电来映照。\不要温柔地走进那段良夜。”狄兰•托马斯悲叹生命的逝去，认为老年人应在“落暮时分燃烧咆哮”，我并不这样想，“死去何所道，托体同山阿”，与家乡黄泉中的黑暗与寂静达成和解，“温柔地走进良夜”，“幽室一已闭，千年不复朝”，陶渊明要比狄兰•托马斯高明不少。

我想起之前勇军兄在“阳明说”里谈到的“夜气”。王阳明的原话是："良知在夜气发的方是本体，以其无物欲之杂也。学者要使事物纷扰之时，常如夜气一般，就是'通乎昼夜之道而知'。"意思是人在深夜里静思默想，产生出来良知善念，一点点良知会聚起来，会成就澄明无私的自我。阳明的说法，是由《孟子》里引申出来的，孟子讲齐国临淄城外牛山之上的树木，在雨露滋润之下日夜生长，却敌不过城里的刀斧砍伐与城郊的牛羊啃食，变得童山濯濯不像样子。有一些人，他们晚上生息养气，不敌白天俗世的消磨折损，人情日失，因此"夜气不足以存，则其违禽兽不远矣"，只有"良知在夜气发"，才能够"苟得其养，无物不长"。两位圣人谈良心与良知，夜气只是隐喻。良知是心灵在静默中的反省自觉。夜气呢？它来自日月星辰、山川河流、生物神灵在黑暗与寂静中的反照吧。乡村的茫然黑夜，是有夜气的，生活在乡村里，也会有在良夜反省自觉的机会？武汉也罢，孝感也罢，白天喧哗，夜晚也不安静，违乎昼夜之道，缺少的就是夜气吧！

想到文艺，凡·高的画是有夜气的，肖邦的夜曲有，阿炳的《二泉映月》也有。小说里面，沈从文的《边城》有的，翠翠梦见虎耳草的那个夜晚，她对爷爷讲："我昨天就在梦里听到一种顶好听的歌声，又软又缠绵，我像跟了这声音各处飞，飞到对溪悬崖半腰，摘了一把虎耳草，得到了虎耳草，我可不知道把这个东西交给谁去！"这是她甜蜜而苦楚的爱情之夜。我最近特别爱看汪曾祺《羊舍的夜晚》，觉得是一本特别有"夜气"的集子，谁说人民公社的时代，就没有好的作品？小吕背着铁锹坐在小石桥边糖槭树下看水，“一村子里的人现在都睡了。露水降下来了，到处都是滋润的、浓郁的青草气味，庄稼气味，夜气真凉爽。小吕在心里想：‘我在看水……’过了一会儿，不知为什么，又在心里想：‘真好！’而且说出声来了”。是的，真好。我看着汪曾祺的句子，黄永玉的插画，心里也想，嘴里也说。

我重新点火，将车开过小学校、村口的塘陂，小心翼翼地拐进村巷里，路边荆条、益母草、艾蒿、野雏菊与构树枝拂过车身，宝伟家的狗由门廊里冲出来，颇负责任地狂吠了两声，转身回去继续睡。停车在我家门前，掏出钥匙，借着手机的微光打开门。铺床，汲井，烧水，洗澡，心里又安定又愉快。关上手机，将头放回在荞麦枕头上，外面是历历星月下的黑夜，真实不虚，本村最后一位入睡的居民，我知道会有一个黑甜的梦乡在前面等着我，之后，会是鸡鸣如阵，鸟叫如沸，玫瑰红的曙色印上窗户，我会黎明即起，洒扫庭除，阳明先生又讲：“一日便是一元，人平旦时起坐，未与物接，此心清明景象，便如在伏羲时游一般。”对，回乡村，默存，夜气生，则羲皇上人出。

白杨好听，枫杨好看

晨光暮色里，在乡村暴走，慢跑，看树观花，乐莫乐兮！要是殷家塆的小黑狗、舒家塆的大白鹅能记住我这个一身耐克勾勾、发际线高高的中年男人，下次不果断地冲出门就更好了……家花野花，原生外来，林林总总，复杂多元的田园荒野是好的。游神骋目各处村墟，我最赞的是向家大塆，楼房、披屋、茅厕之上，有苦楝、乌桕、臭椿、泡桐、洋槐、榆树、桑树这些土里土气的树，也有板栗、银杏、广玉兰、香樟、水杉等令人耳目一新的外来客，它们多半是由出门打工的乡民带回来的吧，这个塆里，定有不少秋先那样的灌园叟，假以时日，它一定会变成一座更加生气勃勃的林园，引来白衣翩翩的女仙。

林园中杂花生树，区隔出种种微妙的生态区间，冲漠无朕，万象森然，万象中，也不是没有优势的物种。就像家畜中的猪牛，家禽中的鸡鸭，鸟类中的麻雀喜鹊，作物中的水稻小麦，鱼类中的鲫鱼白条，本地最常见的树种，是枫杨与白杨。构树与枫杨繁殖力惊人，鸟类吃下构树的果子，将它们拉到角角落落，所以良田久废必生构，无法无天长满坟地沟渠，最招乡民们的镰刀斧头，枫杨千千万万的翅果被风吹到湿润的泥土里，每年春天在房前屋后长得像秧苗田，这些翅果大概就是植物中的“蝌蚪”，不经意间，蛙声满塘，枫杨一村。白杨是外来的，修堤、铺路、挖港，成功了，干部们，从前四个兜，现在穿西服，挥手让卡车拖来一车白杨苗，一对对种在堤边路边港边，和枫杨一样，它们都特别地“肯长”，去年还是手指头似的，当不得猪牛羊的嘴，今年就长到小臂粗细，可以剐皮做锹把了，三五年不见，蔚然成林，招风引雀。宝成路上的白杨，保刚家后园的枫杨，四十年间，修行俱足，苍莽挺拔，已经是吾乡当家话事的大树了。

白杨能捕风。往往是一根粗壮的树干向上蹿，不太爱分杈，由上到下，都挂满了叶片，所以每一棵白杨看起来，都像胡须未剃的男人。又因为白杨树被种在公路、河渠、坟地等乡村“公共空间”，多，而且整齐，所以白杨林有一点儿军队的感觉，好像它们一转身，就可以成为兵马俑，由梦乡唤醒，冥冥中去跟着始皇帝出征似的。西南风、东北风，吹入小澴河平原，首先就是吹到它们身上，由它们译解成远游征伐的大风歌。白杨多悲风，对的，秋冬的晚上，在黑暗的枕头上听着西风吹白杨，好像每一棵白杨树都变成了管风琴，由它在管风琴的龙门阵里演绎它的悲伤，它们将田野变成海洋，在海洋上掀起波涛，一浪一浪的，起伏回环，用悲凉而虚无的调子淘洗着集义在这一小块邮票一样狭小的平原上的生灵，有时候，我觉得天上的寒星也会跟它们一起唱，蔡家河坟地里的亡灵也会随着它们的调子唱，催促孩子出生，女人出嫁，老人长出白头发。“荒草何茫茫，白杨亦萧萧”，我觉得金庸写《白马啸西风》，白马带着李文秀一步一步回到中原，身后会有一片白杨林。茅盾写《白杨礼赞》，说它像家乡的哨兵，像民族解放中的农民，他也会听到白杨由寒冷、离别、死亡里发出的不屈服的颂歌。

但作为声学大师，白杨也不是一味地悲凉。五六月的清晨，你沿着农二村往匡埠村的公路走走看！南风将羽翼乍丰的树叶吹得哗哗作响，一小片一小片的哗哗声，由挺立的树干连缀起来，发出清爽喜悦的和声，好像每一棵树，都在交谈它们立足在朝晖、晨露、南风、田野中的欢喜，连绵十余里的白杨树青翠苦香，明媚风华，在以深夜生息的夜气，屏神静气地演奏着这一支主歌，白杨林外，附近村庄里的公鸡喔喔打鸣，说明它们的优胜纪略，咕咕鸟在荒林里咕咕咕地叫，灰喜鹊呀呀地向林荫道俯冲下来，布谷鸟急促地叫着“光棍好苦”“快快做活”，果然将村庄里的男女催促出来，在早饭之前，赶牛办田，分秧布谷。这些副歌与白杨的主歌交汇在一起，好像也不太爱理睬巴赫的“对位法”，自自然然，枝枝蔓蔓，万物演奏着万物。我一个返乡客，只觉得身心清爽，头脑空明。田野的美是永恒的，乡村又何尝会消逝。你来，它在你眼前，你走，云在青天水在瓶，它还会寂寂然在天光尘露里。

枫杨却是好看。与苍茫丰茂、面目如一的白杨不同，每一棵在村落里长起来的枫杨，最后都会得到自己的模样。三四十年之后，它在合抱粗的主干上刻写了风霜雨雪的皱纹，向上分出来的主枝与侧枝，或多或少，也发育出不同的线条，鸟窝与昆虫的巢穴被它涵养着，藏在枝枝叶叶中。所以一个村庄一个村庄地走过，会发现姿态不同的枫杨，就好像看到不同的人。有一段时间，我迷上了“二元统一”的想法，我觉得，枫杨就是由不同的“二元”统一在一起的。五月的枫杨，新叶翡翠，枝干虬曲，风姿苍翠，就像颜体字、韩愈文，老而媚，一串串翅果垂下来，好像村里老年人引着孙辈，顾盼有情。我还觉得，那些女性主义家会喜欢枫杨，它一方面风姿挺秀，含蓄妩媚；另一方面，又雄浑坚毅，好像是将松树的阳刚与柳树的温存结合在一起，就是她们讲求的“雌雄同体”的样子。枫杨生长的地方，不避茅厕、泥塘、猪圈，也能覆盖瓦屋、祠堂、庙宇。我所供职的大学里，也有不少老枫杨，挂着一串串珠玉一般的冠冕，像以前帝王的头饰，也像毕业生们毕业拍照时礼服帽上的璎珞，郁郁乎文哉，所以枫杨是能将文盲与文人，上层与下层沟通起来的。这样能将上下、男女、老少、城乡交会在一起的树，是很罕见的，在这一组组的对立里，产生出来的微妙变化，让它像孟子说的“美大神圣”，充实、光辉，有一点儿大而化之、神乎其神的感觉。当然，这也只是我的胡思乱想，那些村庄里的老头子，很快就会扯着牛绳走过来，将一头黄牛拴在枫杨树下，黄牛目倦神疲，屎尿俱下，在环绕的飞蝇与牛虻阵里，也是蛮苦闷的。

这就是我在乡村里的何所见，何所闻。公共的声学白杨引领着万籁，个体的美学枫杨掩映着万物。有一次，我脑海里灵光一闪：如果我是一只喜鹊的话，我是将窝搭在一棵枫杨上，还是一棵白杨上？我由农二村，走到匡埠村，一边看，一边听，踯躅这乡间的声色宴，心里想，也许得听另外一只母喜鹊的。

蛋白质乡村

这一轮的南方暑热，我在乡下，差一点儿就被三伏大魔王打败了。

立秋前一日下午，气温累积到37℃，五六点钟的太阳哪里就饶人了，空气好像是由铁匠铺子里放出来的。摇头晃脑的电风扇迎面吹来热热的风，由地下抽取冲澡的井水也是温汤一般。擦不尽身上的瀑布汗，痱子就像黄昏后银河两边的星星，一颗一颗由脖子与肘腕上跳出来。我听到村巷里的狗叫都少了，它们一个一个垂着舌头散热，想多管闲事吓唬一下推车来卖“老面馒头”的草帽女贩子，就得将长长的舌头卷进去再狂吠，这就太尴尬了。回孝感去！回武汉去！回到空调的文明世界里去！只有空调，才能将三伏魔王收到瓶子里，再塞上一个蜡封的盖子。我一边佩服那个一把蒲扇、一张竹床度过无数苦夏的少年的我，一边下定决心，明天早上就开车回城，不要再跟中华田园犬们拼散热的硬件跟软件了。

晚饭后出门散步，天上浓云密布，不见星月，等于是给这汗蒸国加了一个罩子，树梢上一丝风都没有，青蛙与蝉倒是变本加厉，好像它们的声带，是可以散热的狗舌头，想起来，夏夜的萤火、天上的星星、菜园中悬垂的碧绿的瓜果，这些不仅好看，其实也是能带来凉意的，可惜时下的八月乡村，这些名堂已经是孔乙己兄的茴香豆，多乎哉不多也。我只好沮丧地回家，爬上草席，在电扇君殷勤的轰鸣里，祭起心静自然凉大法，准备以一身热汗去迎接明天密密匝匝痱子一般的鸡鸣。没想到，十一二点钟，黏黏哉半梦半醒间，漆黑的窗外，忽然刮风了！打雷了！下雨了！果然是“夜阑卧听风吹雨，铁马冰河入梦来”啊！风带着雨意，由南窗冲进来，由北窗冲出去，将窗帘拉得飒爽作响，风贴着我的身体，清凉剔骨，好像上一刻，它们还在雪山冰谷里回旋，忽然就被澴河的龙王君慷慨地借来了，或者？有一只决心不再忍耐的狗狗，变成了孙悟空，去找铁扇公主借来了芭蕉扇，或者……铁扇公主是可怜那些在泥潭树荫里不愿动弹的黄牛水牛小叔子们……在习习凉风、霍霍闪电与潺潺檐雨里，我睡了今年夏天最好的一觉，空调虽美，也很费钱，终不敌这硬寨硬仗之后的一段自然凉。

早早起来跑步去，大小澴河堤上的十公里慢跑，因为担心中暑，久违了！暴雨暂停，团团乌云被南风吹着，好像是水墨画出来的鲸鱼。白杨哗哗作响，它有一个外号叫“鬼拍手”，八月之后，它的“手掌”不会再长大了。枫杨的翅果已由翡翠绿转变为灰褐色，楝树与乌桕的果子刚刚修圆起来，它们在生儿育女路上，晚了枫杨一步，不过比起槐树还算好，槐树开花不久，昨夜的风雨将玉色花串打落一地。植物其实不怕热，只怕旱，棉花就是在一年中最热的三伏天里开花结桃的，我眼前的棉田里，一枝枝的棉桃，果然结得像四月的春桃似的。芝麻一节一节地开花，现在已经回退到最上面的几层了，一季稻正在灌浆的关口上，叶绿茎粗，稻穗低垂，蛮谦逊的样子。这是一年里田园最鼎盛的时候，虽然与之前相比，庄稼被包围在生气勃发的荒野草树之中，但庄稼本身，被伺弄得还是可圈可点，在水准之上的，守护田园的老头子老太太们辛苦了。

动物就不太一样了，如果不是气温一下子跳水到 26℃，我哪里能出来跑步！水牛与黄牛可能都还没意识到天气转凉，水牛苦哈哈地伏在河曲间的水岸下，只露一个牛头出来，黄牛也是藏身草林里，任由平日陪伴它们的白鹭优雅地站在头顶上。向家塆的村猪土狗，还没来得及爬上河堤，倒是一个小卖部前，有一只大蜘蛛趁主人未开门之前，在屋檐与堤树之间，织了一个大大的挂着雨水的网，它一肚子的蛛丝这几天差一点儿沸腾了吧。向家塆下面的河桥下，一群黄褐相间的半大鸭子正在流水里觅鱼捉虾，放鸭人穿着雨衣，在一边闲闲地持着鱼竿钓鱼，这真是一个钓鱼的好天气。我印象最深的，还是堤下稻田里，好像一夜雨水后，藏身在稻棵间的蟋蟀螽斯们都放开了嗓子，它们的合唱盖过了树上的蝉鸣，与间关的鸟鸣交汇在一起，织成了一张声音的网，蛛丝一般缠绕在田园上。这张网罗万物的声音之网，疏而不漏，清澈而繁盛。它还有特别的气味。芝麻开花的香气，稻花扬花的香气，艾蒿稍稍腐朽的药味，茄子黄瓜，豆角四季豆，苋菜与白花菜，其他草木蒸腾的热气，村巷之中动物粪便发酵的臭味，林间甲虫金属一般的气味，河沼里鱼类散发出来的水腥气，这些都在暗地里混合起来，织成另外一张气味的网，这是八月乡村的声色味，我很熟悉，从前看到、听到、闻到，心里就会想，啊，暑假过了一大半，又要开学了！觉得陌生的是什么呢？鸟鸣更多了一些？河水里的鱼腥少了？艾蒿的苦味重了？村巷里的臭味变淡了？这是被荒野重重包围的田园，它的配方在改变，我其实并不反感。

我这几天消暑的读物是里德利的那本《基因组》，他讲的是人类二十三条染色体所牵挂的数万个基因的故事，基因的开启与闭合，驱动人类的生老病死、喜怒哀乐，基因是由蛋白质构成的，它们去运作的身体，由发肤到器官，由激素到血液，要么是由蛋白质组成，要么也是由蛋白质造出来。里德利的基因——蛋白质故事讲得好，所以其实还是蛮有解暑效果的，比如，这本书的很多地方，都被我的汗水—— 一种特别的蛋白质浸染了。在我跑步的河堤之下，多少种、多少数目字的生物，以染色体，以基因，以蛋白质交会在一起，成住坏空，生生灭灭，互相滋养浸染出不同的形色，不同的声响，不同的气味，我讲到的不同的网，蛋白质才是它们真正的主人吧！鸟虫鸣，是生物在寻找着配偶，草木开花结果，蛋白质即将汇聚成新的生命。一段基因的悄然改变，带来的要么是惊喜，要么是悲伤，乡下人将这个叫作“命”。我们在用文字做文章的时候，土地、河流、阳光、空气，它们在用蛋白质写出田园的诗，织成田园的网。说到乡村与城市的不同，大概乡村就是蛋白质的，有它们合成的声色味，城市大概是金属的、塑料的、水泥的，一点儿蛋白质生产出来的花园、行道树、宠物、飞鸟不过是点缀，乡村是生物性的，而城市只是机器，或者是组装着各种机器的机器。

砍柴就砍柴，挑水就挑水，跑步就跑步，为什么总是变成了卢梭般的“跑步遐想录”呢？我牛虻般挣脱掉缠缚在蛋白质网上的胡思乱想，由殷家塆的长坡跑下河堤，沿着我上回报告的“白杨好听，枫杨好看”的乡村路继续往前跑，南风在头顶吹动着朵朵乌云。村道在何家塆被鞭炮锣鼓声打断了，原来是村中有老太太去世，村民请来治丧的乐队，正在做道场办丧事。他们开来的敞篷卡车上，长宽三五米的等离子电视屏已架了起来，披麻戴孝的亲眷们已在候场。绕过卡车，老太太的杉树棺木就停放在十几米之外的路边，新刷的油漆气味冲鼻，再向前十几米的路边，七八个中年男人正在田间挖坑做坟。看样子老太太是没有等到昨天晚上神奇的芭蕉扇雪谷风，在前几天的暑热里，像一片萎黄的白杨“鬼拍手”大叶子，由树上飘落下来了。

接下来的几公里，陪伴我的声音，就不仅仅是稻田间的蟋蟀曲，丛林里的蝉粥与鸟鸣，锣鼓鞭炮一停，乐队请来的道士唱安灵曲，女歌手唱孝歌。多好的嗓子，男的像破铜，女的像花布，悲迓的腔调，粗犷、质朴、深情而又超拔，当然，这是我们这块地方的人，用无数代的时间酝酿出来的最好听的歌，是藏在我们生命中的蜜。说到底，它们也是由基因到蛋白质，缓慢地孕育出来的吧，与蟋蟀、蝉、飞鸟们的鸣唱并没有什么不同，所以它们交织在一起的时候，是真切自然的，超凡脱俗的，听得我双眼潮潮。其中道士有一段唱的是“解冤结”，大意是人离开人世，过奈何桥，就要将在人世的纷扰与纠结放下，轻松愉快地过黄泉下的生活。为了表明冤结已解，道士会要求跪在电视屏前面的白衣孝女，将身前的一堆草绳解开以应景（这个活儿好像不太敢派给儿媳）。不久之后，易箦到堂屋左首的老太太会躺入她的杉木棺材，回到清凉温厚的土地里，作为蛋白质乡村大网上的一个结，她也终得解脱出来，得到清风明月般的自由与安宁吧！

◇ 作者简介 ◇

郑保纯，男，1974 年生，湖北孝感人。另曾用笔名“舒飞廉”“木剑客”等。1995 年毕业于华中师范大学中文系，2014 年获苏州大学“中国通俗文学与大众文化”博士学位。编审，副教授，中国作家协会会员，中国武侠文学学会理事，曾任《今古传奇·武侠版》杂志主编，现为华中师范大学文学院教师。出版有《射雕的秘密》《草木一村》《绿林记》《云梦出草记》等作品。

图书在版编目（CIP）数据

桂林散叶 / 杨晓帆主编 . -- 南京 : 江苏凤凰文艺出版社 , 2021.9
（文学院书系）
ISBN 978-7-5594-5213-9

Ⅰ . ①桂… Ⅱ . ①杨… Ⅲ . ①散文集 – 中国 – 当代
Ⅳ . ① I267

中国版本图书馆 CIP 数据核字 (2020) 第 180930 号

桂林散叶

杨晓帆　主编

出 版 人　张在健
责任编辑　张　倩
特约编辑　王美元
装帧设计　WONDERLAND Book design 仙境 QQ:344581934
出版发行　江苏凤凰文艺出版社
　　　　　南京市中央路 165 号，邮编：210009
网　　址　http://www.jswenyi.com
印　　刷　三河市双升印务有限公司
开　　本　880 毫米 ×1230 毫米　1/32
印　　张　10
字　　数　192 千字
版　　次　2021 年 9 月第 1 版
印　　次　2021 年 9 月第 1 次印刷
书　　号　ISBN　978-7-5594-5213-9
定　　价　68.00 元